낭만 ①

아홉 번의 시간여행

송재정 극본・차윤 소설

21세기북스

"기억에게 묻지 말라."

프롤로그

"미안해, 그건 하늘이 부여한 지독한 형벌이었어."

더는 걸을 수 없는 발길이 멈추었다. 건조하게 타 들어간 입술은 히말라야의 찬바람에 찢기듯 갈라졌다. 입술 사이로 맺힌 핏물을 겨우 입안으로 삼켰다. 괜찮았다. 아직은 살아 있었다. 비릿한 피 냄새가 차라리 향긋했다.

힘을 다해 들어 올린 두 팔은 마치 뼈가 다 빠져버린 것처럼 살가죽만 펄럭거렸다. 눈보라가 손에 든 라이터를 빼앗으려는 듯 매섭고 독한 냉기를 쉴 새 없이 뿜어댔다.

"안 돼, 이것만은."

그러나 그의 절규를 듣는 건 거대한 산봉우리와 회색빛으로 낮게 가라앉은 하늘뿐이었다. 갈라져 터진 손등에서 배어 나온 핏물 끝, 움켜쥔 손아귀에는 가느다란 향 하나가 들려 있었다. 굳게 향을 움켜쥔 그의 손은 바람에도 흔들리지 않았다. 향을 타고 흐르던 한 방울의 피가 새하얀 눈밭 위에 툭 떨어졌다.

"제발, 제발……."

그는 얼어서 곱은 손끝으로 라이터 불을 켜기 위해 마지막 남은 힘을 다했다. 마침내 불꽃이 솟아올라 향에 붙이려는 순간, 눈보라가 손등을 휘감으며 불꽃을 덮쳤다. 세차게 등을 떠미는 칼날 같은 바람에 결국 그는 무릎을 꿇었다. 바람이 멍든 살가죽을 파고들었다. 뼈와 살이 분리되는 듯 고통스러웠다. 살아 숨 쉬는 마지막 순간, 머리가 바닥에 처박히면서도 손에 쥔 향만은 놓지 않았다. 아니, 놓을 수 없었다.

'미안하다.'

채 감기지 못한 눈에서 눈물이 흘렀다. 눈동자는 서럽게 하늘을 향하고 있었다. 빛이 소멸된 어두운 하늘 위로 기억이 다가섰다. 기억 속에서 동생 선우가 그를 부르고 있었다. 그는 온몸이 꽁꽁 얼어붙은 채로 마지막 힘을 다해 웃어보았다.

"이미 알고 있었어. 시간이 우리를 속이고 자신마저 속였다는 걸. 시간은 아홉 번을 되돌아 모두를 시험했다는 걸."

오로지 눈과 바람뿐인 산속에서 그는 쓰러져 굳어갔다.

라이터가 손에서 떨어져 눈 속에 파묻혔다. 향을 쥔 손은 그대로 얼음이 되어갔다. 정우는 그렇게 시간 속으로 스러져갔다. 뒤엉킨 과거와 현재를 풀기 위해 누군가 당긴 불꽃에 다시 향이 피어오른 줄도 모르고.

차례

프롤로그 _7

하나. 형의 비밀 _11

둘. 나는 너니까 _40

셋. 이 판타지는 팩트야 _67

넷. 크리스마스이브에 일어난 일 _94

다섯. 뒤바뀐 운명 _126

여섯. 이제, 승부다 _153

일곱. 운명의 날 _185

여덟. 대혼란 _218

아홉. 카운트다운 _247

하나

형의 비밀

악몽이었다. 선우는 비행기가 대기에 안착하는 짧은 동안에 잠이 들었고 시끄럽게 울려대는 엔진 소리만큼이나 어지럽게 머릿속을 떠도는 사나운 꿈에 시달렸다. 기내는 불안정한 기류로 내내 흔들렸다. 선우는 덜컹 내려앉는 느낌에 눈을 떴다. 잠에서 깨어나는 순간, 꿈은 기억에서 아스라이 증발했다. 프로펠러가 윙윙 울어대는 소형 비행기는 앞으로 가는 것이 아니라 위로, 아래로, 때로는 날개를 좌우로 흔들며 한 마리 새처럼 날았다. 객실에는 스무 명 남짓한 승객이 있었다. 네팔 현지인은 거의 없고 대부분 여러 나라에서 온 등산객들이었다. 비행기가 활강하듯 아래로 곤두박질칠 때면 여행객들은 무서워하기보다 스릴을 즐기듯 '우~' 하는 소리를 질렀다. 안내방송이 흘러나왔다. 그는 조금도 알아들을 수 없는 언어였다. 안내방송은 영어로 바꿰었는데 말투를 떠나 한결 친절한 느낌이었다. 곧 포카라 공항에 도착한다는 내용이었다. 선우는 창밖을 내다보았다. 기내는 여전히 심하게 떨렸지만 저 아래 포카라 시내의 풍경은 평온했다. 그리 멀지 않은 곳에 거대한 산맥이 마치 환상 속에 존재하는 풍경처럼 솟아 있었다. 선우는 한 줄기 눈보라 같은 것이 설원을 휘감고 지나는 것을 보았다. 저 산에 올랐을, 그리고 저곳에서 목숨을 잃었을 수많은 사람들에 대해 잠시 생각했다. 그는 눈을 지그시 감으며 등받이에 머리를 기댔다. 눈보라가 이는 것처럼 머리에 묵직한 통증이 밀려왔다.

사방에서 풍겨오는 신선한 공기와 주변의 이국적인 경관에도 불구하고 그는 비행기에서 내릴 때 조금의 상쾌함도 느낄 수 없었다. 진동하듯 머리를 흔드는 통증과 메스꺼움 그리고 그 누구도 알지 못할 날카로운 긴장이 한 시도 그를 놓아주지 않았다. 뒤이어 비행기에서 내린 사람들이 그를 붙잡으며 괜찮으냐고, 병원에 가야 하는 것 아니냐고 물었다. 선우는 자신이 아파하고 있는 것도 모를 만큼 정신이 없었다. 가방에서 약을 꺼내 삼켰다. 공항 건물의 한쪽 벽에 기댄 채 심호흡을 하자 조금 뒤 눈앞이 환하게 밝아졌다.

그는 비로소 출구를 나섰다. 선글라스를 쓴 남자가 그를 향해 가볍게 손을 흔들었다. 선우는 건장한 체격에 어딘가 음침해 보이는 얼굴을 한 그 남자가 자신이 섭외한 사설탐정이라는 걸 단번에 알아보았다.

"먼 데까지 오느라 고생 많았습니다."

선우는 남자의 목소리가 전화로 듣던 것과 조금 다르다고 생각했다. 허스키한 기운이 조금 덜했다. 둘은 말없이 악수를 나누었다.

"바로 가서 확인하시겠습니까?"

탐정은 에둘러 가는 것을 별로 좋아하지 않는다는 듯 불쑥 말했다. 선우는 탐정의 거뭇한 얼굴을 가만히 바라보다 고개를 저었다. 선우는 미리 맞춰놓은 시계로 시간을 확인하고는 대답했다.

"잠깐 볼일이 있습니다. 정확히 한 시간 뒤에 경찰서에서 만나죠."

둘은 서로 가볍게 목례를 하고는 헤어졌다. 선우는 간이역처럼 한적한 공항 건물을 서둘러 빠져나왔다.

한산한 공항 내부에 비하면 바로 시내에 맞닿은 길거리는 꽤 붐볐다. 손님을 기다리는 택시기사들, 두툼한 배낭을 짊어지고 모여 두런두런 이야기를 나누는 등산객들, 머리 위에 펼쳐진 청명한 하늘 아래로 길게 이어진 낡고 오래돼 보이는 단층 건물들, 그리고 그 뒤에 버티고 있는 하얀 눈이 뒤덮인 거대한 산봉우리들. 선우는 그제야 히말라야를 품은 도시, 포카라에 도착한 것을 실감했다.

"선배, 박 선배!"

어디선가 들려오는 낯익은 목소리에 그는 주위를 둘러보았다. 그는 지금 택시기사들과 알아듣기 힘든 영어로 말을 붙이는 정체 모를 현지인들 서넛에 둘러싸여 있었다. 저만치에서 다가오는 한 대의 자동차, 그 안에서 민영이 운전을 하며 창문을 열고 손을 흔드는 모습이 보였다. 선우는 가벼운 발걸음으로 차가 있는 쪽으로 걸어갔다.

차는 탁 트인 도로 위를 달리고 있었다. 도로 옆으로 펼쳐진 푸른 초원과 그 너머의 눈 쌓인 봉우리들이 묘한 대비를 이루었다. 선우는

하나. 형의 비밀 **13**

눈앞에서 쉴 새 없이 펼쳐지는 아름다운 풍경을 그저 묵묵히 바라보았다.

"저기 저 봉우리가 유명한 마차푸차레예요. 저 끝에 보이는 봉우리는 음… 이름이 뭐더라… 아, 람준히말! 저게 제일 낮은 건데 몇 미터인 줄 아세요? 6986미터예요. 우리 베이스캠프가 있는 데는 저 너머로 보이는 곳이고요."

민영은 신이 나서 설명을 했다. 그녀는 자기가 그렇게 방긋방긋 웃고 있는지도 몰랐다. 이렇게 아름다운 곳에서 선우와 드라이브를 하고 있다는 생각에 감정 조절이 잘 되지 않았다. 그렇게 혼자 신나게 떠들다가 옆자리에 멍하게 앉아 있는 선우를 보고는 머쓱해져 입을 꾹 다물었지만 조금 지나면 또다시 방실방실 웃고 있는 자신을 발견했다. 선우는 그렇게 혼자 웃었다 잠잠했다 하는 민영의 얼굴을 빤히 바라보았다.

"선배, 정말 나 보러 왔구나. 선배 온다기에 드디어 박 선배가 나한테 푹 빠져서 이 멀고 먼 히말라야까지 오는구나 생각했는데, 그렇게 눈을 못 뗄 정도예요?"

민영의 말에 선우가 피식 웃고는 그녀의 얼굴 뒤로 스쳐가는 풍경을 바라보며 말했다.

"저건 뭐야?"

민영이 창밖을 흘깃 보았다.

"아, 페와 호수예요! 정말 아름답죠? 포카라에 오면 꼭 한번 가봐야 하는 곳이라고 하더라고요."

민영이 그렇게 말하고는 '뭐 더 물을 거 없어요?' 하는 표정으로 눈을 깜빡거렸다.

"나랑 결혼하자."

부드럽게 출렁이는 물결 위로 눈부신 햇살이 떠다녔다. 민영과 선우는 보트 위에 앉아 있었다. 넉넉한 체구의 사공이 노를 저을 때마다 물살이 완만한 곡선을 그리며 배를 앞으로 밀어냈다. 넋을 잃고 경치를 감상하던 민영이 깜짝 놀라 선우를 바라보았다.

"나랑 결혼해. 오래는 질리니까 딱 6개월만."

민영은 '지금 누구 놀리나' 하는 생각이 들었다. 그녀가 좋아하는 마음을 넌지시 드러낼 때마다 어린애 대하듯 무시하거나 농담을 건네며 싹을 꾹꾹 밟아버리던 선배였다. 하지만 아무리 그래도 이런 소리는 또 처음이었다. 그녀는 '놀리는 방법도 참 여러 가지네' 하고 생각하다가 자기가 몇 년 동안 짝사랑해온 걸 알면서 이런 장난까지 치는 건 좀 지나친 게 아닌가 싶었다. 민영은 평소 같으면 발끈할 수도 있었지만 폐와 호수의 눈부시게 아름다운 경치 속에서 뭉게뭉게 퍼져가고 있는 로맨틱한 기분을 망치고 싶지 않았다.

"선배, 지금 청혼하는 거예요?"

민영이 장난스러운 웃음을 띠며 말했다.

"혼인신고도 하지 말고, 깔끔하게 6개월 뒤에 헤어지는 거야. 어때?"

선우가 다시 물었다. 민영은 농담이면 농담답게 할 것이지 이렇게 치명적인 미소까지 날리며 폼을 잡는 게 더 기분 나빴다. 민영은 선우의 페이스에 말려들면 안 된다는 생각에 톡 쏘아붙였다.
"아니, 6개월만 살 결혼을 굳이 왜 해요?"

민영을 바라보는 선우의 얼굴이 진지했다. 그는 가슴 한쪽이 무겁게 가라앉는 느낌이었다. 그림처럼 펼쳐진 마차푸차레 산맥도, 잔물결이 일렁이는 호수의 경치도, 곳곳에 스며 있는 이국적인 풍경도 어느 하나 눈에 들어오지 않았다. 조금도 아름답지 않았다. 자신은 그런 아름다움을 느낄 자격이 없다고 생각했다. 그는 민영의 마음속에 자신이 얼마나 큰 자리를 차지하고 있는지 알고 있었다. 그런 마음이 변한 적 없다는 것도 물론 알았다. 선우는 그런 것들에 우둔했거나 비겁했던 자신이 산, 호수, 하늘 같은 것들에 감탄하고 있는 건 어쩐지 죄를 짓는 일 같았다. 그가 재촉하듯 말했다.

"얼른 대답해. 지금 말고는 기회 없어."

민영은 이번에도 농담으로 받아치려다 얼핏 선우의 진지한 눈빛을 보고는 입을 꾹 닫았다.

"그럴… 까요?"

민영이 얼결에 대답했다. 선우는 비로소 환하게 웃으며 호숫가의 풍경을 둘러보았다.

"선배, 정말 포카라에는 무슨 일로 오신 거예요? 설마 저한테 청혼하려고 여기까지 온 건 아닐 테고."

"개인 용무로 온 거야."

선우가 말했다.

"개인 용무요?"

"두 가지 용무가 있는데, 하나는 너한테 청혼하는 거고 또 하나는 비밀이야."

민영은 호수로 뛰어들 것처럼 자리에서 벌떡 일어섰다.

"아까 그 청혼 진짜였어요?"

민영은 레이크사이드 번화가의 경찰서 맞은편에 차를 세웠다. 총을 든 경비병들이 매서운 눈으로 그들의 움직임을 주시했다. 입구를 막은 기다란 철문 너머로 마당이 딸린 아담한 건물이 보였다.

"경찰서는 왜 가요? 무슨 사건 터졌어요?"

민영이 눈을 동그랗게 뜬 채 물었다.

"용건이 있다고 했잖아. 숙소로 돌아가. 내가 전화할게."

선우는 곧바로 차에서 내렸다. 민영은 뛰듯이 걸어가는 선우의 뒷모습을 가만히 보았다. 처음 만났을 때부터 어딘가 어두웠던 선우의 표정이 떠올랐다. 선우는 정문 앞에 서 있는 40대로 보이는 남자와 인사를 하고 대화를 나누었다. 남자가 경비에게 말을 건넸고, 철문이 스르르 열렸다. 민영은 그들이 경찰서로 들어가는 모습을 바라보며 뭔가 안 좋은 일이 생긴 것을 직감했다.

민영은 차를 몰아 베이스캠프로 향했다. 조금 전 호수에서의 황당한 청혼과 경찰서로 향하는 선우의 뒷모습이 미묘한 파장을 일으키며 머릿속을 어지럽혔다.

음울한 회색빛이 감도는 방엔 테이블 하나만 덩그러니 놓여 있었다. 선우는 초조한 얼굴로 주위를 둘러보았다. 다시 두통이 밀려올 것 같았다. 정신을 차려야 했다. 이럴 때 지나치게 감정적이 되는 건 도움이 되지 않으니까. 탐정은 이렇게 기다리는 게 익숙한 듯 벽에 기댄 채 느긋한 표정으로 서 있었다. '덜컹' 문이 열리는 소리와 함께 경찰 한 명이 방으로 들어왔다. 경찰은 네모난 박스를 가슴에 안고 있었다. 정우의 유품이 담긴 상자였다.

"우선 이 사진부터 확인해보세요."

탐정이 박스에서 사진 한 장을 꺼내며 말했다.

선우는 사진을 받아 들었다. 오래돼 빛이 바랜 폴라로이드 사진이었다. 사진 속에서 선우와 정우가 반갑게 포옹을 하고 있었다. 선우는 사진을 바라보며 눈시울이 붉어지는 걸 느꼈다. 아무리 진정하려 해도 입가의 근육이 바르르 떨렸다.

"본인이 맞습니까?"

네팔 인 경찰이 영어로 물었다. 탐정이 선우를 대신해서 그렇다고 대답했다. 그제야 경찰은 상자를 테이블에 내려놓았다. 경찰이 상자에서 붉은색 파카를 꺼냈다. 선우는 멍한 눈으로 형이 자주 입고 다녔던 붉은색 파카를 바라보았다. 탐정의 설명이 이어졌다.

"시신이 발견된 곳은 여기서 안나푸르나 쪽으로 한 시간 반 정도 차로 가면 나오는 촘롱 지역입니다. 사망 시점은 올해 1월로 추정되고요. 발견 당시 부패가 너무 심해서 지문 감식조차 불가능한 상태였습니다."

선우는 발견 당시 현장을 찍은 사진을 한 장씩 넘겼다. 직접 사진을 보겠느냐고 경찰이 물었을 때 그는 고개를 끄덕였다. 그것이 그의 방식이었다. 눈으로 직접 확인하지 않은 건 어떤 것도 믿지 않았다. 그는 한 장 한 장 유심히 사진을 보았다. 눈 속에 파묻혀 사망한 정우는 날이 풀려 허리까지 눈이 녹았을 즈음에야 발견되었다. 얼고 녹기를 반복했을, 푸르고 검게 변한 시신에는 그가 알던 형의 모습은 조금도 남아 있지 않았다.

"손에 이건 뭐죠?"

사진 속에서 정우는 얇고 기다란 무언가를 꼭 쥐고 있었다.

"그건… 향이네요."

탐정이 말했다.

"향이요? 향을 왜 들고 있죠?"

"글쎄요. 네팔에서는 향을 일상적으로 쓰긴 합니다만."

탐정은 그렇게 말하고는 그의 마음을 훤히 읽고 있다는 듯 말을 이었다.

"타살의 가능성은 많지 않아요. 현금이 꽤 있었는데 그대로였고, 지난 1월에는 그 지역에서 눈사태가 유난히 잦았어요. 그만큼 위험한 곳이죠. 제가 누군가를 죽인다면 그때 그 자리에 같이 있지는 않을 거예요."

선우는 묵묵히 고개를 끄덕였다. 그는 사진을 봉투에 담아 상자에 넣었다. 형의 유품이 담겨 있는 상자. 선우는 상자를 들고 경찰서를 나섰다. 상자는 가벼우면서도 묵직했다.

선우는 정우의 유품이 담긴 상자를 가슴에 안고 택시 뒷자리에 앉았다. 그는 살아 있을 때 형의 모습을 떠올렸다. 친형이지만 그가 정상적인 사람이었다고는 말할 수 없었다. 언제부턴가 그는 어둡고 음침한 기운을 풍겼고, 가족 모임에 거의 나타나지 않거나 나타나더라도 낯선 사람들 사이에 있는 것처럼 불안정한 모습이었다. 말을 걸어올 때면 온 힘을 쥐어짜는 양 이마에 식은땀을 흘렸다. 그렇게 필사적으로 하는 말들은 고작, '너도 아버지가 보고 싶지?' 같은 것이었다. 아버지의 병원을 물려받을 성실하고 총명한 아들이었던 그는 끔찍한 화재가 가족을 덮친 후로 눈앞에 여전히 불길이 타오르는 것처럼 횡설수설 얘기를 늘어놓는 이상한 사람이 되었다.

선우는 형의 그런 행동들과 사진 속의 시커멓게 변해버린 모습 사이에 어딘지 운명적인 끈이 연결돼 있는 것 같다고 느꼈다. 형을 마지막으로 만난 건 일 년 전이었다. 특파원 기간이 끝나고 돌아온 지 얼마 되지 않았을 때였다. 몇 년 만의 통화에서 형이 꺼낸 말은 돈을 좀 빌려달라는 것이었다. 선우는 여력이 되는 한에서 돈을 준비했지만, 한편으로는 집으로 돌아오라고 형을 설득하러 나간 자리였다. 전처럼 불안정하지만 어딘가 한껏 들뜬 표정으로 형은 대뜸 말했다.

"예전처럼 살고 싶지 않니?"

"그러려면 일단 형이 집으로 돌아와야지. 안 그래?"

그 말에 정우는 고개를 가로저었다.

"아니, 그건 예전처럼 사는 게 아니지. 어머니도 예전의 어머니가 아니고, 아버지도 살아 계시지 않은데."

선우는 정우의 눈이 알 수 없는 흥분으로 반짝이는 것을 보았다.

정우가 다시 침착해진 얼굴로 말을 이었다.

"내가 말하는 예전은 그런 게 아니야. 진짜 예전처럼 살고 싶다는 거야. 우리가 행복했던……."

선우는 눈가가 축축하게 젖어 있던 형의 얼굴을 떠올리며 가만히 창밖을 바라보았다. 포카라 거리를 지나는 낯선 얼굴의 이방인들 사이에, 두툼한 옷을 입은 등산객들 사이에, 어쩐지 그날 커피숍을 나서던 쓸쓸한 형의 뒷모습이 보일 것만 같았다.

선우는 호텔방으로 들어섰다. 유품 상자와 가방을 내려놓고는 재킷을 벗어 던졌다. 소리를 지르며 소파를 걷어찼다. 이마를 움켜쥐고 방 안을 돌아다녔다. 자신이 맞닥뜨린 이 상황을, 이 상황을 초래한 모든 원인들을 저주했다. 그에게도 책임이 있었다. 그날 커피숍에서 형이 무슨 일에 쓸지도 모르면서 생각 없이 돈을 빌려준 것. 그 돈이 없었다면 형은 네팔로 떠나지 못했을 것이고 죽지도 않았을 것이다. 무엇보다 형의 죽음을 근 일 년이나 지나서 알았다는 사실이 그를 괴롭혔다. 그날 그가 커피숍에서 잠시 자리를 비웠을 때 형은 어디론가 사라졌다. "미안하다, 선우야. 형이 곧 돌아올게." 테이블에는 형이 남긴 쪽지만이 덩그러니 남아 있었다.

"그날 어떻게 해서든 형을 뒤쫓아 갔어야 했어."

그는 중얼거리며 거실을 서성거렸다. 그는 유품 상자 속에서 형이 간직하고 있던 20년 전 함께 찍은 가족사진을 꺼냈다. 사진 속에는 고등학생인 그와 레지던트 가운을 입은 정우, 단아한 모습의 엄마, 그리고 근엄한 표정의 아빠가 사이좋게 얼굴을 맞대고 있었다. '우리가 진짜 행복했던 예전처럼 말이야.' 형의 광기 어린 눈빛이 눈앞에서 반짝이고 있었다. 머리에 통증이 밀려왔다. 어지러움과 함께, 토사물이 입 안을 가득 채웠다. 그는 입을 틀어막고 화장실로 달려갔다. 화장실에 엎어져 변기에 구토를 했다. 어지러움과 위를 쥐어짜는 듯한 고통으로 정신을 차릴 수가 없었다. 그는 죽은 사람처럼 변기에 머리를 박고 꼼짝 않고 있었다.

 잠을 깨우는 알람 소리처럼 현관에서 벨소리가 울렸다. 민영은 다시 한 번 벨을 눌렀다. 안에서는 아무런 기척도 들리지 않았다. 호텔 데스크에서 박 선배가 들어온 것을 확인받은 터였다. 잠이 들었다고 하기에는 너무 이른 시간이었다. 아니면 그새 어딜 나간 걸까? 그녀는 현관문을 가볍게 두드리며 선우의 이름을 불렀다.
 선우는 약기운이 번지는 것을 느끼며 침대에 누워 있었다. 몸을 뒤흔들던 통증이 가라앉기를 기다렸다. 문 밖에서 자신의 이름을 부르는 민영의 목소리가 들려왔다. 이런 꼴로, 살아 있는 시체 같은 모습으로 그녀를 마주 할 수는 없었다. 그는 몸을 빠져나간 영혼이 되돌아오기를 기다리는 것처럼 미동조차 하지 않았다. 약기운이 몸을 어루만지면서 정신이 조금 차려질 즈음에는 노크 소리도 그의 이름을 부르던 목소리도 들리지 않았다. 간신히 몸을 일으켜 침대에 걸터앉았다. 머리를 감싸쥐었다. 자신에게 허락된 시간과 그 시간 동안 해야만 하는 일들에 대해 생각했다. 후회 없이 살고 싶었던 인생에 후회만 남겨

두게 된 꼴이었다. 그는 현관으로 걸어가 문을 열었다. 복도는 텅 비어 있었다. 누군가 있었던 흔적도 온기도 없었다. 그는 페와 호수에서 나누었던 민영과의 대화를 떠올렸다.

'왜 하필 6개월이에요? 결혼을 했으면 쭉 같이 살아야지.'

'미안, 내가 조금 바쁘거든.'

'그렇게 바쁘면 진작 좀 뭔가 하지.'

그는 입이 삐죽 나온 민영을 보며 가만히 웃었다. 그가 말했다.

'그러게. 나 왜 그렇게 바보같이 살았지? 후회된다, 정말.'

그는 가만히 문을 닫았다. 여진처럼 남아 있는 통증이 몸속에서 가늘게 떨렸다. 그는 다시 침대에 몸을 눕히려다 말고 유품이 든 상자에 있던 향을 떠올렸다. 그는 향을 꺼내 탁자 위 재떨이에 올려놓았다. 라이터로 불을 붙이자 가는 연기가 공중으로 솟아올랐다.

선우는 다시 어지러워져 머리를 부여잡았다. 머리카락 하나하나마다 침을 박아놓은 것처럼 욱신거렸다. 아직도 조금 전 환영 속에 서 있던 자신을 믿을 수 없어 감긴 눈이 파르르 떨렸다. 천천히 거울을 들여다보았다. 안정되지 못한 표정 뒤로 호텔방의 모습이 드러났다. 시선을 내리니 향이 타오르다 재떨이에 닿아 꺼져 있었다.

그는 고개를 저었다.

그럴 리가 없었다. 아니 그럴 수가 없었다.

향이 타오르던 순간, 세상을 삼킬 듯 매서운 바람이 몰아쳤다. 앞을 분간하기 어려웠다. 거친 눈보라가 휘몰아치는 낯선 곳, 낯선 시간 속에 그는 분명 혼자 서 있었다. 사방을 두리번거렸다. 한 번도 가본 적이 없는, 기억 속 어디에도 존재하지 않는 곳이었다. 공포 영화 속에 그대로 들어서 있는 것만 같았다. 겨우 발을 내디디며 자신이 처한 황당한 상황을 파악해보려 했지만 소용없는 일이었다. 한 발 앞으로 내딛으려던 순간 결국 칼바람에 비틀거리던 눈밭에 쓰러졌다. 순간 굉음이 귀를 파고들었다. 힘겹게 눈을 뜨니 거대한 눈덩어리가 그를 향해 재빠르게 달려들었다. 눈 속에 박힌 몸은 전혀 말을 듣지 않았다. 손을 앞으로 내미는 것조차 힘에 겨웠다. 부들부들 떨리는 입을 열었다. 목소리가 어렵사리 새어 나왔다.

"안 돼!"

놀라 소리치던 순간 그의 몸은 다시 호텔방에 앉아 있었다. 머리가 터져버릴 것처럼 다시 아파왔다.

'꿈? 환각?'

탐정의 목소리가 다시 떠올라 바닥에 떨어져 있던 빈 지퍼 백을 들어올렸다.

'형님이 돌아가시기 직전 피우려던 향 같습니다. 이유를 알 수는 없고요.'

'형님이 돌아가시기 직전 피우려던……'

'형님이 돌아가시기 직전……'

향은 특별한 문양이나 장식 없이 단조로웠다. 검은 색깔의 30센티미터 정도 되는 길이로 보잘것없어 보였다. 탐정에게 건네받을 때 지퍼 백 속에 하나의 향과 라이터가 들어 있었다.

온몸에 힘이 빠진 것처럼 기운이 없었다. 그는 정신을 차리려고 물을 들이켰다. 정신 차리라는 눈빛으로 거울 속의 자신을 들여다보았다. 이마에 달라붙어 있던 눈이 녹아내려 눈물처럼 흘렀다. 그는 의식하지 못한 채 몸을 돌려 창밖을 멍하니 바라보았다. 지쳐 땅으로 꺼져버릴 것 같은 고단함이 몰려왔다. 침대에 누워 눈을 감았다. 환영은 다시 나타나지 않았다.

제 몸을 태우다 멈춘 향만이 재떨이에서 그를 바라보고 있었다.

"방송 시간 얼마 안 남았어요."

익숙한 풍경, 익숙한 사람들의 발자국 소리와 숨소리. 그를 아는 사람들이 알은체하는 각기 다른 표정과 습관들, 그가 몸을 담아온 방송국 스튜디오를 잇는 복도는 먼지 하나까지도 그에게 모두 익숙함들뿐이었다. 창밖으로 보이는 도시의 거대하고 수려한 불빛들은 그가 며칠 전까지 머물던 포카라의 밤과 대조를 이루며 반짝거렸다.

그래서일까. 낯설고 거칠던 밤의 혼란이 순간 그를 향해 밀려들었다. 눈을 감자 향을 피우던 호텔방의 기억이 떠올랐다. 다시 생각해도 알 수 없는 일이었다.

'향은 어떻게 된 거지?'

그는 창밖의 익숙한 모습들에게 물었다. 하지만 아무 대답도 해주지 않았다. 속이 답답해 견디기 어려웠다. 아픈 머릿속보다 가슴을 파고드는 알 수 없는 혼란이 한국으로 돌아온 이후에도 내내 이어졌다.

특히 어머니의 얼굴을 보고 오던 날은 그 기억이 침범해 대화를 나누기 어려웠다. 어머니에게 형을 보고 왔노라고, 형을 찾았노라고, 어머니가 그렇게 보고 싶어하던 또 다른 아들을 멀리 네팔의 험한 히말라야 산에서 찾았노라고 입속에서 웅얼거리는 소리들을 다시 안으로 쑥 밀어넣느라 힘이 들었다. 아니, 말한들 말해본들 실상은 소용없는 일이었다.

　그의 어머니는 오랫동안 병원에 입원 중이었다. 흔하고 익숙한 모든 것들이 그의 어머니 곁에는 남아 있지 않았다. 머리로는 아니더라도 몸으로 익숙한 집 안의 구조며 살림살이들, 자식처럼 귀하게 여기던 화분 따위라도 기억 어딘가에 숨어 있을 법도 했지만, 무엇을 물어도 어머니는 대답하지 않았다. 아니, 기억하지 못했다. 그래도 한 가지 기억하는 특별한 것이 있다면 아들 선우가 진행하는 텔레비전 뉴스 프로그램 시간이었다. 병원에 종일 누워 있거나 멍한 눈으로 시간을 채우다가도 용케 그가 진행하는 뉴스 시간이 돌아오면 알람이라도 맞춰놓은 듯 텔레비전에 시선을 고정시켰다. 선우 어머니가 입원한 정신병원 요양원의 간호사들이나 직원들이 그녀의 행동으로 시간을 가늠할 수 있을 지경이었다.

　이제 60대를 넘어선 어머니의 이름은 명희였다. 어머니는 세련되고 멋스러운 여인이었다. 교육을 많이 받고 교양 안에 살아온 티가 늘 몸에서 묻어 나와 아름다웠다. 나이를 먹어도 그 아름다움이 변치 않아 신비스러움까지 고스란히 간직해온 흔치 않은 여인이었다. 또한 누가 보더라도 천생 여자라는 말이 나올 만큼 다정스러웠다. 하지만 병원 신세를 오래 지고 있는 그녀의 모습에서는 이제 그런 기억의 존재조차 낯설 뿐이었다.

"아드님 나오시는 뉴스를 보셔야만 주무시잖아요. 신기할 정도로 그건 절대 안 잊으시니 말이에요. 정말 아드님은 알아보시는 건가봐요."

정신병원 요양원의 간호사가 언젠가 건넨 말이 기억났다. 그는 애써 어머니의 얼굴을 떠올리며 낯선 기억에서 벗어나 보려고 애를 썼다. 낯선 기억 위로 어머니의 모습이 아프게 마음을 눌러서였다. 순간 그를 부르는 목소리가 들렸다.

"차장님, 조정 큐시트요."

선우는 조연출이 급히 건네준 큐시트를 손에 받아 들었다. 정신이 번쩍 들었다. 큐시트를 급히 훑는 그의 강한 눈빛 속으로 머릿속 고통 따위는 이내 숨어들었다. 큐시트에 박힌 글자가 눈에 강하게 박혔.

최진철, 그 이름을 보는 순간 짜릿한 쾌감이 통증처럼 전해졌다. 급히 걸음을 서둘러 뉴스 스튜디오로 향했다. 할 수만 있다면 자신의 걸음 아래에 그 이름을 새겨두고 짓이겨 밟아버리고 싶었다. 그는 발걸음을 더욱 서둘렀다.

스태프들의 움직임이 분주했다. 부조정실의 타임코드를 맞추고 조명과 오디오의 볼륨 스위치를 맞추는 모습은 선우가 진행하게 될 뉴스 시간이 다가오고 있음을 말해주었다.

"10분 전입니다."

선우는 큐시트에 박힌 최진철의 이름을 보며 마른 침을 삼켰다.

"최진철 회장하고 전화 연결 있었잖아요?"

그는 조연출의 얼굴을 쳐다보았다. 혹시라도 다른 문제가 생긴 게 아닌지 걱정스러웠다.

"왜, 무슨 문제 있어? 인터뷰 거절해?"

"아뇨. 전화 연결이 화상 통화로 바뀌었어요. 1번 꼭지 뒤에 붙습니다. 아셨죠?"

그는 내내 굳었던 얼굴을 펴고 조연출을 쳐다보았다.

"그래, 그거 잘된 일이네."

"잘된 일이요?"

그는 움직이지도 않는 굳은 사진을 박아두고 목소리만 듣는 시청자들을 생각하면 잘된 일이 아니냐며 농담하듯 순간을 넘겼다. 그러고는 늘 하던 것처럼 무표정한 얼굴로 신속히 자신의 뉴스 원고를 체크해나갔다.

"아, 장소는 어디래?"

"최진철 회장님이 묵고 있는 호텔 비즈니스 룸이랍니다."

그가 체크하던 원고에서 손을 떼어낸 건 '아차' 하며 떠오른 어머니 때문이었다. 어머니를 잊고 있었다. 세상의 모든 것을 잊었지만, 자신이 진행하는 뉴스만큼은 잊지 않는 어머니가 벌써 텔레비전 앞에 앉아 화면만 쳐다보고 있을 게 뻔했다. 하루 종일 그 시간만을 기다렸을 어머니에게 너무나 미안했다. 미리 챙겼어야 했는데, 오늘만큼은 뉴스를 봐서는 안 된다고 간호사들에게 신신당부했어야 옳았는데 네팔에서의 낯선 기억들을 찾느라 잊고 있었다.

그는 자리에서 벌떡 일어섰다. 조연출이 놀란 눈으로 쳐다보았다.

"잠깐, 1분만."

그는 급히 밖으로 나왔다. 얼른 복도로 이동하며 요양원의 담당 간호사 전화번호를 찾았다. 신호음이 들리는 몇 초의 시간이 왜 이리 더딘지 답답했다.

"당연히 아드님 뉴스 나오는 것만 기다리고 계시죠. 저희도 잊었다가 어머님이 서두르시는 걸 보고 시간을 알았는데요, 뭐."

예상대로였다. 하루 종일 진척된 차도 따위는 기대하지도 않았고 기대할 수도 없게 된 지 오래였다. 그래도 자신이 진행하는 뉴스를 기억하고 있는 게 신기할 따름이었다. 담당 간호사는 텔레비전 앞으로 이동해 뉴스 시간이 되기만을 기다리고 있다는 어머니의 모습을 밖의 유리창을 통해 보고 있노라고 전했다.

"아, 안 돼요. 오늘은, 오늘은 못 보게 좀 해주세요."

간호사가 놀란 목소리로 이유를 물었다.

"보시면 자극적인 게… 아니 무조건, 그래요 무조건이요. 아무튼 오늘은 어머니가 보시지 않게 해주세요. 부탁드립니다."

그의 목소리는 뉴스를 진행할 때보다 더 진지하고 무거웠다. 그 무거움이 휴대폰을 통해 그대로 전달됐다.

스태프가 급히 선우를 향해 달려왔다.

"부탁드립니다. 꼭 좀."

"예, 알겠습니다. 그렇게 조치할게요."

그의 목소리에는 분명 간절함이 배어 있었다.

간호사는 선우와 통화를 마친 후 다른 간호사들에게 그의 어머니가 오늘만큼은 텔레비전 뉴스를 시청하지 못하게 하라고 일렀다. 간호사들이 명희에게 매달리며 애썼지만 그녀는 미동도 하지 않았다. 담당 간호사가 하는 수 없이 다른 간호사들에게 손짓하며 도움을 청했다. 선우의 목소리에서 묻어 나오던 급하고 진심 어린 느낌을 떠올렸다.

"어서 서둘러요. 오늘은 어떻게 해서라도 뉴스 못 보시게 해야 합니다."

정신병원 요양원에서는 뉴스를 보려는 명희와 뉴스를 보지 못하게 하려는 간호사들 사이에 소란이 일었다. 팔을 휘두르며 손길을 뿌리치고, 팔을 잡아끄는 간호사들에게 명희는 억울한 죄로 끌려가는 사람처럼 고래고래 소리를 질렀다.

선우는 급히 앵커석에 자리했다.

같은 시각 스위스의 호텔 비즈니스 룸에서는 최진철 회장이 생방송 화상 인터뷰를 위해 모니터 앞에 앉아 있었다. 방송국에서 최 회장의 화상 인터뷰 진행을 위해 나온 스태프가 준비를 서둘렀다. 진철에게 미리 질문에 대한 설명을 해둔 터였다. 스태프가 시계를 확인하는 동안 최 회장은 근엄한 표정으로 자리해 있었다.

"뉴스 시작하고 4분 30초 뒤 화상 통화 시작합니다. 전체 인터뷰 시간은 5분, 대답은 1분 정도 해주시면 됩니다, 회장님."

그는 스태프의 말에 고개를 끄덕이다 화면에 나타나는 선우의 모습에 멈칫 표정을 굳혔다. 내내 근엄하던 그의 표정이 순간 일그러졌다.

"저, 저 친구 박, 선우?"

스태프가 차가워진 최 회장의 목소리에 놀라 쳐다보았다.

"예, 맞습니다. 박선우 앵컵니다."

최 회장은 선우가 특파원으로 해외에 나가지 않았느냐고 물었다. 스테프가 들어온 지 일 년이 넘었다고 하자 그의 표정은 더욱 일그러져 갔다. 하지만 이내 괜찮은 척 표정을 바꾸었다.

스튜디오에서는 만반의 준비를 갖춘 선우가 마지막 원고를 체크 중이었다. 그때 담당 PD에게서 이어폰으로 최 회장과 오디오를 연결할 테니 우선 인사를 건네라는 말이 들려왔다. 그가 자신에게 인사를 건네려 하다니 생각지도 못한 일이었다. 선우는 눈에 힘이 들어간 채로 고개를 들었다. 진철의 목소리가 들렸다.

"박 기자, 오랜만이군."

선우는 최 회장과 나누는 대화를 모두가 듣고 있다는 걸 알기에 마음과 달리 친절한 목소리로 답했다.

"예, 잘 지내셨습니까?"

"나는 늘 바쁘지. 잘 알면서 이렇게 인사를 하게 되네."

선우는 쓴웃음을 지으며 애써 축하한다고 인사를 건넸다. 순간 최 회장이 이어 던진 물음에 그의 표정은 굳어버렸다.

"그래, 정우는 어떻게 지내고 있나?"

그는 난데없이 그의 형 정우의 안부를 물었다.

"어머니 생각은 안 하고 언제까지 철없이 그러고 있을 건가 말이야."

원고 위에 올린 선우의 두 주먹이 부들부들 떨려왔다. 온몸으로 거친 소름이 돋아 올랐다. 담당 PD가 최 회장과의 연결을 끊는 순간, 선우의 표정도 일그러졌다. 펜을 든 손이 가늘게 떨렸다. 눈앞에 그가 앉아 있다면 펜촉으로 눈을 찔러버릴 것만 같았다. 선우는 자신의 마음을 눌러 안으로 밀어넣느라 힘들었다.

마지막 광고가 나가고 난 후 선우는 좀 전의 상황을 잊으려 심호흡을 크게 했다. 이어 뉴스가 시작되었다.

"안녕하십니까? 대선의 열기가 채 식기도 전에 이번에는 제노프리 줄기세포 완성의 후폭풍이 거세게 일고 있습니다. 세계 의학 산업의 판도를 바꿀 것이라는 예상으로 관련 업체들의 주식이 일제히 상한가를 기록 중입니다. 유민후 기잡니다."

보도가 이어진 이후 곧바로 최 회장과 선우의 화상 인터뷰가 시작됐다. 최 회장의 얼굴은 여유만만 했다. 선우는 프롬프터에 올라오는 멘트대로 질문을 던졌다. '축하한다. 고생 많으셨다' 같은 흔한 질문과 대답들이 이어졌다. 고생이 많았다는 선우의 일반적인 인사에 그는 심각한 자금 압박에 시달렸다는 이야기부터 시작해 고생담을 짧고 굵게 펼쳐냈다. 연구비 절감을 위해 연구팀이 자발적으로 희생해준 덕이라는 말에 선우는 겸손하다며 치켜세웠다. 최 회장은 매끄럽게 질문을 던지는 선우의 진행 솜씨에 만족했다. 하지만 이어진 선우의 질문은 그를 당혹스럽게 만들기에 충분했다.

"그럼 다음 질문을 드리겠습니다."

선우의 갑작스러운 행동에 담당 PD와 스태프들이 다음 질문을 살폈다. 마무리 멘트로 되어 있었기에 다들 당혹스러워했다.

"최 회장님께서도 이 연구를 위해 참으로 많은 희생이 뒤따랐다고 하셨는데요. 그 희생의 범위에는 이런 일들도 포함되어 있는 게 맞습니까? 예를 들어, 제가 알고 있기로는 2009년, 7명의 여성 연구원들에게 난자 공여 동의서에 서명을 받아 난자를 제공받았으며, 채취 과정에서 난소과자극증후군으로 인턴 연구원 한 명이 반신마비가 된 사실도 알고 말씀하신 게 맞겠죠?"

선우의 목소리가 거침이 없는 만큼 최 회장의 얼굴은 붉어지며 일그러졌다. 그 모습을 바라보는 모든 이의 얼굴에는 놀라움과 당혹스러움이 가득했다. 대형 사고였다. 아니, 대형 사건이었다.

담당 PD가 목에 핏대를 세우며 크게 소리쳤다.

"야, 박선우. 지금 뭐하는 거야? 대체 지금 뭐하자는 짓이야? 누가 그런 황당한 질문을 하랬어? 이봐, 박선우!"

하지만 선우의 표정은 변함이 없었다.

국장실에서 퇴근 준비를 하던 오 국장은 방송을 보다 혼비백산한 얼굴로 자리에서 벌떡 일어섰다. 그는 급히 전화기를 들고 소리쳤다.

"뭐야? 대체 어떻게 된 일이냔 말이야!"

네팔의 하늘은 맑았다. 촬영팀이 장비들을 차에 싣고 있었다. 민영을 향해 사랑하는 애인인 선우에게 왜 전화를 하지 않느냐는 둥 둘의 사랑이 샘난다는 둥 하는 동료들의 장난스러운 말을 민영은 쉽게 받아넘겼다. 둘이 함께 있는 걸 촬영팀 선배들에게 들켰으니 이미 본사에도 소문이 쫙 퍼졌을 것이다. 민영은 문득 선우가 자신을 향해 던진 질문이 떠올랐다.

'그럼 지금부터 딱 3개월만 연애할까?'

그녀는 궁금했다. 왜 하필 3개월일까? 왜 3개월이어야만 하는 걸까? 5년째 선우의 후배로 일해오는 동안 그는 왜 한 번도 자신과 애틋한 사랑을 이루지 못한 것인지 못내 아쉽고 후회스러웠다. 하지만 선우가 민영이 내뱉은 말에 동의하며 '왜 이렇게 바보같이 살았지?' 하던 말이 자꾸만 떠올라 마음을 괴롭혔다.

민영은 네팔의 맑은 하늘을 올려다보았다. 자신의 복잡한 마음과는 정반대인 하늘이 야속하기만 했다. 지금 이 시간 한국의 방송국에서 어떤 일이 벌어지고 있는지 전혀 알지 못한 채.

담당 PD는 여전히 목에 핏대를 세우고 선우를 향해 어서 마무리하라고 날카롭게 소리쳐댔다. 하지만 선우는 거침이 없었다. 누구의 목소리도 들리지 않는 듯, 누구의 표정도 보이지 않는 듯 더욱 날선 목소리로 최 회장을 쳐다보며 거칠게 질문을 던졌다.

"또 이런 일도 있지 않았습니까? 2010년에 난자 매매 알선 브로커를 통해 65명의 외국인 불법 체류자들에게 난자를 제공받았고, 그 과정에서 필리핀 여성 3명이 과도한 배란 유도제의 주입으로 전신마비에 이르렀고, 그중 1명은 결국 사망했고요. 이 사실도 알고 계시죠?"

국장실에서 전화를 걸며 미친 듯이 소리를 지르던 오 국장이 선우가 내뱉는 질문에 순간 표정을 바꿨다. 화면 속에서 선우가 이어 질문을 던졌다.

"아, 한 가지 더. 명세병원 산하 노인의학 센터에서 무료 의료봉사 명목으로 환자 본인의 동의 없이 보호자 없는 노인들을 상대로 임상시험을 실시한 것, 이것도 물론 모든 프로젝트를 진두지휘한 회장님께서 사전에 알고 계셨던 일이겠죠?"

오 국장은 수화기를 내려놓았다. 선우를 향했던 화가 이제는 최 회장에게 향해 있었다. 선우의 질문이 계속 이어졌다.

"시청자들도 답변을 듣고 싶어하실 것 같은데요. 회장님, 이 모든 의혹들에 대해서 책임지실 준비를 철저히 하고 계신 것이 맞습니까?"

최진철은 여전히 아무런 대답도 하지 못했다. 일그러진 표정만 어떻게 감춰야 할지 난감했다. 그런 진철에게 어서 답하라는 듯 선우는 표정으로 강요했다. 그러자 진철이 표정을 급히 바꾸고 자신은 전혀 몰랐던 이야기라며 담당자들을 통해 사실관계를 확인하겠다는 대답을 전했다. 선우는 반드시 확인이 필요할 거라고 답하며 얼굴에 미소까지 지었다. 최 회장을 향한 인사를 끝으로 화상 인터뷰는 끝났다. 인터뷰가 끝나자 선우는 아무 일 없던 것처럼 다음 소식을 전했다. 담당 PD는 넘친 5분의 시간을 어떻게 쳐내야 할지 당혹스러웠다.

호텔에 모인 최 회장의 비서와 직원들은 완전히 넋이 나간 상태가 되었다. 예상할 수 없었던 생방송 사고였다. 하지만 최 회장은 눈 하나 깜짝 않고 뉴스를 진행 중인 선우의 모습을 바라보았다. 스태프가 다가와 앵커 박선우가 단독으로 벌인 예상치 못한 사고라는 말을 하자, 그제야 속마음을 겉으로 토해냈다.

"정신 나간 놈. 형만 미친 줄 알았더니."

최 회장은 부들부들 떨리는 두 주먹을 그냥 내버려두었다. 그는 머리를 굴리며 최대한 침착함을 유지했다.

한편, 방송국 오 국장은 사방에서 걸려오는 전화를 감당하기 어려운 상황이었다. 아무리 정황을 살피고 선우를 어찌 하나 생각했지만 소용없는 일이었다. 선우가 최 회장과의 화상 인터뷰에서 난데없는 질문으로 그를 곤란하게 하고 방송을 시청하는 수많은 사람들을 혼동에 빠지게 한 데는 그럴 만한 이유가 분명 있을 터였다. 그는 자신을 책망하는 목소리에 전화를 내던지며 크게 화를 냈다. 순간 노크 소리가 들려왔다. 문이 열리고 선우가 들어섰다. 분을 삭이며 오 국장이 자리에 앉아 차가운 눈으로 선우를 쏘아보았다.

"이제 어쩔 건데? 이 망나니야!"

선우는 사표가 든 봉투를 내밀었다. 오 국장은 '이건 도대체 뭔가' 하는 표정으로 선우를 보았다. '이런 순간에 내밀 봉투는 사표 말고는 없는데' 하고 생각하면서. 그건 이번 일이 몰고 올 파장을 감안하더라도 오 국장이 조금도 고려하지 않은 것이었다. 그는 선우를 늘 믿어왔고 이 순간에도 사실 무작정 믿고 있었다. 앞으로도 마찬가지일 것이고.

"아니, 이 멍청한 놈아. 이래서 뭘 어쩌겠단 건데? 그러니까, 나는……."

오 국장의 말이 끝나기 전에 그의 대답이 이어졌다.

"여름부터 두통이 심해서 검사를 했습니다. 곧 죽을 거랍니다."

오 국장은 선우의 더욱 진지한 눈빛을 곧바로 읽었다. 표정을 어찌 지어야 하는지 당혹스러웠다.

"교모세포종이라고 하던데요. 악성 뇌종양인데 4기래요. 4기면 뭐든 졸업이잖아요. 저도 인생 졸업해야 한대요. 조기 졸업이죠."

오 국장이 떨리는 목소리로 물었다.

"야, 요즘 안 되는 게 없는데, 수술하면 되잖아."

"위치가 안 좋아 수술도 어렵대요. 정상적으로 말하고 걸어 다닐 수 있는 게 꽉 채워도 6개월?"

오 국장은 순간 눈에 고이는 눈물을 밀어 넣느라 힘들었다. 믿기 어려웠지만 선우가 그런 장난을 할 리 없다는 건 선우라는 존재를 알게 된 순간부터 알고 있는 일이었다. 두통이 너무 심해 정신분열인 줄 알았다는 선우의 말에 오 국장도 차라리 그랬으면 하는 생각까지 들었다. 선우는 자신의 어머니도 형도 모두 정신병을 앓았고, 그러다가 형은 죽었다고 고백했다. 그래서 자신도 늘 불안했고, 그래서 언젠가는 자신도 미치는 것은 아닐까 생각했는데 그게 아니라니 다행이라며 웃었다. 오 국장은 얼른 고개를 돌리고 황급히 눈물을 훔쳐냈다.

"국장님, 저희 어머니가 정신분열이 되고 형이 왜 미쳐서 떠돌다 죽었는지, 그리고 존경받는 의사이며 명세병원 원장이었던 제 아버지가 왜 비참하게 불에 타 돌아가셨는지 아셔야 제가 친 사고를 이해해주실 것 같아서 드리는 말씀입니다. 우리 가족의 비극은 모두 최진철이 원인입니다."

오 국장은 빠르게 선우가 전하는 모든 정황을 파악했다. 믿을 수 없었지만 그래서 오히려 설득력이 있었다. 그러면서 최 회장이 선우의 아버지 병원에 불을 질러 아버지를 죽였고 병원을 송두리째 빼앗았다는 이야기에서는 오 국장마저 화가 치밀어 올랐다.

"미친 놈, 왜 여태 말 안 했어? …하지만 방법이 없잖냐."

오 국장의 말에 선우는 지난 일 년 동안 최 회장에 대해 모은 자료라며 USB를 건넸다. 그러고는 밝은 표정으로 농담하듯 자신은 너무 바쁘다며 인사를 건넸다. 선우가 밖으로 나가자 오 국장은 자리에 철퍼덕 주저앉았다. 선우의 멀어지는 발걸음 소리가 슬프게 들려왔다.

네팔의 도로를 달리는 차 안에서 민영은 하늘을 보았다. 혹 선우도 하늘을 보고 있다면 신기할 것 같았다. 차 안은 촬영 장비들로 난장판이었지만 민영은 차의 맨 뒷자리에서 멍하니 하늘만 쳐다보다 갑자기 크게 소리쳤다.
"저기, 차 좀 세워주세요. 선배, 잠깐만 세워주세요."
멈춰 선 차에서 민영이 급하게 뛰쳐나갔다. 휴대폰을 꺼내 선우의 번호를 눌렀다.
선우가 멍하니 하늘을 바라보고 있는데 전화기가 울렸다. 민영이었다. 받자마자 인사도 없이 다급히 물었다.
"3개월만 만나자는 이유가 뭐예요?"
"정들까봐. 너무 정들면 곤란하잖아."
"정들려고 연애하는 거 아니에요? 정 빼면 남는 게 별로 없는 장사가 연애라고요."
"알아… 대신 그것 때문에 헤어질 때 너무 아픈 이자를 물어야 하잖아."
민영은 이내 알아차렸다. 그의 말 속에 절망이 가득 들어 있다는 걸. 그가 말하는 것들이 이해가 가지 않았지만, 진심일 수밖에 없는 커다란 모순을.
민영은 표정과 목소리 톤을 바꾸고 다시 물었다.

"지금 뭐하고 있었어요?"

"지금? 하늘 봤어."

그녀도 하늘을 쳐다보았다. 고마웠다. 두려웠다. 이 놀라운 신의 장난이. 이 행복한 신의 선물이.

둘

나는 너니까

성북동에 있는 선우의 집은 한눈에 둘러보기엔 너무 커 보였다. 잘 정돈된, 오랜 세월 사람의 손에 길든 고풍스런 가구들은 그곳에서 가족이라는 존재가 살았음을 드러냈다. 선우의 아버지 천수가 일생 동안 이룬 가장 근사한 한 부분이었다.

크고 넓은 주방에 이어 1층에는 안방과 작은 서재가 있었고 계단을 올라 2층에 가면 선우와 형 정우의 방이 있었다.

선우의 아버지가 세상을 떠난 지 오래였고 집을 나가 떠돌던 형 정우마저 세상을 등진 지 일 년이 다 되어간다. 어머니 명희조차도 요양원에 있게 되면서 이 큰 집에는 찬바람만 늘 맴돌았다.

도우미가 방을 정리한 것은 선우가 방송국에서 퇴근하기 전이었다. 상자 안에 들어 있던 파카에서 지독한 냄새가 배어 나왔다. 파카를 세탁소에 맡길 요량으로 꺼내놓았다. 옆에 있던 향은 꺼내 접시 위에 올렸다. 그러고는 상자 안에 들어 있던 모든 물건들을 다 정리했고, 파카는 냄새가 너무 지독해서 세탁소에 맡겼다고 메모를 남겼다.

  종일 화창했는데 저녁이 되자 이내 하늘은 어두워졌다. 선우는 밤하늘을 바라보았다. 그는 조금 전 민영과 나눈 대화를 떠올렸다. 민영이 지금 뭘 하냐고 물었을 때 선우는 하늘을 보고 있었다고 답했다. 민영은 더 이상 질문도 대답도 하지 않았다. 그저 울음 섞인 소리를 살짝 흘려버린 걸 선우는 눈치챘다. 선우는 어쩌면 지금 그녀도 하늘을 보고 있을지 모른다고 생각했다. 그래서 두려웠다. 그래서 겁이 났다. 신이 장난을 치는 것 같아, 그 장난스러움을 어떻게 극복하면 되는지 순간 헷갈렸다. 그는 시선을 밤하늘에서 거두며 요양원에 있는 어머니의 병실을 향해 걸음을 옮겼다.
  병원 복도는 모두 불이 꺼져 있었다. 간호사 한 명이 숙직하며 환자들을 돌보는 중이었다. 병원 입구로 들어서니 아버지가 원장으로 있던 명세병원의 모습이 아스라이 스쳤다. 어린 기억에 그의 아버지는 늘 의롭고 무게감을 잃지 않는 병원 원장의 모습 그대로였다.
  선우가 복도로 들어서자 담당 간호사가 반가운 얼굴로 다가왔다.
  "안녕하세요? 박 기자님이 이렇게 늦은 시간에 웬일이세요?"
  선우는 어머니의 안부가 궁금했다. 혹시라도 최 회장과 자신이 화상 인터뷰 모습을 본 것은 아닌지 내내 걱정이었다.
  조심스럽게 어머니의 병실 문을 열었다. 깊이 잠들어 있는 어머니의 모습은 언뜻 소녀 같았다. 하지만 가까이 다가가자 엉망으로 흐트러진 어머니의 머리카락이 보였다. 시선을 돌리자 병실이 엉망이 되어 있다는 걸 알 수 있었다. 텔레비전을 보지 못하게 해서 아마도 크게 난동을 부렸을 테고 그러다 지쳐 잠이 들었을 거였다. 화가 났다. 속이 상해 죽을 것만 같았다. 분을 삭이려고 조심스럽게 누워 있는 어머니 곁으로 다가갔다.

"엄마, 나 왔어요. 엄마 아들 선우."

순간 그의 목소리를 들은 것인지 어머니가 눈을 떴다. 맑은 목소리로 톤을 바꾸는데 쉽지 않았다. 거짓말이 아니었는데도 너무 바빠 자주 오지 못했다는 말끝에 눈가에서 굴러 떨어지려는 눈물을 막기는 역부족이었다.

"엄마."

하지만 어머니는 그와 시선을 마주 하다 이내 허공을 보며 귀찮아했다. 선우는 초점 없이 멍한 눈으로 돌아 누운 어머니의 얼굴을 안타깝게 쳐다보았다.

'어머니는 모든 것을 정말 잊은 걸까? 아니면 잊고 싶은 것일까?'

선우는 이 모든 것이, 현재의 상황들이 모두 거짓이었으면 좋을 것만 같았다. 쓴웃음을 지으며 방을 나서는 아들의 모습을 어머니는 돌아보지 않았다. 잊고 싶은 게 아니라 정말 잊어버렸다는 결론을 내리자 그는 또 뺨 위로 흐르는 눈물을 느꼈다.

병원 밖으로 나와 더 캄캄해진 밤하늘을 쳐다보았다. 주차장으로 걸음을 옮기다가 민영이 네팔에서 걸어온 전화를 다시 떠올렸다.

'지금? 하늘 봤어.'

민영은 선우가 전화로 답하던 목소리를 떠올렸다. 두근거리는 가슴을 내버려두기 힘이 들었다. 방망이질하는 심장 소리를 선우에게 들켜버린 것은 아닌지 걱정이었다. 누구에게라도 이 사랑이란 감정에 대한 미묘한 선을 확인하고 싶었다. 확인해야만 했다. 선우는 그녀에게 알 수 없는 답들만 주었고 알 수 없는 질문만 네팔에서 내내 했으니까. 결혼해서 6개월만 살아야 한다느니 3개월만 연애를 하자느니 하는 따위들이 그저 재미로 던진 이야기는 분명 아니라는 걸 그녀는 알고 있었다. 그 말을 하는 동안 선우의 눈빛은 내내 진지하고 진심이 느껴졌으니까.

민영은 냉큼 휴대폰을 꺼내 들고 선우와 가장 친한 친구이자 의사인 영훈의 번호를 누를까 하고 망설였다.

응급실, 영훈은 당직 중이었다. 간호사와 인턴을 옆에 두고 타박상을 입고 들어온 환자를 치료했다. 피투성이 응급 환자를 치료하는 일은 누워서 떡 먹는 것만큼은 아니라도 이골이 날 만큼 너무도 익숙했다.

복잡한 응급 상황들을 처리하고 영훈이 신경외과 부스를 지나갔다. 얼굴에는 피곤이 어려 있었다. 잠을 쫓아보려고 캔 커피 하나를 들고 텔레비전 앞에 멈췄다. 최진철과 줄기세포에 대한 특집방송이 전파를 타고 있었다.

후배 서준과 그의 동료 레지던트 둘이 앉아 텔레비전을 지켜보다 영훈이 다가온 걸 알아채고 인사를 건넸다.

"볼 게 그리 없냐? 시간 남으면 저축이나 해."

"일부러 찾아서 보는 건데요? 시간이 안 아깝죠. 최진철 회장님 대단하잖아요."

영훈이 대답이 없자 서준이 재차 물었다.

"안 그래요?"

영훈은 서준의 대답에 다른 말을 잇는 대신 리모컨을 꺼버리는 행동으로, 나는 결코 너희와 같은 생각을 가진 적도, 앞으로도 절대 가질 생각도 없노라고 답했다. 그러고는 구두 소리를 애써 크게 내며 두 사람의 생각을 더욱 부정하고는 자기 방으로 갔다.

방 입구에 '신경외과 전문의 한영훈'이라는 명패가 붙어 있었다. 서준과 레지던트 두 사람에게 마지막까지 자신의 견해를 보여주기 위해 얼마나 문을 세게 닫았던지 문에 붙은 명패가 떨어질 듯 흔들렸다.

"뭐야? 얼빠진 자식들. 뭐? 대단해? 미친놈들!"

자리에 앉으려는데 휴대폰이 울려댔다. 주민영 기자였다.

"아유, 주 기자가 웬일이에요. 이 시간에?"

민영이 통화 버튼을 누르자 영훈이 반갑게 전화를 받았다. 당직이라는 말과 함께 통화감이 멀다는 말을 이었다. 히말라야에 있다는 말에 영훈은 무척 놀라는 목소리로 정말 히말라야가 맞느냐고 재차 물었다. 그 순간까지 영훈의 목소리는 톤도 높았고 밝았으며 오랜만이라는 반가움이 느껴졌다. 하지만 민영이 선우의 이름을 꺼내는 순간 그의 목소리는 낮고 어두워졌다.

"선우요?"

민영의 마음속에서 영훈의 목소리와 선우가 자신에게 했던 행동들이 무섭게 충돌했다.

"뭐가 문제가 있는 건가요?"

영훈은 쉽게 답하지 못했다. 무섭게 충돌한 파편이 민영의 심장을 파고들었다. 뭔가 잘못되어가고 있었다.

"뭐예요? 무슨 일이냔 말이에요. 말해줘요. 어서요."

영훈이 무언가를 감추는 것이 느껴졌다. 민영이 소리치듯 다시 물었다.

"선배랑 제일 친하시잖아요."

영훈은 휴대폰 안에서 이제 더는 대답을 하지 않으면 금방이라도 펑펑 울어버릴 것만 같은 민영의 물음에 '나는 아는 것이 없다고, 친하기는 하지만 모든 것을 다 알 수는 없지 않느냐'는 고루하고 빤한 답으로 그녀를 무작정 안심시키기에는 너무 늦었다는 걸 알았다. 차라리 털어놓을 곳이 생겨서 홀가분하기도 했다. 혼자만 알고 꼭꼭 감춰두기에 선우의 상태는 너무 심각했다.

"울지 말고 속상해 말아요. 아니, 그건 안 되겠네요. 당연히 울 테고 속상할 테니까요. 나도 그랬는데… 주 기자, 아니 민영 씨한테 그러지 말라면 내가 의사가 아니죠. 아니, 그래도 좀 침착해달라고 감히 부탁합니다."

영훈의 말에 민영은 아무런 대답도 하지 않았다. 자신이 대답하는 순간조차 아까운 듯했다. 영훈은 입술에 힘을 주었다. 약물치료라도 해보자고 아무리 귀가 닳도록 말해도 선우가 듣지 않더라는 말을 시작으로 치료를 받지 않으면 안 되는데 치료를 서두르지 않고 있다는 이야기까지 이어졌을 때는 그의 목이 메었다.

"그, 그럼 죽는다는 말인가요? 그런가요?"

민영의 흔들리듯 힘없는 목소리가 전해졌다.

"치료를 받아야 몇 달이라도……."

"몇, 달, 이요?"

민영의 목소리는 거의 들리지 않았다.

"그런데 그 자식 지금 최 회장 엿 먹일 생각밖에 없어요. 아무리 죽일 놈이라도 지금 그게 중요하냐고요. 지가 먼저 죽게 생겼는데."

민영은 휴대폰 속에서 "주 기자, 주 기자?" 하고 부르는 영훈의 목소리가 들려오는데도 통화 버튼을 껐다.

네팔의 하늘을 쳐다보았다. 고맙지 않았다. 그저 두려웠다. 이 놀라운 신의 장난이. 이 슬픈 신의 선물이.

"안 돼, 안 돼. 이건 너무하잖아. 어떡해. 안 돼, 절대 나는 허락할 수 없어. 이건 너무 잔인하잖아."

스태프들이 기다리고 있는 차로 가는 동안 몸에서 그 어떤 힘도 느껴지지 않았다. 할 수만 있다면 당장이라도 서울로 날아가고 싶었다. 선우를 붙잡고 질질 끌고서라도 영훈 앞에 앉혀놓고만 싶었다.

스태프들은 민영이 오지 않는 동안 그녀를 놀릴 궁리를 하느라 시간을 보낸 모양이었다. 그녀가 선우를 사랑한다느니, 그래서 이제는 둘의 사랑이 어떠할 거라느니 하는 흔하고 유치한 상상들이 차 안에 남아 있었다. 차에 오르며 민영은 스태프들의 농담을 웃는 얼굴로 받아냈다. 마음이 쓰린데, 가슴이 찢어지는데 얼굴은 웃어야 하는 것이 얼마나 힘든지 어른이 되어서야 알았다.

민영이 차에 오르자 그녀를 태운 차는 네팔의 산악도로를 달렸다.

얼마큼 달렸을까. 운전하는 기사를 제외하고는 모두가 깊이 잠들어 있었다. 하지만 민영은 잠들지 못했다. 그저 맨 뒷좌석에서 모자를 깊이 눌러쓰고 창밖만 멍하니 바라보았다. 손을 들어 입을 틀어막았다. 눈물이 두 볼에 가득 흘러내렸다. 영훈과 통화 중에 했던 말이 떠올랐다.

'민영 씨도 이왕 알게 됐으니 선우 좀 설득해볼래요? 할 수 있는 건 다 해봐야 하잖아요.'

어쩌지 못해 할 수 있는 게 겨우 설득이라니 속상했다. 자신이 너무 작고 초라해 견딜 수가 없었다.

'안 돼. 그럴 수는 없다고.'

그녀는 볼 위로 흐르는 눈물을 훔쳤다.

'위치가 안 좋아요.'

영훈의 목소리가 다시 떠올랐다. 보통 사람들처럼 정상적인 생활은 길어야 6개월이랬다. 그랬다. 선우가 말한 6개월의 의미였다. 그 뒤로 얼마나 더 나빠질지 짐작할 수 없다는 말은 3개월에 대한 의미였다.

차창에 선우의 얼굴을 기억나는 대로 그렸다.

창가에 나타난 선우가 그녀를 쳐다보며 웃고 있었다.
'6개월, 6개월이면 충분하지 않아?'
얼른 선우의 얼굴을 지워냈다.
"충분하긴 뭐가 충분해. 나는 준비도 안 됐는데, 나쁜 인간."
그녀는 고개를 저었다. 달리는 차를 세워달라고 소리치고 싶었다. 밖으로 나가 하늘을 보며 마구 소리치고 싶었다. 하늘은 대체 뭘 한 거냐고. 왜 죄 없는 사람들을 무작정 데려가는 거냐고. 대체 인간들의 삶을 뭐로 보고 그렇게 장난치는 거냐고. 무슨 권리로, 무슨 자격으로 그렇게 제멋대로인 거냐고 주먹을 한 방 크게 날려주고만 싶었다.
민영이 겨우 마음을 추스르며 고개를 들었다. 스태프들은 모두 깊이 잠들어 있었다. 화가 났다. 흐르는 눈물을 닦으며 크게 소리쳤다.
"개자식!"

선우를 싣고 있는 차가 도로를 급히 달려갔다. 차에 시동을 걸기 전, 휴대폰에는 후배 범석이 보낸 문자메시지가 가득했다. 방송사 게시판 서버가 다운된 걸 알고 있냐는 내용을 봤지만 선우는 담담했다. 어차피 짐작한 일이었다. 아니, 서버가 다운이 되지 않았다면 사람들의 무관심에 더 놀랐을 거였다. 아닌 게 아니라 여기저기서 걸려오는 전화를 받느라 기자들은 쉴 틈이 없었다. 전화벨은 계속 울려댔고 모두들 삼삼오오 모여 떠들었고 밖에서 일을 보던 기자들과 퇴근한 기자들까지 급히 보도국으로 모여들었다.
"아, 오 국장 거 어쩔 겁니까? 이 문제 어떻게 수습할 거냐고요."

오 국장은 사람들의 손가락질에 뭐라고 답을 해야 할지 순간 당황스러웠지만, 선우에 대한 믿음에는 변함이 없었다.

회의실은 오 국장에 대한 청문회라도 열린 것처럼 시끄러웠다. 방송 자료들을 앞에 두고 난상토론이 벌어졌다. 고성과 삿대질이 오가는 등 좀체 볼 수 없던 진풍경이 벌어졌다.

선우의 차는 강변도로 위를 달리고 있었다. 후배 범석의 말대로 이메일이며 게시판은 굳이 확인할 필요도 없었다. 여러 매체를 통해 올라온 선우와 진철의 인터뷰 영상들이 이미 가득했다. 실시간 검색어 역시 '최진철', '뉴스 24', '박선우', '줄기세포' 등이었다. 범석의 문자 내용대로 괜히 이메일이나 게시판을 보고 스트레스받지 않는 편이 좋았다. 하지만 범석을 비롯한 후배들은 차장의 신분인 그를 지지했다. 찬양하는 듯한 후배의 문자메시지에도 아랑곳하지 않고 묵묵히 차를 몰고 집으로 향했다.

차가 집 가까이에 다가섰을 때 신호음이 들렸다. 선우가 고개를 돌렸다. 오 국장이었다. 쏘아보는 눈빛이지만 여전히 그에 대한 믿음이 느껴졌다.

"부르시지요. 여기까지 애써 오시고."

오 국장은 변죽이 좋았다.

"혼자 사는 놈이 집은 왜 이리 커? 팬티는 큰 거 안 입으면서."

선우는 오 국장의 썰렁한 변죽을 처음부터 즐겼다. 그런 오 국장이 없었더라면 기자 생활을 하는 내내 불안함에서 벗어나기 어려웠을 것이다. 오 국장은 상황이 안 좋다는 걸 표정으로 말했다. 회의 내용은

찬성과 반대가 4대6이라는 그의 말에 선우는 고개를 끄덕였다. 오 국장이 한번 해볼 만하다는 말을 잇지 않았더라면 용기가 무너져 내릴 뻔했다.

"여론이 문제야. 우리가 확 치고 나가면 될 것도 같고. 최 회장 내일 낮에 귀국이니 선제공격할 시간은 되잖냐. 알잖아? 단시간 초고속 팩트 미사일."

선우는 오 국장의 짜릿한 도움이 늘 고마웠다. 단, 조건을 걸었다. 선우가 제시한 최 회장에 대한 모든 정황들이 하나도 틀림없을 경우였다. 물론 이어 매달아준 오 국장의 끝말은 드라마 속 명대사보다 더 멋졌다.

"너는 방송사고를 낸 게 아니라 보도국을 대표한 거야. 질문은 내가 결정한 거라고. 사표는 찢어버렸다. 젠장!"

오 국장은 늘 그랬듯 멋들어진 멘트를 변죽 속에 녹이고 차를 몰고 사라졌다. 선우는 큰 능선을 하나 넘은 기분이었다.

집으로 들어서자 가사 도우미가 남긴 메모가 보였다. 상자 안 물건들을 다 정리했노라고, 파카는 냄새가 너무 지독해서 세탁소에 맡겼노라고. 순간 '아차' 싶었다. 급히 계단을 올라가 자신의 방문을 열고 안으로 들어갔다. 도우미의 메모대로였다. 별수 없었다.

긴 숨을 내쉬고 이메일을 열었다. 수백 통의 메일이 와 있었다. 몇 개 열어보니 처음부터 끝까지 최진철을 옹호하는 사람들로부터 온 항의성 글이었다. '너 같은 새끼가 무슨' 하는 따위는 욕도 아니었다. 그는 메일을 몇 개 읽어보고 그저 실소했다. 하지만 그 실소를 뒤이은 두통은 견디기 힘들었다. 손에 들고 있던 휴대폰을 바닥에 떨어뜨렸다.

얼마나 시간이 흘렀을까? 참기 힘든 고통이 겨우 몸을 벗어날 때였다. 바닥에 떨어진 휴대폰 옆에서 향이 눈에 들어왔다. 네팔, 호텔방에서의 일이 문득 떠올랐다. 급히 라이터를 꺼내 불을 붙였다. 순간 향에 불이 붙었고 연기가 피어올랐다. 무심한 눈빛으로 그 모습을 쳐다보며 침대에 몸을 기댔다. 다시 휴대폰으로 인터넷을 켰다.

'인터넷 연결을 할 수 없습니다.'

액정에 나타난 글이었다. 휴대폰의 기능이 모두 작동되지 않았다. 순간 눈에 들어온 침대 시트가 낯선 동시에 익숙해 헷갈렸다. 구겨진 침대 시트, 달라진 색깔, 늘 깔끔했고 금방 들어섰을 때도 무척 깔끔하게 정리되어 있던 방이 어질러져 있었다.

"이게 도대체 어떻게 된 거지?"

그는 황급히 온 방을 둘러보았다. 책상 위에는 수능 참고서들이 널려 있었다. 농구공이 뒹구는 방바닥은 출근 전에 봤던 자신의 방과는 분명 달랐는데도 낯설지 않았다. 급히 고개를 돌리다 벽에 걸린 마이클 조던의 포스터에서 시선이 멈췄다. 아, 그곳이 어디인지 깨달았다.

"맙소사!"

네팔의 호텔에서의 환영과 지금의 상황이 교차했다. 탁자에 놓여 있던 삐삐가 요란하게 울렸다. 낯익은 동시에 낯선 물건이었다. 검은색 모토로라 호출기였다. 둘러보니 향도 없었고 접시도 보이지 않았다. 구식 알람시계만 놓여 있었다. 섬뜩했다. 낯설지 않아 두려웠다. 겁이 났다. 급히 호출기를 들고 전화번호를 살폈다. 그때 밖에서 목소리가

둘. 나는 너니까 51

들려왔다.

"정우야, 정우야!"

'정우? 형?'

그는 온몸에 돋는 소름을 막을 재간이 없었다. 너무 그리웠지만 오랫동안 들을 수 없어 애달팠던 어머니의 목소리였다. 뭔가에 홀려도 한참 홀린 것 같았다. 그럴 수는 없었다. 불가능한 일이었다. 가능할 수 없는 일이었다. 그는 맥 빠진 모습으로 자리에서 일어나 문 쪽으로 조심스레 걸었다.

조심조심 걸으면서도 선우는 당장의 상황을 해석해보려고 애썼다. 문을 열고 밖으로 나갔다. 어두운 거실에는 아무도 없었다. 하지만 아직 다행이랄 수는 없었다. 같은 거실이었지만 오래된 가구 옆으로 배치된 장식들이며 화분들은 어린 시절의 모습이었다. 다시 형 정우를 부르는 어머니의 목소리가 들려왔다. 하마터면 그가 '엄마!' 하고 소리를 지를 뻔했다.

"정우야, 정우 자니?"

아래층에서 들려오는 소리였다. 얼른 몸을 숨겨가며 걸음을 옮겼다. 어둑한 거실에는 수족관이 자리해 있었다. 수족관 안에는 열대어가 헤엄치고 있었다. 수족관 뒤로 물고기 밥을 주고 있는 여자가 어렴풋이 보였다. 그녀는 분명 그가 기억하는 40대의 어머니였다. 어지러웠다. 기억 속에 남아 있던, 우아하며 아름답고, 품격이 있으며 언제나 자존심을 잃지 않던 젊은 시절의 엄마 명희였다. 그는 꿈을 꾸고 있을 뿐이라고 속으로 중얼거렸다.

'엄마.'

명희는 선우가 기억하는 어린 시절의 모습 그대로 아름답고 우아했다. 순간 그의 눈이 뜨거워지는 걸 느꼈다.

"자니? 선우가 독서실에서 아직도 안 왔나보다. 너무 늦었는데 데리러 가야 되지 않을까?"

하지만 선우는 대답을 할 수가 없었다. 그저 자신의 몸을 어디로 숨겨야 할지 당혹스러울 뿐이었다. 급히 몸을 숨기려던 순간 그를 쳐다본 명희가 화들짝 놀라 뒤로 멈칫하며 겨우 몸을 가누었다.

"누, 누구세요?"

선우는 그 물음을 듣는 순간 눈물이 흘러내렸다. 하지만 자신이 선우라고, 지금 누구냐고 묻고 있는 당신의 둘째 아들이라고 답할 수는 없었다. 묻고 있다는 건 알지 못한다는 의미였다.

"정우야! 정우야!"

그녀는 강도를 만난 것처럼 다급하게 형의 이름을 불렀다. 순간 어디서 나타났는지 정우가 모습을 드러냈다. 계단을 뛰어 내려오며 당신 누구냐고 소리치는 사람은 다름 아닌 20대 초반의 정우였다. 그가 기억하는 젊은 시절의 형이 분명했다. 집 안의 모습도, 어머니의 모습도, 형의 모습도 기억 속에 있는 그대로였고 다른 모습을 가진 사람은 선우 자신뿐이었다.

'…형?'

입 속에서 맴도는 형이라는 말을 토해낼 용기가 나지 않았다. 정우가 야구 배트를 집어 들고 그에게 달려들었다.

"너, 뭐야?"

정우가 휘두르는 방망이를 보자 정신이 번쩍 났다. 방망이를 겨우 피해보았지만 깨어나지 않았다. 꿈이라면 그런 순간 늘 깨어났다. 하지만 당장은 어떤 수로 셈을 해보아도 꿈이라고는 여길 수 없었다.

"너, 뭐하는 놈이야?"

정우는 다시 방망이를 휘둘렀고 그러다 수족관을 정통으로 때렸다. 산산조각 난 유리 파편과 물이 사방으로 쏟아졌다. 그 모습에 명희는 힘을 잃고 바닥에 주저앉았고 정우는 자신의 몸을 지탱하지 못해 넘어졌다. 아수라장이 되는 틈에 선우는 계단으로 급히 뛰었다. 꿈이라면 역시 불가능했다.

"이게 도대체 어떻게 된 거냐고."

계단으로 올라선 선우가 숨을 겨우 몰아쉬는데 목덜미가 쓰라렸다. 통증이 깊었다. 얼굴을 찡그리며 만져보니 수족관이 깨지며 박혀버린 큰 조각이 있었다. 고통이 생생히 느껴지는 걸 보니 다시 생각해도 꿈일 수는 없었다.

"이게 다 무슨 소란이냐?"

아래층에서 또다시 익숙한 목소리가 계단을 타고 올라왔다. 그 목소리도 그는 분명히 기억했다. 몸을 구부려 아래층을 내려다보았다.

그 목소리는 선우와 형 정우의 아버지이자 바다로 주저앉아 버린 어머니 명희의 남편인 천수의 목소리였다.

'아버지!'

마냥 그러고 있을 수는 없었다. 손을 내밀며 다시 아버지를 부르려

할 때였다. 깔끔하게 정리된 침대 시트, 자신이 기억하고 있는 기자 생활 이후 바뀐 방 안의 모습 그대로가 시선에 들어섰다. 급히 시선을 향이 있던 자리로 옮겼다. 향은 넘어진 채 꺼져 있었다. 마지막으로 피어올랐을 연기가 공중에서 흩어졌다.

다행이었다. 아무도 자신을 알아보지 못하는 위험하고 다급한 상황에서 빠져나올 수 있던 것은. 그리고 곧 서글픔이 몰려왔다. 방망이에 맞아 다리가 부러지고 뼈가 으스러지더라도 그렇게 그리던 어머니와 아버지 그리고 형과 마주친 그 순간을 그렇게 흘려버려서는 안 됐었다.

아쉬움과 안도의 한숨이 계단을 탔고 흘렀다. 계단을 내려오며 다시 바라보니 깨진 수족관은 보이지 않았고 사랑하는 어머니도 없었다. 아버지도 온데간데없고 형 정우도 나타나지 않았다. 눈물이 흘렀다. 이때 목을 타고 통증이 느껴졌다. 견디기 힘들었다. 휴대폰을 열고 친구 영훈의 번호를 찾았다.

"이럴 때 웃음이 나오면 멍청한 거다."

서준이 선우를 치료하는 응급실로 영훈이 들어서며 핀잔을 주었다. 들어서는 영훈을 보고 서준이 둘이 아는 사이냐고 물었다. 다짜고짜 영훈은 후배 서준에게 밖으로 나가라고 하며 선우를 향해 핀잔을 줄 때보다 더 강하게 쏘아보았다. 서준이 마지못해 밖으로 나가자 영훈은 능숙한 솜씨로 상처를 꿰매기 시작했다. 자신이 경고한 것들을 지키지 않는다며 또 핀잔을 늘어놓았다. 앞으로 온갖 증상들이 가속도가 붙을 것이며 고통이 심각해져 앞을 분간하기 어려울 때가 예고 없이 자주 찾아올 텐데 그런데도 왜 의사이자 친구인 자신의 말을 듣지 않느냐고 수없이 반복한 말들을 다시 했다. 그런 핀잔이 싫어 선우가 영훈을 향해 중얼거렸다.
"저번에도 한번 눈사태를 보고 기절할 뻔했는데 그때는 그래도 꿈인가 했지, 뭐. 그런데 이번엔 잠든 것도 아니고 멀쩡하게 눈뜨고서 말이야."
"뭐에 이런 거야?"
영훈은 선우의 말이 무슨 뜻인지 알 수 없었다. 앞으로 두통, 환각, 차라리 그런 건 아무것도 아닐지 모른 채로 끔찍한 아픔들이 예약돼 있는 선우의 얼굴을 보니 화가 나고, 괴롭고, 안됐고, 갑갑하고, 속상해서 미칠 것 같았다. 그 마음을 아는 듯 선우가 씩 웃었다. 오 국장에게 배운 어설픈 변죽이었다. 영훈이 다 됐다고 어깨를 툭 치며 우동집에나 가자고 재촉했다.

"너 치료해야 돼. 네 몸이지만 치료받는 건 네 맘대로 하고 말고 하는 게 아니야."
선우도 영훈의 마음을, 그 말이 무엇을 의미하는지 이미 잘 알고 있었다.
"나 주민영이랑 데이트도 해야 되고 바빠."
너스레를 떤다고 답한 말에 영훈은 놀란 얼굴로 되레 물었다.
"민영 씨가 너한테 아무 말도 안 했어? 약물치료 받게 해달라고 했는데 전화 없었냐?"

선우는 그 말을 듣자 목으로 통증이 더 올라와 얼굴을 찡그렸다. 이미 뭔가 눈치를 채고 전화를 하는데 어쩔 수 없었다는 영훈의 말은 진심이었다. 말 그대로 영훈의 탓은 아니었다. 어찌 되었든 선우가 원하는 일은 아니었다. 속상했다. 민영이 자신의 몸에 생긴 병의 증세를 모두 알았다니. 자신이 6개월만 살자고, 3개월만 연애하자던 의미를 깨달았다고 생각하니 낭패감이 들었다. 순간 전화가 걸려왔다. 낯선 번호였다. 영훈이 누구냐고 표정으로 물었다. 통화 버튼을 눌렀다.

"박선우 기자님 되십니까?"

"그런데요?"

그는 자신이 최진철 회장의 비서라고 밝히고 최 회장이 선우와 통화를 원한다고 했다. 최 회장과 통화가 연결되는 동안 그는 휴대폰의 메뉴에서 녹음 버튼을 냉큼 눌렀다.

"선우야, 우리가 이런 식으로 만나는 건 아니잖냐. 왜 우리가 이런 식밖에 안 되는 사이가 된 거지?"

"그건 이미 최 회장님께서 누구보다도 잘 알고 계실 텐데요."

차분하게 응대하는 두 사람의 목소리는 얼음보다 더 차가웠다. 누가 더 냉혹하다고 판단할 수 없을 만큼. 20년 전의 일로 아직도 자신에게 이렇게 감정이 큰 줄은 몰랐다는 최 회장의 말에 치가 떨렸다. 어떻게 해서든 자신의 집을 돕고 싶어한 것을 몰랐냐는 최 회장의 물음에는 답할 가치도 없었다. 정신을 차리고 지금 나누는 대화를 녹음 중이라고 솔직히 말했다. 당황스러워하는 최 회장의 음성이 녹음기 안으로 스며들었다. 지금 하는 모든 말들이 보도에 인용될 수 있다고 하자 최 회장은 쉽게 대꾸하지 못했다. 하지만 잠깐의 틈을 두고 최 회장은 난데없이 형 정우를 찾았다.

"그럼 정우랑 얘기하는 수밖에 없겠구나. 대체 정우는 지금 어디 있는 거냐?"

선우는 떨리는 몸을 가누기 힘들었다. 목에 난 상처에서 통증이 그대로 느껴졌다. 치가 떨렸다.

"형은 죽었습니다."

휴대폰 안에서는 한참 동안 아무런 대답이 없더니 겨우 목소리가 들렸다.

"…저, 정우가 주, 죽어?"

선우가 어머니와 형에게 일어난 일련의 비극들을 억누른 음성으로 이야기했다. 진철은 묵묵히 들었다. 그 순간 그가 할 수 있는 말은 아무것도 없었다.

다음 날 공항에 최진철 회장 일행이 도착했다. 수행원이 앞장서고 자동문이 열리던 순간 대기하고 있던 많은 카메라들이 일제히 그를 향했다. 숱한 플래시가 터지는 게 최 회장은 곤혹스러웠다. 쉴 새 없이 쏟아지는 플래시를 뒤로 하고 밖으로 향했다. 그는 극도로 말을 아꼈고 여유 있는 미소를 잃지 않으려 애썼다. 텔레비전에서는 비리 의혹 파문이 일고 있는 최 회장에 대해 메인 기사로 종일 보도했다.

선우는 범석에게 식약청에 제출한 보고서 통계에 대한 조작 여부 확인서를 꼭 받아오라고 이르고 책상 서랍을 열었다. 약을 꺼내려는데 물이 없었다. 그래서인지 순간 통증이 더욱 심하게 몸을 괴롭혔다. 고통을 참고 있는데 익숙한 목소리가 들려왔다. 안나푸르나 베이스캠프에 있는 민영과 위성 연결 중이었다. 선우는 통증이 가라앉기를 기다리며 민영의 모습을 지켜보았다. 그러다 스튜디오로 이동해 쌓여 있는 큐시트를 뒤적였다.

그중 한 장을 집어 들었다. 민영과 방송 연결 시간은 3분 30초였다. 아무렇지 않게 방송을 마치고 민영에게서 전화가 걸려왔다. 옥상으로 가서 선우는 전화를 받았다.

"미안해. 내가 유치했다. 드라마 속에 나오는 주인공들처럼 비밀로 하면 멋질 줄 알았지."

민영은 벌써 눈물이 흘러내린 걸 들키지 않으려고 목소리를 높였다.

"그러게요. 그러니 주인공처럼 멋지게 죽을 거 아니면 그냥 살아요. 그게 덜 손해잖아요. 안 그래요?"

선우는 떨리는 목소리를 감추지 못했다.

"그동안 내가 널 사랑했더라. 철딱서니 없는 여자였는데. 5년 동안 너하고 지지고 복고 하면서 괴롭혔는데. 그게 뭔가 했는데 이제 곧 죽게 된다니까 유치하게도 그게 알아지더라. 사랑이란 게 말이지."

민영은 순간 휴대폰을 손바닥으로 막았다. 거친 숨소리와 눈물 섞인 소리가 스며들까봐 싫었다.

"그런데 저한테 전에 그랬잖아요. 3개월이요. 어이가 없어서 내가 얼마나 웃었는지 아세요? 진짜 저랑 장난해요? 사랑이요? 하, 지나던 개가 야옹 하겠어요. 뇌가 가출한 게 매력이니 어쩌니 떠들더니 이젠 드라마 주인공 타령까지 해가며 절 사랑한다고요? 됐어요."

마음과 다른 거짓말이었다. 미웠다. 그가 미워 견디기 힘들었다.

"몸조심하고."

민영이 차갑게 대하는데도 선우는 마치 다른 말을 하는 사람 같았다. 민영은 휴대폰을 끊고 주저앉아 펑펑 울었다. 그러다 어스름히 깔린 밤의 풍경을 마주 보고 섰다.

"내가 왜 몸조심이란 걸 해요. 몸조심은 내가 할 게 아니라고요."

가사 도우미가 정우가 쓰던 방에서 나와 아래층으로 내려가려던 순간이었다. 어디선가 희미하게 호출기 신호음이 들려왔다. 도우미는 고개를 갸웃거리며 그 소리가 어디서 들리는지 귀를 기울였다. 선우의 방이었다. 분명히 선우의 방에서 지금은 사람들이 거의 사용하지 않는, 선우의 집에서 오랫동안 일해왔지만 한 번도 본 적이 없는 호출기의 신호음이 들렸다.

"이게 무슨 소리야? 호출기 소리 같은데."

가사 도우미가 선우의 방 문을 열었다. 호출기 신호음이 울리는 곳은 양복바지 주머니였다. 바지를 꺼내 호주머니에서 호출기를 꺼내 들었다. 신기한 듯 호출기를 쳐다보다 휴대폰을 들고 선우의 번호를 찾았다.

선우는 자리에 앉아 오프닝 원고를 수정하던 차였다. 마지막으로 원고를 체크하고 뉴스 담당 AD에게 건네는데 전화가 걸려왔다.

"네, 아주머니 웬일이세요? 네? 삐삐요?"

도우미는 옷장을 열어놓고 손에 검정색 모토로라 호출기를 든 채 선우와 통화하고 있었다. 호출기는 통화하는 동안에도 계속 신호를 보냈다.

"요즘에도 삐삐라는 걸 사용하나봐요? 누구 건데요? 이 집에서 오래 일했는데 한 번도 본 적이 없어서요. 누구 거예요?"

선우는 일단 그대로 두라고 도우미에게 일렀다. 하지만 자리에서 일어서던 순간 환각일지 환상일지 모를 곳에서 보았던 과거의 모습이 머리를 스쳤다. 자신이 향을 피울 때 나타났던, 어린 시절 방에서 울리던 호출기가 지금 자신의 방에서 발견된 것이다.

"맙소사!"

선우는 또렷하게 기억했다. 어머니 명희의 목소리에 자리에서 일어나던 자신의 모습을, 손에 호출기를 들고 있다가 문을 열고 나가면서 무심결에 주머니에 넣었던 기억이 생생했다.

'그렇다면 이건 환각이 아니야. 그럼 현실?'

선우는 급히 도우미에게 전화를 걸어 호출기에 찍힌 번호를 받아 적었다. 도우미는 같은 번호로 열 번 이상 신호가 왔노라고 했다.

'그래, 내가 잘못 본 게 아니야. 그리고 내가 아파서 뭘 혼동하고 있는 것도 절대 아니라고. 나는 과거로 갔던 거야.'

번호는 02로 시작했다. 983국으로 이어진 서울 번호였다. 하지만 결번이었다. 다시 번호를 눌렀지만 같은 안내가 나올 뿐이었다. 선우는 갈수록 미궁에 빠졌다. 다시 전화를 걸어 번호를 물었지만 같은 번호였다. 지금도 울린다고 했다. 궁금했다. 도우미에게 퀵으로 급히 호출기를 보내달라고 말했다.

퀵으로 호출기가 오는 동안 영훈에게 전화를 걸었다. 자신의 머리가 문제가 아니라 다른 이유가 있을 수 있다고, 환각을 본 게 두 번 다 향을 피웠을 때라고 말했다.

영훈은 선우의 말을 이해하기 어려웠다.

"향?"

선우의 목소리는 한껏 긴장되어 있었다. 현지에서 구입했다면 충분히 마약 성분이 들어 있을 수도 있다는 말에는 긍정했다. 형 정우가 고통을 잊기 위해 마지막 순간에 피우려고 했을 수도 있다는 말에 영훈은 더욱 공감했다. 선우는 영훈에게 두 가지가 걸린다고 말했다. 첫째, 피우는 즉시 취하고 꺼지자마자 바로 깨는 환각 성분이 있냐고 물었다.

영훈이 대답하려는 순간 선우 쪽에서 누군가와 대화를 나누는 듯한 소리가 들려왔다.

"두 번째는 뭐, 두 번째는 뭔데?"

선우가 이야기하는 동안 퀵서비스를 통해 호출기가 전해졌다. 20년 전 유행하던 검정색 모토로라였다. 환각 혹은 환영 속에서 본 호출기였다.

"만약 아파서도 아니고 약에 취한 것도 아니라면 뭐겠어?"

휴대폰 안에서 영훈이 대체 무슨 소리를 하는 거냐고 묻는 말이 들려왔다. 선우는 손에 들린 호출기를 홀린 듯이 바라보았다. 버튼을 눌러보니 02-983-0000 번호가 찍혀 있었다. 메모한 번호였다.

"야, 선우야. 박선우."

선우는 휴대폰을 끄고 계속해서 호출기를 쳐다보았다. 묘하고 섬뜩했다. 알 수 없는 공포가 몰려왔다.

'그럼 대체 뭐냔 말이야. 이 모든 상황을 어떻게 해석할 수 있느냐고. 대체 어떻게⋯⋯.'

범석이 자료를 찾느라 분주한데 선우가 난데없이 호출기를 디밀었다. 그러고는 모델이 몇 년형인지 출시 일부터 단종 시기까지 알아보라고 했다. 그리고 호출기에 찍힌 번호를 불러주며 받아 적으라고 일렀다. 번호의 명의자를 찾아달라고 했다. 현재는 결번이라는 말도 잊지 않았다. 범석은 당장은 곤란하다고 말했지만, 아랑곳하지 않고 선우는 무작정 자리를 떠버렸다. 범석은 할 수 없이 바로 검색을 시작했다.

선우는 이어 분장실로 들어섰다. 벽시계가 밤 11시 50분을 가리키고 있었다. 시선이 지퍼 백에 머물렀다. 타다가 3분의 2가량 남은 향을 쳐다보는 순간 끔찍한 냉기가 온몸을 타고 흘렀다. 수족관이 박살 나던 장면이, 바닥으로 주저앉던 40대 어머니의 모습이, 자신을 알아보지 못하고 몽둥이를 휘두르던 형 정우의 모습이 스치고 지나갔다.

뒷목의 상처를 만져보았다. 환각이라는 것이 믿기지 않았다. 믿을 수 없었다. 그것은 눈앞에서 펼쳐진 현실이었고 사실이었다. 고민하던 선우는 호주머니에서 라이터를 꺼내 들었다. 그리고 향에 불을 붙였다. 불꽃이 타오르다가 꺼지고 연기가 퍼지기 시작했다. 범석의 목소리가 들려왔다.

"차장님, 차장님!"

그 소리에 선우는 문 쪽을 쳐다보았다.

범석이 문을 열고 안을 들여다보았다. 분장실은 텅 비어 있었다. 한쪽에는 향이 타오르고 있었다. 선우의 휴대폰이 빈 분장실 안에 놓여 있었다. 범석은 안으로 들어와 선우의 휴대폰을 집어 들었다. 조연출이 달려오며 선우를 찾았다. 위성 연결이 있어 선우를 찾는 모양이었다. 두 사람 모두 연기를 피우며 타오르는 향에는 관심을 두지 않았다.

선우가 문 쪽을 바라봤다. 문이 열릴 것 같더니 잠잠했다. 여전히 분장실이었다. 그런데 조금 전의 모습과 달랐다. 대형 LED 텔레비전이 있던 자리에 작은 브라운관 텔레비전이 놓여 있었다. 텔레비전 안에서는 오래전 유행하던 프로그램이 방송 중이었다. 선우는 침착하려고 애썼다. 천천히 분장실을 둘러보았다. 의자와 조명 모두 1990년대로 돌아가 있었다. 구식 사내 전화기가 테이블 위에 놓여 있었다. 재떨이에는 담배가 수북했다. 건물 전체가 금연지역인 요즘 같은 상황에서는 볼 수 없는 모습이었다. 그리고 옆에는 신문이 놓여 있었는데 1992년 14대 대통령 대선 직후 김영삼 당선자의 사진과 관련 기사가 일면 톱으로 실려 있었다. 급히 신문을 집어 들어 발행일을 확인했다. 1992년 12월 21일 월요일자 신문이었다. 공포가 가득 차올랐다. 자신이 다시 알 수 없는 환각, 혹은 환영 속으로 들어와 있다는 걸 부인할 수 없었다.

'괜찮아, 조금만 더 침착하게 보면 돼. 그럼 답을 알 수 있을 거야. 걱정하지 마. 알고 보면 넌 어차피 죽게 될 몸이잖아. 겁낼 것 하나도

없어.'
 그는 문을 천천히 열고 밖을 내다보았다. 복도는 텅 비어 있었다. 순간 분장실 안에서 호출기가 신호를 보냈다. 역시 02-983으로 이어진 그 번호였다.

 민영은 마이크를 들고 위성 연결을 준비 중이었다. 원고를 보며 연습 중이었는데 스태프가 연락을 받고 소리쳤다.
 "앵커가 없어졌다는데 뭔 일이냐?"
 민영은 선우가 없어졌다는 말을 순간 알아듣지 못했다. 하지만 이내 없어졌다는 사람이 선우라는 사실을 알아차렸다. 자신이 한 말이 마음에 걸렸다. 가슴을 콕콕 찌르는 말만 골라서 그를 몰아세운 것 같았다.
 방송국은 사라진 선우를 찾느라고 발칵 뒤집혔다. 뉴스는 5분 후에 시작이었다. 대신 투입된 기자가 선우를 대신해 앵커 자리에 앉았다.
 민영은 초조하고 불안했다. 무슨 일인지 궁금해 견디기 어려웠다. 자신이 차갑게 내뱉은 말이 자꾸만 귀에서 울려댔다. 괴로웠다. 치료를 서둘러야 한다는 영훈의 목소리가 크게 메아리치며 들렸다.

 선우가 구내전화 수화기를 들고 번호를 눌렀다. 신호음이 몇 번 울렸다. 누군가 전화를 받았다.
 "여보세요?"
 선우의 목소리가 떨렸다.

"저, 혹시 호출하신 분……."
"아, 혹시 제 삐삐 갖고 계세요?"
선우가 더욱 떨리는 목소리로 물었다.
"그쪽 이름이 뭐죠?"

어린 선우가 휴게실에서 전화로 통화 중이었다. 긴장한 듯 떨리는 한 남자의 목소리가 들려왔다.
"그쪽 이름이 뭐죠?"
어린 선우가 대답했다.
"박, 선우라니까요?"
전화기에서 남자의 목소리가 겨우 들려왔다.
"명진고등학교 2학년 5반 박선우?"
어린 선우가 다시 물었다.
"아저씨가 누군데 절 아세요?"
그가 대답했다.
"어떻게 아느냐면, 내가, 내가 바로 너니까."

셋

이 판타지는 팩트야

선우가 대답을 하는 순간 수화기가 손에서 사라졌다. 손에 쥐고 있던 수화기의 감촉마저도 희미하게 흔적만 남았다. 그는 수화기를 든 자세로 벽을 바라보며 우두커니 서 있었다. 그는 멍하니 주위를 둘러봤다. 방송국 분장실이었다. 그는 무슨 일이 있어난 건지 가늠할 수 없었다. 제아무리 실감 나는 꿈이라도 이렇게 생생할 수는 없을 것 같았다. 오래된 기억 속의 공간, 사물들, 그리고 사람들과의 만남은 오히려 현실보다 강렬하게 각인됐다. 그런 게 가짜일 수 있을까? 그런 경험이 사실이 아닐 수도 있을까? 그는 탁자 위의 신문을 집어 들었다. 2012년 12월 21일. 날짜 난에 그렇게 적혀 있었다. 신문 1면에는 제18대 대통령 당선자의 사진이 큼직하게 박혀 있었고, 그 옆에 최진철의 사진과 기사가 엇비슷한 크기로 실렸다. 방 한쪽을 차지하고 있던 브라운관 텔레비전은 어느새 최신형 벽걸이 텔레비전으로 바뀌어 있었고, 화면에서는 한창 인기를 끌고 있는 남자 연예인이 스마트폰을 들고 서 있었다. 무슨 일이 일어난 걸까? 도대체 어떻게 된 일일까? 그는 화장대에 올려놨던 향으로 고개를 돌렸다. 향은 누군가 넘어뜨린 듯 새끼손가락 길이 정도만 남아 바닥에 떨어져 있었다. 나른한 향내가 분장실에 연하게 퍼져 있었다. 그는 조금 전의 일을 떠올렸다. 전화기 너머에서 들려오던 앳된 목소리. '아저씨는 누구세요? 저를 어떻게 알아요?' 그 목소리는 분명 자신의 목소리였다. '왜냐하면 내가 너니까.' 그는 자신이 그런 말을 했다는 것조차 믿을 수 없었다. 어떻게 그런 말을 할 수 있었을까? 꿈이었을까? 아니면 정말 머리가 이상해져버린 걸까? 혼란스러움에 머리를 감싸 쥐었다. 그 순간 분장실 문이 벌컥 열렸다. 후배 범석이 새파랗게 질린 얼굴로 그를 바라보았다.

"박 선배! 어디 갔다 왔어요?"

선우가 뉴스 룸에 도착한 건 생방송을 10여 초 남겨두고 있을 때였다. 그는 앵커석에 앉을 때까지도 조금 전의 일에 사로잡혀 있었다. '선배, 10분이나 행방불명이었어요!' 후배는 그렇게 말했다. 그를 보는 사람마다 어떻게 된 일이냐며 놀란 표정으로 물었다. 그는 생각했다. '나는 그 10분 동안 분장실을 나간 적이 없고, 사람들은 10분 동안 분장실에서 날 발견하지 못했다. 그건 팩트다.' 그에게 팩트는 유일하게 믿을 수 있는 것이었다. 그러나 지금 그가 맞닥뜨린 것은 도저히 믿을 수 없는 팩트였다. PD의 긴박한 수신호와 함께 카메라에 불이 켜졌다.

"안녕하십니까? 지난밤 뉴스 투나잇과 명세병원 최진철 회장과의 인터뷰 이후 파장이 점차 커지고 있습니다."

VTR 영상이 흘러나왔다. PD도 스태프들도, 그 모습을 지켜보던 기자들도 그제야 안도의 한숨을 쉬었다. 그는 자리에서 일어나 스태프들에게, 모니터로 그를 보고 있을 모든 이들에게 넉살 좋게 미안함을 표시했다. 자리에 앉아 원고를 살펴보던 그는 머릿속에 불쑥 떠오른 기억에 멈칫했다. 그 기억은 오래 잊고 있었던 것처럼 생소하고 한편으로는 선명했다. '삐삐 찾았어?' 영훈의 목소리. 그는 고등학생이었고, 독서실 휴게실에서 영훈과 전화로 대화를 나누고 있었다. 그리고 그 기억은 새로 의식에 새겨지는 것처럼 머릿속에서 영화처럼 상영되었다. '어떤 남자가 내 삐삐 갖고 있다고 그러고는 그냥 끊어버리잖아.' 선우는 그날 의아하고 화났던 기분까지 분명하게 기억났다. 그 순간 삐삐 소리가 울렸는데, 그는 그것이 자신의 기억에서인지 어디서인지 알 수 없었다. 그러나 선명하게 들리는 소리였다.

"이거 뭔 소리야?"

조연출이 외쳤다. 스태프들이 두리번거리며 주위를 살폈다. 선우는 점점 또렷하게 들려오는 소리의 진원지가 자신이라는 것을 알았다. 주머니에서 꺼내보니 정말 삐삐였다. 그는 얼른 전원을 끄고 아무 일도 없었던 것처럼 행동했다. 조연출이 다가와 물었다.

"삐삐 가지고 다니세요?"

"왜? 복고가 유행이잖아."

선우가 부드럽게 웃으며 말했다.

안나푸르나의 베이스캠프는 촬영 준비로 분주했다. 민영은 아까부터 카메라 앞에서 대기 중이었다. 입술을 풀고 준비한 대본을 수정했다. 반복하고 또 반복해서 읽었다. "원정대는 이곳 시간으로 내일 새벽 1시에 베이스캠… 에이씨" 잘 집중이 되지 않았다. 생방송을 10여 분 앞두고 선우가 사라졌다는 소식을 들었을 때는 머릿속이 텅 비어버린 듯했다. 그녀는 선우의 상태에 대한 걱정과 함께, 지금 주위에 그것을 아는 사람이 자기밖에 없다는 사실 때문에 더욱 괴로웠다. 선우가 생방송을 몇 초 앞두고 데스크로 돌아왔다는 말을 민영이 이어폰으로 들었을 때는 거의 기도라도 드리고픈 심경이었다. 그는 말쑥한 모습으로 앉아 있을 선우를 떠올렸다. 그녀가 그토록 사랑해온, 곁에 두고 싶었던 남자의 모습. 민영은 눈물이 핑 돌았다. 영하 30도에 이르는 기온에 눈가가 싸늘하게 얼어붙는 듯했다. 민영은 정신을 가다듬고 다시 집중했다. 생방송 중에 선우 앞에서 실수라도 한다면 그보다 더 창피한 일은 없을 테니까.

뉴스가 끝났다. 스태프들이 정리를 하며 뉴스 룸 주위를 분주히 돌아다녔다. 선우는 한동안 자리에 앉아 있었다. 자신도 모르게 긴장이 됐는지 자리에서 일어날 수가 없었다. 뉴스 진행만 7년차에 웬만해선 떨거나 긴장하지 않는 그였지만 오늘은 달랐다. 삐삐 문제로 정신이 없기도 했고, 두통이 조금씩 심해지고 있기도 했다. 특히 최진철 관련 쪽지에서는 발음이나 말투를 더욱 신경 썼고, 혹시라도 말실수를 하지 않을까 신경을 곤두세웠다. 그는 정신을 차린 뒤 스태프들에게 인사를 건네며 자리에서 일어났다.

"선배, 그냥 가시게요?"

그가 사무실을 빠져나가려는데 후배 범석이 그를 불러 세웠다. 선우는 의아한 표정으로 그를 바라보았다.

"아까 저한테 부탁하셨잖아요."

선우는 그제야 범석에게 삐삐에 대해 알아봐달라고 했던 기억이 났다. 범석이 말했다.

"그 삐삐는, 1992년도에 출시돼서 1995년에 단종된 모델이에요. 그리고 그 전화번호 명의는……."

"소망독서실?"

"네, 1991년부터 2001년까지 성북동 소망독서실 명의의 번호였습니다."

범석이 김이 샌다는 듯 자동응답기 목소리처럼 말했다.

"선배, 알고 계셨으면서."

"몰랐어."

선우가 말했다.

"지금 생각났어. 내가 고등학교 때 다니던 독서실이거든."

선우는 무언가 확신에 찬 눈빛과 표정으로 범석을 바라보았다. 범석은 그 눈빛이 무엇을 의미하는지 알 길이 없었다.

선우는 분장실로 향했다. 바닥에 타고 남은 작은 향이 그대로 있었다. 다가가 향을 집어 들었다. 마치 처음 보는 무엇을 대하는 것처럼 이리저리 살펴봤다. 그렇게 보아봤자 특별한 것은 없었다. 그건 분명,

그저 타다 만 향이었다. 그는 향에 불을 붙일까 하다가 재킷 주머니에 조심스럽게 넣었다.

선우는 차를 몰아 성북동 자신의 집에 도착했다. 선우는 자신이 37년간 살아온 집을 전과는 다른 눈길로 바라보았다. 그는 주머니 속 삐삐를 만지작거리며 흥분을 달랬다. 아니, 그럴수록 더욱 흥분됐다. 그는 차를 몰고 오는 동안 영훈과 전화로 나누었던 대화를 떠올렸다.

'영훈아, 너 혹시 우리 고등학교 때 내가 삐삐 훔쳐간 남자랑 통화한 얘기했던 거 기억해?'

'음… 그래 기억 나. 그때 너희 집에 도둑 들어서 수족관 깨지고 그랬잖아. 삐삐도 없어지고, 이상한 남자랑 통화했다고 했던 것도 기억나. 너 나 만나면 한동안 그 얘기만 했잖아. 그래, 오래된 일인데 이상하게 또렷이 기억나네.'

그 순간 선우는 자신이 겪은 일들이 판타지가 아닐 수도 있다는 생각을 했다. 그러니까 이 환상은 팩트다. 내 기억이 환상이나 무엇에 의해 뒤바뀔 수는 있어도, 다른 사람의 기억까지 조작할 수는 없다. 영훈은 20년 전에 내가 그런 말을 했다고 분명히 기억하고 있었다. 그것은 1992년에 내가 쓰던 삐삐가 지금 내 손에 들려 있는 것만큼이나 분명한 증거다. 이것이 사실이 아니려면, 지금 자신이 딛고 있는 잔디부터 자신을 둘러싼 모든 것이 진짜가 아니어야 한다.

선우는 현관문을 열고 안으로 들어섰다. 불 꺼진 거실. 그는 일부러 불을 켜지 않고 희미한 불빛을 받으며, 머릿속에 그려진 집 안의 구조를 따라 서재로 걸음을 옮겨갔다. 계단을 오르는 그의 눈앞에 태어나한 번도 떠올려본 적이 없는 기억들이 떠오르고 있었다.

기억 속에서 자신은 형의 방문을 빠끔 열었다. 턴테이블이 고요하게 돌아가고 있었고, 스피커에서 에릭 클랩튼의 '티어스 인 헤븐(Tears in heaven)'이 흘러나왔다. 스탠드 조명으로 불을 밝힌, 어둑한 방 안에 잔잔하게 울려 퍼지던 기타 소리가 어제 일처럼 귓가에 선명했다. 형의 체온처럼 따뜻했던 느낌. 그런 분위기에 어울리지 않게 벽에는 인체 해부도가 큼직하게 걸려 있었다. 형은 의대를 졸업하고 아빠 병원의 레지던트로 일하고 있었다. 다른 쪽 벽에는 수많은 레코드판들과 카세트테이프, 그리고 오디오 옆에 형이 아끼던 통기타가 아담하게 놓여 있었다.

"형."

책상에 앉아 있던 정우는 선우의 목소리에 화들짝 놀라 급하게 무언가를 감췄다. 선우 또한 덩달아 놀랐다. 놀래주려던 건 아니었다.

"어, 늦었네. 독서실에서 오는 거야?" 형이 말했다.

"어, 그런데 나 오늘 진짜 이상한 일 있었어. 내가 삐삐 잃어버렸다고 했잖아? 근데 누가 내 삐삐를 주워서 나한테 전화를 했는데······."

그때 아래층에서 엄마가 부르는 소리가 들렸다. 아빠가 부르시니 내려오라는 것이었다. 선우는 형에게 더 이야기를 하려다 말고 돌아섰다. 형이 뭔가 다른 데 정신이 팔려 있는 느낌이 들어서였다. 방에서 나와 살짝 열려 있는 문틈으로 형을 보았다. 형은 공부를 하고 있었는지도 몰랐다. 아니다, 아마 아니었을 것이다. 공부를 하고 있었다면 그렇게 놀라지는 않았을 것이다. 어쩌면 연애편지를 쓰고 있었는지 모른다. 형은 그럴 나이였고, 자신이 알기에는 애인이 없었다. 형과 연애편지. 어딘가 모르게 잘 어울린다는 생각이 들었다.
 선우는 그날 그곳에 있던 자신이 되어 기억 속을 거닐고 있었다. 분명한 것은 그것이 다름 아닌 그의 기억이라는 것이었다. 상상력이 너무 뛰어나서 현실을 압도한 것이 아니라면 그 시간들은 그가 직접 겪고 그의 의식에 저장된 것이었다. 선우는 서재에 도착했다. 그는 의자에 올라가 책장 맨 위 칸에 꽂혀 있는 수첩과 노트들을 꺼냈다. 여러 전의 노트들을 뒤적인 끝에 한 권의 노트를 꺼냈다. 공책 반만 한 크기의 두툼한 노트였다. 표지에 '1992'라고 금박으로 새겨져 있었다. 그는 누렇게 색이 바랜 종이를 한 장씩 넘기다 가만히 멈췄다.

〈12월 21일. 월요일. 맑음.〉
삐삐는 찾지 못했고 엉뚱하게도 삐삐를 훔쳐간 사람과 통화를 했다. 누구냐고 물으니까 자기가 나란다. 그 사람이 나면 나는 그 사람이다. 고로, 삐삐를 훔쳐간 사람은 나고 삐삐를 훔쳐간 사람이 삐삐를 찾고 있는 셈이다. 세상에는 제정신이 아닌 사람이 많은가보다. 그런데 미친 사람치고는 목소리도, 느낌도 너무 말짱하다. 태어나 들어본 가장 황당한 말이지만 어쩐지 신경이 쓰인다. 내가 너니까… 그 사람은 도대체 무슨 생각으로 그런 말을 한 걸까?

선우는 노트를 들고 침대에 걸터앉아 있었다. 어떤 변조도 불가능한 팩트가 손 안에 놓여 있었다. 게다가 그 노트에 일기를 적던 순간의 기억까지 떠올랐다. 그는 이것이 누가 준비한 어떤 종류의 장난이더라도, 그 손아귀에서 헤어 나올 수 없게 됐다는 걸 알았다. 그는 문득 떠오른 생각에 주머니에서 향을 꺼냈다. 코에 가져가 보기도 하고, 눈을 번득이며 가만히 바라보기도 했다. 형도 그랬을까? 향을 손에 넣고 형도 그렇게 넋이 나간 것 같은 눈길로 향을 바라봤을까? '다시 예전처럼 살고 싶지 않니? 우리가 진짜 행복했던 예전처럼······' 그 말을 했을 때 형의 간절한 목소리, 뜻 모를 희망으로 반짝이던 눈빛. 그때는 그저 반쯤 미친 사람의 눈빛이라고 생각했던. 선우는 이 모든 일들을 여전히 온전히 믿을 수는 없었지만, 논리상 이것을 믿지 않을 수 없었기 때문에 더욱더 혼란을 느꼈다. 아니, 사실 이전처럼 혼란스럽지는 않았다. 팩트를 손에 쥐었기 때문에. 선우는 이것을 믿기로 했다.

선우는 정우의 방에서 유품이 든 박스를 꺼냈다. 그러고는 안에서 다이어리를 꺼냈다. 그는 거기에 무언가 중요한 정보가 적혀 있을 거라고 확신했다. 다이어리에는 평소 정우가 드러내던 음울하고 기괴한 상념들이 머릿속에서 쏟아져 나온 것처럼 끝도 없이 적혀 있었다. 어떤 부분은 계속 읽어나가기 괴로울 정도였다. 게다가 다이어리는 눈사태 속에 오래 있던 탓에 글씨가 물에 번져 절반 정도는 알아보기도 힘들었다.

'2012년 1월 5일. 드디어 포카라다.'

그는 다이어리를 넘기던 손길을 멈췄다. 그는 구불구불 아래로 이어진 글씨를 읽어나갔다. 읽고 있는 선우의 심정만큼이나 글씨는 흥분해서 갈겨쓴 듯 삐뚤빼뚤 제멋대로였다. 그는 중간쯤에 이어지는 한 문장을 읽을 때 거의 숨이 멎는 기분이었다.

'그가 쓰고 남은 아홉 개의 향.'

아홉 개의 향? 형에게는 향이 하나밖에 없었다. 그는 상자를 뒤져 보았다. 안에 있는 물건을 모두 꺼내 샅샅이 살폈지만 향은 없었다. 그는 다시 다이어리를 읽기 시작했다.

'찾을 수 있을까? 마루나 롯지 201호. 창가 쪽 침대 매트리스 아래.'

선우는 잠시 생각을 가다듬고 나서야 어떻게 된 상황인지 이해할 수 있었다. 형은 향을 찾기 위해 안나푸르나에 갔다가 향을 찾지 못하고 죽게 된 것이다. 그는 침대에 걸터앉아 처음부터 다시 형의 다이어리를 읽어나갔다. 그 안에 있는 내용이라면 뭐든, 물에 번져 해석 불가능한 부분이라도, 읽고, 또 읽고, 다시 또 읽었다.

영훈은 이마를 닦으며 수술실을 나섰다. 수술은 성공적이었다. 뇌를 다루는 수술은 언제나 촌각을 다툴 뿐만 아니라, 사소한 실수도 큰 사고로 이어지기 때문에 한순간도 긴장을 늦춰선 안 되었다. 그는 천성적으로 이런 끔찍한 긴장 속에 살아가는 것이 어울리지 않는 사람이었지만, 이제 와서 직업을 바꿀 수도 없는 노릇이고, 게다가 누구보다 이 일에 재능이 있었다. 그는 가끔씩 자신이 공부를 잘했던 것을 원망하기도 했다. 그는 의사라는 직업에 대한 사회적 선망이나 스스로 갖고 있던 약간의 환상 때문에, 그리고 의사가 될 수 있는 성적이었다는 이유로 의사가 되었다. 그나마 다행인 일이라면, 뇌를 다루는 일 자체의 어려움이 그를 나태하지 못하도록 만들었다는 것과, 비교적 젊은 나이에 사회적으로 좋은 대접을 받는다는 것이었다. 최근 영훈이 가장 신경을 쓰는 부분이라면 선우의 병이었다. 요즘 들어 자꾸 이상한 소리를 해대는 것도 그렇고, 아마도 상태가 점점 안 좋아지고 있는 듯했다. 어떻게든 설득해 수술이라도 받아보게 하는 것이 친구의 도리라는 생각이었다. 물론 전문의로서, 수술로 나을 수 있는 가능성이 어느 정도인지는 누구보다 잘 알고 있었다. 그는 직접 수술에 참가하고 싶었고, 그것은 어떤 의미에서 수술이라기보다 그가 할 수 있는 최선의 방법으로 친구로서 애정을 다하려는 마음이었다.

영훈은 자신의 연구실에 들어와 의자에 풀썩 주저앉았다. 그는 언제나처럼 제일 먼저 인터넷 창을 열어 연예, 스포츠 기사를 읽었고, 그 다음 메일 따위를 확인했다. 선우에게서 메일 한 통이 와 있었다. 그는 메일을 클릭했다.

'내 친구 영훈에게 오랜만에 메일을 보낸다.'

영훈 메일을 읽으며 선우의 근사한 중저음의 목소리를 떠올렸다.

"이 새끼, 아프니까 별 간지러운 짓을 다 하네."

그가 한숨을 내쉬며 중얼거렸다. 그리고는 계속해서 메일을 읽어나갔다.

'이런 말을 털어놓을 수 있는 사람은 정말 너밖에는 없구나. 비밀이 없는 우리 사이에 비밀이 하나 생겨서 털어놓으려는데 말로는 정말 못하겠다. 너 인터넷 그만 하고 나한테 집중해라.'

마우스를 깨작거리며 인터넷 창을 열려던 영훈은 깜짝 놀라 메일에 읽어나갔다.

'나는 오늘 네팔로 떠난다. 지금 나에게 일어나고 있는 일들을 어떻

게 설명해야 할지 모르겠다. 그래도 너라면 믿어주지 않을까? 내가 네팔로 가는 이유는……'

그가 메일을 읽어나가는 동안 방 안에는 무거운 침묵이 흘렀다.

영훈은 쌍소리를 내뱉으며 병원 복도를 걸었다. 진료 시간이 된 것이다. 그는 인사를 건네는 레지던트들을 그대로 지나치며 빠르게 걸었다. '미친 새끼, 미친 새끼. 정신이 아예 나간 거야? 뇌종양 걸린 인간 중에 너 같은 소리 하는 인간은 한 명도 없었어.' 그는 답답한 마음에 로비 한복판에서 소리라도 지르고픈 심정이었다. '뇌종양 진단을 받았을 때 병원에 처넣어야 했는데. 네팔에 갔다니 그럴 수도 없게 됐어.' 그는 또다시 덜컥 겁이 났다. 정우 형처럼 선우에게도 불상사가 생기지 말란 법은 없었다. 영훈은 가장 친한 친구를 잃게 되더라도 그런 식으로 잃는 건 받아들일 수 없었다. 그는 병원 로비 한복판에 멈춰서서 혹시라도 자신이 선우의 말을 이해하지 못했거나 오해했을 가능성을 생각했다. 그는 메일 속 선우의 말이 떠올랐다.

'나는 향을 찾으러 간다. 그냥 향이 아니라… 네가 어떻게 생각할지 모르겠다. 그 향은… 과거로 갈 수 있는 향이다. 너 지금 박장대소하고 있지? 아직은 생각이 정리되지 않아 나도 뭐라고 설명할 수가 없다. 정말로 향을 구하게 되면 그때는 얘기가 달라지겠지. 생각이 정리되는 대로 다시 연락할게… 네 친구 선우가.'

영훈은 지나가는 환자들의 시선도 아랑곳 않고 발을 구르며 외쳤다. "미친 새끼, 미친 새끼!" 주머니에선 전화벨이 울리고 있었다. 아마 진료 때문일 것이었다. 그는 마지못해 걸음을 옮기며 전화기를 꺼냈다. 낯선 숫자의 번호, 외국에서 걸려온 전화였다. 선우인 것 같았다. 그는 냉큼 통화 버튼을 눌렀다.

"야!" 하고 영훈이 소리쳤다. "네?" 들려온 건 여자의 목소리였다.

눈발이 날렸다. 옅은 바람에 사선을 그으며 떨어졌다. 고요하게 가라앉는 눈송이를 맞으며 민영은 홀로 길가에 나와 있었다. 동료들은 현지 가이드와 함께 근처 사무실에서 본사와 연락을 취하고 있었다. 기상 변화 때문에 출국이 하루 연기됐고 그 때문에 본사와 일정을 조율해야 했다. 민영은 영훈에게 전화를 걸었다. 답답한 마음에, 선우의 상태가 궁금하기도 했고(수시로 궁금했다), 혹시라도 약간의 희망을 가질 만한 소식이 있지 않을까 하는 기대에 무작정 전화를 걸었다. 영훈이 들려준 얘기들 가운데 희망적인 것은 없었다. 박 선배가 망상과 환각에 시달린다는 말은 그녀가 예상치도 못한 말이었다. 고등학교 시절로 돌아간 망상이라는데 왜 하필 그때인지 짐작도 가지 않았다. 어쩌면 망상이나 환각 때문에 자신을 좋아하게 된 것은 아닐까 하는 생각마저 언뜻 들었다. 그녀가 물었다.

"제가 뭘 할 수 있을까요? 저는 뭘 해야 해요?"

한동안 말이 없던 영훈은 다정한 목소리로 말했다.

"그 마음 이해해요. 그냥 지금은 선우가 원하는 걸 해주세요."

민영은 전화기를 귀에 댄 채 묵묵히 고개를 끄덕였다.

"이따가 선우 만나면 옆에서 잘 좀 챙겨주세요."

영훈이 말했다. 민영은 무슨 뜻인지 이해할 수 없었다.

"네? 저는 지금 네팔에 있는데."

"아… 선우가 서프라이즈하려고 했나본데 제가 판을 깼네요. 선우 오늘 아침 일찍 거기로 떠났어요."

민영은 전화를 끊고 흩날리는 눈송이를 바라보았다. 통화하기 전보다 마음은 더 무거웠지만 한편으로는 선우를 볼 수 있다는 생각에 가슴이 설렜다. 선우와 나란히 이곳의 눈길을 걸을 생각을 하니 심장이 두근거렸다. 민영은 마음속으로 말했다. '나는 이래서 안 된다니까.'

선우는 포카라 거리를 걷고 있었다. 공항에 도착한 지 얼마 되지 않은 터였다. 고작 하루 묵었을 뿐인데도 거리는 여러 번 와본 것처럼 익숙했다. 그는 낡은 지도를 꺼내 들었다. 그가 가야 할 롯지는 새로운 지도에는 이미 사라졌을 것이다. 어떤 기억들처럼 그렇게. 그는 포카라 거리 안쪽의 작은 건물로 들어섰다. 그는 녹이 슨 철문에 노크를 했다. 눈매가 날카롭게 찢어진 남자가 문을 열었다.

"아, 그 기자분?"

선우는 빙긋 웃었다.

선우는 안으로 들어섰다. 그가 어릴 때 읽은 탐정소설 속의 사무실은 책장 가득 책이 꽂혀 있고, 한쪽 벽에는 유리창이 반듯하게 나 있고, 고급스런 원목 책상과 앉을 때마다 고상한 소리가 나는 가죽의자가 있는 곳이었다. 그에 비하면 이곳은 시멘트로 바른 벽면에 원목 책상과 철제 의자가 놓여 있어 어딘가 형무소 같은 느낌이었다. 딱딱한 분위기를 상쇄하려는 것인지 한쪽 구석에 턴테이블이 달린 오디오가 있었다. 레코드판은 한 장도 보이지 않았다. 선우는 의자에 앉으며 '이 남자는 왜 이런 곳에서 탐정 일을 하고 있을까?' 하는 생각을 했다. 포카라 같은 도시에 그에게 일을 의뢰할 사람이 많이 있을까?

"말씀을 해주셨으면 제가 공항으로 나갔을 텐데요."

남자가 물 한 잔을 건네며 말했다.

"갑자기 오게 됐어요. 사무실이 아담하네요."

선우가 주위를 둘러보며 말했다. 주머니에서 낡은 지도를 꺼내며 곧바로 본론으로 들어갔다. 선우가 말했다.

"간단한 부탁이 있어요."

"궁금하네요, 어떤 부탁일지?"

남자가 흥미를 보이며 물었다.

"촘롱 근처에 있던 마루나 롯지라는 곳에 가려고 합니다."

"아, 마루나는 예전에 없어졌어요. 그 지역 등산로에서 사고가 많이 나서 정부에서 출입을 금지시켰어요."

"그건 알고 있습니다. 그냥 그 건물이 있던 위치만 알면 됩니다. 그리고 지리에 밝은 세르파 한 명만 구해주세요."

선우의 말에 탐정은 고개를 끄덕였다. 그러고는 슬며시 웃으며 말했다.

"정말 간단한 부탁이군요."

탐정이 여기저기 전화를 하는 동안 그는 사무실에서 나와 주변을 둘러보았다. 2층 건물이 영화 세트장처럼 길게 늘어서 있었고 그 사이

셋. 이 판타지는 팩트야

로 등산객들이 드문드문 지나갔다. 선우는 한 무리의 동양인들 속에서 민영의 모습을 보았다. 그가 잰걸음으로 쫓아가 얼굴을 확인했을 때 여자는 민영과 조금도 닮아 있지 않았다. 그는 다시 탐정 사무실 쪽으로 걸으며 베이스캠프로 전화를 걸었다. 안내원이 방송국 팀은 전날 캠프를 떠났다고 친절하게 알려줬다. 그는 민영의 목소리가 듣고 싶었다. 지금 이 순간 그녀의 부드러운 볼을 쓰다듬고 싶었다. '전화를 걸어볼까?' 그는 주저했다. 얼마 뒤 자신이 어떤 일을 겪게 될지 짐작조차 할 수 없었다. '돌아오지 못할 수도 있지 않을까? 산 위에서 조난을 당하든 과거에서 길을 잃든.' 그는 전화기의 전원을 껐다. 그러고는 시내의 풍경을 가만히 눈에 담았다. 길가에 나와 서성이던 탐정이 그를 발견하고는 힘차게 손짓을 했다.

    선우는 호리호리만 몸매의 젊은 셰르파를 따라 산길을 올랐다. 옅은 눈발이 날렸다. 눈이 내리는 건지 산에서 눈바람이 부는 건지 분간할 수가 없었다. 등산로는 오랫동안 폐쇄됐던 탓에 아무 표식도 길의 흔적도 없었다. 그냥 눈 위를 아무렇게나 걷고 있는 느낌이었다. 그런데도 셰르파는 이리저리 방향을 꺾으며 씩씩하게 나아갔다. 무릎까지 발이 푹푹 빠졌고, 그러다 어떤 곳은 눈이 허리까지 오는 곳도 있었다. '형도 이 길을 지났을 거야.' 그는 생각했다. '이 낡은 지도를 손에 들고서 아홉 개의 향을 찾겠다는 일념 하나로 아마 셰르파도 없이 이 험한 길을 올랐을 거야.' 그는 잠시 숨을 가다듬으려 멀찍이 보이는 봉우리를 바라보았다. 선우는 그 순간 자신이 형이 된 것처럼, 형의 눈으로 봉우리를 보고 있는 듯한 기분을 느꼈다. 한참 앞서 있던 셰르파가 돌아보며 한심하다는 듯 손을 허리에 올린 채 소리쳤다.

"여기예요, 여기!"

한 시간 남짓 걸어온 듯했다. 선우는 끊어질 듯 가쁜 숨을 삼키며, 손을 흔들고 있는 셰르파를 바라보았다. 셰르파가 서 있는 곳 근방 어디에도 특별한 흔적은 없었다. 그저 눈밭이었다. '누굴 놀리나?' 선우는 지치고 피로한 탓에 불쑥 화가 났다. 그는 안간힘을 쓰며 올라가 셰르파 옆에 주저앉았다. 셰르파는 팔을 새처럼 벌리고서 한 바퀴 빙 돌았다.

"여기가 마루나 롯지가 있던 곳이에요."

선우는 주위를 둘러보았다. 다른 등성이보다 조금 편편하게 눈밭이 이어져 있었다. 하지만 이곳에 그런 건물이 있었을 거라곤 전혀 상상이 되지 않았다. 그는 그새 눈발이 더 거세진 것을 알았다.

"이제 빨리 내려가야 해요. 이 지역은 날씨가 정말 변덕스럽거든요."

셰르파가 말했다.

선우는 가방에서 1인용 텐트를 꺼냈다. 그가 주섬주섬 텐트를 치는 모습을 물끄러미 보던 셰르파가 물었다. 셰르파는 밀려오는 눈보라를 손으로 가리며 인상을 쓰고 말했다.

"그 작은 텐트에서 밤이라도 보낼 건가요?"

선우는 듣는 둥 마는 둥 지지대를 눈 속에 밀어 넣었다. 그는 눈밭 위에 위태롭게 서 있는 텐트를 바라보며 말했다.

"잠깐 혼자 있을 거야. 기도를 좀 드릴 생각이니까, 10분이 지나도 내가 나오지 않으면 그냥 혼자 내려가. 알았지?"

그가 팁을 건네자 셰르파는 눈을 동그랗게 뜨고 고개를 끄덕였다.

선우는 텐트 안으로 들어가 지퍼를 잠갔다. 그는 양반다리를 하고 앉아 심호흡을 했다. '지금 여기서 뭘 하고 있는 거지?' 그는 자신이 정말로 미친 것 같다고 생각하며 혼자서 키득키득 웃었다. 그는 주머니에서 향을 꺼냈다. 향은 원래 크기의 3분의 1 정도가 남아 있었다. 10분. 그의 계산이 맞는다면 그에겐 나머지 향을 찾기까지 10분의 시간이 있었다. 그는 형의 시신을 찍은 사진 속에서 향을 꼭 쥐고 있던 형의 손을 떠올렸다. '아마도 불을 붙이려고 했겠지? 하지만 너무 지쳤고, 몸은 꽁꽁 얼었고, 향에 불을 붙일 만큼의 생명력도 남아 있지 못했던 거야.' 그는 가져온 작은 랜턴 안에 향을 고정했다. 그 순간 또다시 피식 웃음이 났다. '기자 박선우가 산꼭대기에서 이러고 있는 걸 누가 보면 정말 웃다가 까무러칠 거야.' 그는 희미하게 웃으며 손목시계의 타이머를 10분으로 설정했다. 라이터에 불을 켰다. 그러곤 조심스럽게 향에 불을 가져갔다. 희끗한 연기와 함께 시큰한 향내가 감각을 파고들었다.

선우는 눈앞에 불쑥 나타난 풍경에 놀라 몸을 떨었다. 그는 땅바닥에 아무렇게나 앉아 있었고, 쾌청한 하늘 아래 햇살이 눈부시게 비쳐왔다. 선우는 천천히 주위를 둘러보았다. 앞에는 깎아지른 듯 험한 산세가 이어졌고, 뒤에는 2층으로 된 목조 건물이 있었다. 한동안 입을 벌리고 서 있던 그는 문득 정신을 차렸다. 이게 현실이더라도, 정말로 과거에 온 거라도, 그는 10분밖에 이곳에 있을 수 없었다. 그는 자리를 박차고 일어났다.

그가 안으로 들어서자 문에서 '딸랑' 하는 소리가 울렸다. 로비에서 차 같은 것을 홀짝이던 사람들이 그를 흘깃 보더니 다시 대화를 나눴다. 그는 주위를 유심히, 그리고 기민하게 살피며 안으로 들어섰다. 벽장 가득한 레코드판과 커다란 덩치의 예스런 오디오. 턴테이블이 돌며 귀에 익은 팝송을 흘려보냈다. 벽에는 '1992년'이라고 큼직하게 적힌 달력이 걸려 있었다. 그는 심호흡을 하며 데스크 쪽으로 다가갔다.

"어서 오세요. 예약은 하셨나요?"

작고 단단한 체구에 얼굴이 검은 주인이 말했다.

"친구를 만나러 왔는데, 201호가 어딥니까?"

선우가 말했다. 그는 다급해 보이는 인상을 줬을까봐 잠시 걱정했다. 주인은 그를 아래위로 훑어보고는 손짓으로 2층을 가리켰다. 어차피 2층짜리 건물이었고, 2층에 가면 호실 번호가 적혀 있을 것이었다. 그는 주인에게 살짝 미소를 짓고는 걸음을 옮겼다.

선우는 서둘러 계단을 올랐다. 오랜만에 산행을 한 탓에 다리가 제멋대로 움직였다. 그는 다리에 한껏 힘을 줬다. 2층에는 가운데 복도 양쪽으로 모두 여섯 개의 방이 있었다. 복도 끝 오른쪽 방이 201호였다. 그는 벨을 눌렀다. 머뭇거릴 시간이 없었다. 안에선 아무 기척이 없었다. 그는 다시 벨을 누르려다 말고 세게 노크를 했다.

"누구세요?"

문 안쪽에서 누가 말했다. 서양인 여자의 목소리였다.

"여기 묵었던 사람인데 물건을 놓고 간 게 있어서요."

선우가 다급한 마음을 억누르며 말했다.

"잠깐 기다리세요."

안에서는 다시 침묵이 흘렀다. 그는 시계를 보았다. 어느새 시간은 6분도 채 남지 않았다.

"지금 바로 떠나야 해요. 들어가서 잠시만 살펴볼게요."

선우가 외쳤다. 그는 생각나는 대로 떠들었다. 상황이 닥치면 하려고 준비했던 말들이 하나도 떠오르지 않았다.

"잠깐만 기다리세요."

여자가 조금 떨어진 곳에서 외치는 소리가 들려왔다. 선우는 자기도 모르게 문을 쿵쿵 두드리고 있었다. 안에서 여자가 소리치는 게 들렸다.

"기다리라니까요!"

선우가 문을 발로 걷어찼다. 나무로 된 낡은 문은 발길질 서너 번만에 활짝 열렸다. 그는 넘어지는 문과 함께 안으로 쓸려 들어갔다. 여자는 막 샤워를 끝낸 듯 타월을 두르고 있었다. 여자가 뭐라고 욕설을 뱉으며 비명을 질렀다. 선우는 눈을 크게 뜨고 주위를 살폈다. 창가 옆 매트리스 아래. 그가 다가가려 하자 여자가 물건을 던지며 저항했다. 여자는 한 손으로 수건을 꼭 잡은 채 꽃병, 액자, 가방, 스탠드 같은 걸 집히는 대로 던졌다. 선우가 손을 내저으며 나쁜 사람이 아니라고 재차 말했지만 소용없었다. 액자는 아슬아슬하게 그의 머리를 빗겨갔다. 그는 한 손을 앞으로 내밀고서 조심스럽게 매트리스 쪽으로 다가갔다. 그가 움직이는 방향의 반대편으로 여자도 걸음을 옮겼다.

선우는 여자에게서 눈을 떼지 않은 채 매트리스 위의 짐들을 바닥에 던졌다. 여자가 다시 비명을 지르며 도움을 요청했다. 더 이상 지체할 수 없었다. 그는 담요와 이불을 집어던지며 매트리스 주변을 살폈다. 침대 밑을 살펴봤지만 아무것도 없었다. 여자가 뛰쳐나가는 소리가 들렸다. 매트리스를 들어 올리자 침대 모서리에 거뭇하고 네모난 작은 통이 보였다. 그는 통을 집어 들었다. 손에 쏙 들어오는 크기였다. 통을 열어보는 동안 그는 세상이 멈춘 듯했다. 뚜껑을 열자 안에는 푸른 빛이 감도는 기다란 향이 여러 개 들어 있었다. 그는 손을 파르르 떨었다. 뚜껑을 닫고 통을 손에 꼭 쥐었다. 정말로 향을 찾은 것이다! 시간을 확인하려 손을 올리는데 둔기로 내리친 것처럼 무언가 얼굴을 강타했다. 선우는 화장대에 쿵 부딪치곤 쓰러졌다. 그는 바닥에 고개를 처박고 있었다. 손이 허전했다. 얼굴을 들어보니 향통은 침대 밑으로 굴러 들어가 있었다.

"이 새끼, 넌 죽은 목숨이야."

어깨가 딱 벌어진 백인 남자가 그를 발로 걷어차며 말했다. 그는 웅크린 채 바닥을 데굴데굴 굴렀다. 그러면서도 머릿속은 온통 향을 집어야 한다는 생각뿐이었다. 친절하게도 백인 남자가 멱살을 잡아 그를 일으켰다. 선우가 말했다.

"오해, 오해가 있는 것 같아요. 난 단지 내 물건을 찾으러 왔을 뿐이에요."

남자가 주먹을 한 대 더 날리려는 찰나 선우가 그의 머리를 들이받았다. 남자가 휘청거리며 뒤로 물러섰다. 그는 재빨리 침대 밑으로 손을 뻗어 향통을 집었다. 남자가 괴성을 지르며 달려들었다. 선우가 살짝 비켜서자, 남자도 방향을 틀어 돌진했다. 쿼터백처럼 넓고 강인한 남자의 어깨가 선우의 복부를 강타했다. 남자는 둘러업듯 선우를 밀고 문밖까지 내달렸다. '쿵!' 소리와 함께 선우는 벽에 짓이겨졌다. 선우는 정신을 잃지 않으려 애썼다. 그는 바닥에 주저앉았고, 향통을 느슨하게 쥐고 있었다.

"뭐야, 이따위 거!"

백인 남자가 소리치며 향통을 걷어찼다. 선우는 멀찍이 계단 아래로 통이 날아가는 모습을 바라보았다. 정신이 번쩍 났다. 바닥을 기듯이 향통이 날아간 방향으로 내달렸다. 백인 남자가 뒷덜미를 잡아 일으켜 세우자, 선우는 강하게 팔을 뿌리치며 앞으로 달려갔다. 시간을 확인할 겨를도 없었다. 그는 로비를 살피며 빠르게 계단을 내려갔다. 데스크와 로비 사이에 향통이 덩그러니 있었다. 주인이 통을 집으러 다가가는 듯했다. 선우는 계단에서 뛰어내려 슬라이딩을 하며 온몸으로 향통을 사수했다. 백인 남자가 어느새 뒤따라와 그의 앞에 마주 섰다. 손에는 방망이 같은 걸 쥐고 있었다. 그는 향통을 꼭 쥐고서 조심스럽게 뒷걸음질을 쳤다. 레코드판들이 가득 들어찬 진열장이 등에 닿았다. 남자가 방망이를 휘두르며 달려들었다. 그는 되는 대로 레코드판을 그의 얼굴로 집어던졌다. 남자는 야구 게임을 하듯 방망이로 받아치며 성큼성큼 다가섰다. 선우는 이리저리 도망칠 틈을 찾았지만 여의치 않았다. 남자는 이번엔 결코 놓치지 않겠다는 듯 자세를 낮추고 다가왔다. 선우가 할 수 있는 건 레코드판을 계속 던지는 것뿐이 있는데, 그마저도 너무 가까워서 아무 소용이 없었다. 그는 자신이 할 수 있는 마지막 방법이 무언지 계속 생각했다. 그러는 사이 백인 남자가 휘두른 방망이가 그의 머리통을 향해 직선에 가까운 궤적으로 그리며 날아왔다. 그는 뒤로 물러서며 커다란 오디오 뒤쪽, 바닥에 떨어진 레코드판들 뭉치 위로 엉덩방아를 찧었다.

그는 이마에 땀을 흘리며 주저앉아 있었다. 활짝 열린 동공이 초점을 찾지 못해 눈앞에 희끄무레한 빛이 어른어른했다. 시간이 조금 지나서야 눈이 녹아내린 거뭇한 흙더미를 마주 한 걸 알았다. 그는 눈밭과 약간 언덕진 흙더미 사이에 앉아 있었다. 팽팽하게 당겨졌던 신경이 느슨하게 돌아오는 것을 느꼈다. 그는 천천히 주위를 돌아보았다. 산 중턱이었고, 아래로 약간 경사진 눈밭이 넓게 이어져 있었다. 10여 미터 떨어진 곳에 그가 세워둔 텐트가 있었다. 셰르파가 텐트 주위를 기웃거리는 것이 보였다. 젊은 셰르파는 어딘가 잔꾀가 많아 보였지만 그런 모습마저도 그에게는 너무 반가웠다. 지금 눈앞의 상황은 그가 안전하게 돌아왔다는 것을 의미했다. 그는 손을 들어보았다. 왼손에는 던지려던 레코드판, 오른손엔 향통을 거머쥐고 있었다. 그는 향통을 꼭 끌어안고 눈밭에 머리를 박았다. 입안에서 웃음이 번졌다. 믿기지가 않았다. 이 모든 일이 현실이었다. 이것이 현실이 아니라면 살아있던 모든 순간이 현실이 아니다. 그러니까 이 판타지는 팩트다. 그는 머리를 식히듯 눈밭에 머리를 박은 채 한동안 엎드려 있었다.

"뭘 찾는 거야?"

선우가 텐트 지퍼를 열려는 셰르파의 등을 두드리며 말했다. 셰르파는 깜짝 놀라며 뒤로 자빠졌다.
"언제 나왔어요?"
"나오긴 뭘 나와? 들어간 적도 없는데."
선우가 눈을 찡긋하며 말했다.
그는 텐트를 열었다. 은은하게 향 냄새가 풍겨왔다. 텐트 한쪽에 놓인 랜턴에 타고 남은 재가 흘러버린 시간처럼 소복이 쌓여 있었다. 그는 조금 전의 맹렬한 흥분을 떠올리며 거뭇한 재를 잠시 바라보았다.
"그런데 그건 어디서 났어요?"
셰르파가 그의 손을 가리키며 물었다. 선우는 들고 있던 레코드판을 앞뒤로 살펴보며 말했다.
"저 위에서. 보관 상태가 그리 나쁘지 않지?"

산에서 내려왔을 때 탐정은 차 안에서 누군가와 통화를 하며 앉아 있었다. 해가 어스름히 저물 무렵이었다. 그는 선우를 발견하고 활짝 웃어 보였다.
차는 서너 시간 전에 지나온 길을 되돌아 달렸다.
"생각보다 일찍 왔군요."
탐정이 말했다.
"네, 못 돌아올 거라고 생각한 건 아니죠?"
선우가 빙긋 웃으며 말했다.
"돌아오지 못하면 모험이 아니죠. 그런데 찾으신다는 건……."
"아, 없더라고요. 대신에 이것만."

선우는 레코드판을 들어 보였다. 탐정이 잠시 들여다보고는 특유의 의심 많은 눈길로 그를 흘깃 보았다. 선우가 레코드판을 이리저리 살펴보다 말했다.

"아, 혹시 사무실에 있는 턴테이블을 하루만 빌려주실 수 있나요?"

선우는 레코드판을 턴테이블에 올리고는 조심스럽게 바늘을 놓았다. 약간의 잡음과 함께 부드러운 선율이 흘러나왔다. 휘트니 휴스턴의 '아이 윌 올웨이스 러브 유(I will always love you)'. 영화 속 장면들과 함께 1992년, 그해에 함께 영화를 봤던 누군가와의 추억까지 떠올랐다. 그는 수건으로 머리를 말리며 침대에 걸터앉았다. 침대 옆 탁자에 놓인 향통이 눈에 들어왔다. 향통을 집어 들었다. 그는 보물이라도 되는 듯이 뚜껑을 조심스레 열었다. 정확히 아홉 개의 향이 있었다. 이것 때문에 형은 목숨을 잃었다. '예전처럼 살고 싶지 않니?' 어디선가 형의 목소리가 들리는 듯했다. 기쁘기만 했던 마음이 가라앉고 그는 아홉 개의 향을 보며 왠지 모를 두려움을 느꼈다. 이것을 가지고 있는 것만으로 뭔가 안 좋은 일이 생길 것 같은 막연한 걱정이 들기도 했다. 그는 향통을 무릎에 올려놓고 가만히 노랫소리에 귀를 기울였다. 그때 현관에서 벨소리가 울렸다.

문을 열자 민영이 앞에 서 있었다. 선우는 정말로 환영을 본 게 아닌가 생각했다.

"놀랐어요?"

민영이 말했다. 선우는 문득 정신이 들었다. 환영이라면 이런 순간에 '놀랐어요?' 하고 말할 것 같지는 않았다.
"아직 한국 안 갔어?"
"왜요? 갔으면 했어요? 설마 나 말고 방에 다른 여자 있는 거 아니에요?"
민영은 방 안을 기웃기웃했다.
"들어와서 봐."
선우는 민영의 손을 잡아당기며 허리를 살포시 안았다. 그러곤 춤을 추듯 방 안으로 향했다. 방 안에서 흘러나오는 노랫소리가 둘의 걸음을 경쾌하게 했다. 민영이 말했다.
"어머, 나 올 줄 알고 분위기 잡고 있던 거예요?"
선우가 고개를 끄덕였다. 민영은 선우의 품에 안겨 있었다. 심장이 두근거리는 게 들킬까봐 한 손을 선우의 가슴에 살며시 올렸다.
"신혼여행 첫날치고 나쁘지 않네요."
민영이 말했다. 선우는 민영의 얼굴을 빤히 보았다.
"신혼여행?"
"바쁘다면서요? 결혼은 돌아가서 하고 먼저 해요, 신혼여행."
민영이 활짝 웃으며 말했다.
"좋아. 그럼 지금부터 공식적으로, 시작."
선우가 부드럽게 미소를 지으며 민영의 입술에 입을 맞췄다. 민영의 입술이 가늘게 떨렸다. 둘은 감미롭게 울려 퍼지는 음악을 따라 춤을 추며 서로를 쓰다듬고 오래도록 키스를 했다. 민영은 지금 이 순간이 영원하길 바랐다. 오래전부터 꿈꿔 온 순간이었지만 상상했던 그 어떤 느낌보다 황홀했다. 그녀는 다른 어떤 것도 생각하지 않기로 결심했다. 사랑하는 한 남자를, 그 사람과 보낼 시간만을 생각하기로 다짐했다. 그녀에게는 선우에게 사랑받는 것보다 간절한 것은 없었다. 민영의 눈가가 촉촉하게 젖었다. 눈물 한 줄기가 볼을 타고 흘러내렸고, 선우의 손이 그녀 눈가의 눈물을 닦아주었다. 선우는 민영의 볼을 어루만지며 마음속으로 다짐했다.

다시는 사랑하는 사람을 잃지 않을 거라고. 반드시 그들과 함께 행복해질 거라고.

넷

크리스마스이브에 일어난 일

　옛 명세병원 자리에는 고층 빌딩이 들어서 빼곡한 빌딩숲을 이루고 있었다. 어린 시절 선우에게는 아버지가 원장으로 있는 병원이 두 번째 집 같은 곳이었다. 형은 아버지 병원의 레지던트였다. 어머니는 주변 사람들에게 병원 원장 부인답게 늘 품위와 인격을 고루 갖춘 사람으로 통했다. 그날이 오기 전까지, 그 사건이 벌어지기 전까지……. 꿈에서도 생각하고 싶지 않은 과거, 그런데도 지금 선우는 그곳으로 들어가려 애를 쓴다. 형을 만나기 위해, 그리고 아버지를 만나기 위해.
　큰 빌딩의 뒷골목에 선우의 차가 세워져 있었다. 차 안에서는 선우가 피워놓은 향이 조용히 연기를 뿜어냈다. 그렇게 선우는 20년 전, 1992년으로 들어갔다.

"박 원장하고 해결해보겠소."

최진철의 목소리는 강하고 다소 드세기까지 했다. 40대 젊은 시절 진철의 모습은 단호하고 냉철했다. 맨살을 날카로운 칼로 찔러도 피 한 방울 배어 나올 것 같지 않았다.

명세병원, 벽에는 1992년 12월 달력이 걸려 있다. 책상 위의 전자시계에 박힌 12월 23일이라는 글씨가 선명했다. 시간은 밤 11시. 달력이 걸려 있는 벽 아래 책상 위에 '부원장 최진철'이라는 명패가 놓여 있고, 다른 쪽에는 그의 화려한 경력을 자랑하듯 천수와 정우 그리고 다른 의사들과 함께 찍은 사진들 그리고 그가 이룬 성과물들로 받은 공로패 등이 걸려 있었다.

그의 목소리가 한층 더 날카롭게 부원장실을 울렸다.

"내가 박 원장 서명을 받으려고 설득 중이라고 했잖소. 며칠만 더 기다려보시오."

최진철은 그렇게 소리치다 상대가 진철의 말에 동의하지 못한 것인지 사흘 안에 박 원장과 해결해보겠다고 호언장담하듯 더 크게 소리지르고는 전화를 끊었다. 겉으로는 큰소리쳤지만 목이 조여오는지 진철의 표정은 밝지 못했다. 그가 벌떡 일어나 밖으로 향했다.

진료시간이 끝나 대부분 불을 끈 병원의 복도는 어두침침했다. 당직 간호사는 김영삼 대통령 당선자에 대한 보도가 방송되는 텔레비전을 보고 있었다. 진철이 다가오며 인사를 건넸다. 진철은 어느새 다정한 표정을 짓고 있었다.

선우는 병원 입구를 향해 급히 걸음을 재촉했다. 늦은 시간이라 병

넷. 크리스마스이브에 일어난 일 95

원은 캄캄해 보였다. 계단을 올라서 입구로 들어서다가 밖으로 나오는 진철과 어깨를 부딪쳤다. 진철은 코트 차림의 선우와 시선을 마주쳤다. 진철의 시선은 급히 선우의 모습을 훑었다. 순간 선우는 젊은 날의 진철을 알아봤지만 알은체를 할 수는 없었다.

"아, 죄송합니다. 괜찮으십니까?"

진철은 선우가 기억하는 지금, 그리고 과거의 모습과는 달리 매우 친절한 표정과 목소리로 괜찮다고 대답하고는 자신의 차에 올라 시동을 걸었다. 선우는 잠시 멈춰 서서 사라지는 진철의 차를 물끄러미 쳐다보았다.

'어떤 새끼야? 왠지 낯이 익은 것 같기도 하고.'

진철은 백미러로 선우가 보이지 않을 때까지 그 모습을 주시했다. 짧은 순간이었는데도 그와 어깨를 부딪치던 순간, 계단을 내려오던 순간, 차에 시동을 걸던 순간, 차가 출발하던 순간 내내 그의 시선이 마음에 걸렸다. 진철은 갑자기 차를 세웠다. 그는 유리창을 내리고 찬바람을 안으로 들였다.

'어떻게 할 겁니까? 아, 대체 어떻게 할 거냔 말입니다!'

오 사장의 목소리가 떠오르자 화가 치밀어 올랐다. 아니, 다시 생각해보니 오 사장 때문이 아니라 아직 서명을 하지 않고 있는 박 원장 때문에 화가 나는 거였다. 한숨을 내쉬고 유리창을 올리는데 박 원장이 책상에 앉아 있는 모습이 나타났다. 찡그린 눈으로 쳐다보는데 그 책상 위에 놓인 '원장 박천수'라는 명패가 나타났다. 진철은 유리창을 다시 내렸다. 그 모습이 사라졌다. 깊은 숨을 내쉬었다. 한겨울 찬바람이 그의 입속으로 들어왔다.
"기다려, 박천수. 당신의 자리가 온전치 못할 수도 있으니까."
진철은 다시 차에 시동을 걸고 급히 질주해 나갔다. 1992년의 크리스마스를 위해 밝혀놓은 장식들이 곳곳에서 밝게 빛났다.

병원 입구에 선우가 들어섰다. 차츰 모든 것이 기억에 떠올랐다. 아버지가 근무하던 원장실, 조금 전 자신과 어깨를 부딪쳤던 부원장 최진철, 병원의 계단, 비상구, 치료실, 무엇 하나 낯선 것이 없었다. 순간 눈앞에서 한 소년이 흑백 영화 속 주인공처럼 그를 스치고 달려갔다. '누구지?' 그는 더 깊은 기억을 뒤적였다. 기억에 저장돼 있는 자신의 어린 시절이었다. 교복을 입은 자신이 뛰어 들어가며 맞은편에서 다가오는 간호사와 반갑게 인사를 나누고 있었다. 그 모습을 기억하는 순간, 번져 오는 미소가 그의 얼굴에 그려졌다.
"어떻게 오셨어요? 오늘 진료는 끝났는데요."
그 목소리에 정신이 들었다. 돌아보니 간호사가 자신을 쳐다보고 있었다. 당황하지 않으려고 그는 목소리를 낮추며 물었다.
"아, 원장님 계신가요?"
간호사는 퇴근하셨다고 대답했다. 선우는 형 정우에 대해서도 물었다. 간호사는 역시 퇴근 후라고 말하다가는 선우를 보고 누구냐고 물었다. 모두 퇴근한 시간에 낯선 남자가 찾아와 원장과 정우를 찾으니 어쩌면 당연했다. 선우는 순간 뭐라고 답해야 하나 생각하다가 자신은 원장님의 제자라고 말했다. 간호사는 원장님과 정우 모두 집으로 가셨을 테니 제자라면 집으로 한번 전화해보라고 했다.

　병원 밖으로 나오며 손목시계를 보니 스톱워치가 20분이 남아 있었다. 시간이 없었다. 차 안에서 향이 타 들어갈 시간이 충분하지 못했다. 급히 거리로 달려 나가 다가오는 택시에 올랐다. 그리고 성북동으로 가달라고 말했다.

　택시 안에서 앞질러 달려 나가는 차량들을 바라보았다. 진철이 병원에서 시동을 걸고 밖으로 차를 몰고 나가던 모습이 떠올랐다. 입술이 부르르 떨렸다. 그의 모습은 과거로 들어와서 봤는데도 반갑지가 않았다. 그와 어깨를 부딪치던 순간, 그의 멱살이라도 붙잡고 무작정 소리를 질렀어야 했는데 후회스러웠다.

　얼마쯤 달렸을까? 택시가 신호에 잠시 멈춰 섰다. 창가로 고개를 돌리고 밖을 내다보는데 낯선 얼굴이 그의 시선에 들어섰다. 택시가 다시 출발하고 몇 초 뒤 "잠깐, 잠깐만이요" 하고 차를 멈춰 세웠다. 그러고는 차에서 내려 낯선 그 얼굴을 확인하려고 뒤돌아 걸음을 서둘렀다.

　"… 형?"

　작고 초라한 술집 창가 자리에 그보다 더 작고 초라한 모습으로 앉아 있는 사람은 다름 아닌 형 정우였다. 간호사의 말대로 퇴근 후 집으로 갔으면 다행이련만, 형은 초라한 술집에 앉아 혼자 독한 소주를 들이켜고 있었다. 그래도 형이라서 반가웠다. 급히 걸음을 서둘렀다. 형이 그의 시선에 더욱 가까워졌다. 하지만 그의 시선 안으로 들어선 형의 모습은 단지 초라함만이 아니었다. 형은 울고 있었다. 어린아이처럼 흐느꼈다. 흐르는 눈물을 손으로 훔쳐냈지만 다시 눈물이 흘러내렸다. 선우는 당혹스러웠다. 형이 그리 작아 보이는 것도 신기했는데, 형이 울고 있다니 생각지도 못한 모습이었다. 아버지와 형이 근무하던 병원의 옛 모습도, 병원 앞 거리에 걸려 있는 가게 간판들조차도, 다시 생각하고 싶지 않은 진철의 과거 모습까지도 모두 낯설지 않았는데 형의 작아진 모습과 우는 모습만큼은 낯설고 당혹스러웠다.

"형, 형!"

그는 천천히 문을 열고 술집 안으로 들어섰다. 주인은 뭘 하는지 보이지 않고 선술집에는 울고 있는 정우만이 혼자 쓸쓸히 자리를 지키고 있었다. 선우를 알아볼 리도 없지만, 정우는 누구의 인기척 따위에는 신경조차 쓰지 않았다. 선우는 그가 지금 안고 있는 고통이 무엇인지 묻고 싶었다. 할 수만 있다면 그 어깨에 짊어진 짐이 뭔지 내려놔 보라고 말하고 싶었다. 그가 안으로 들어와 보니 형의 모습은 더욱 애처로워 보였다. 살짝 발걸음 소리를 죽이고 옆 테이블에 앉으며 형의 모습을 계속 지켜보았다. 순간 가게 안으로 술집 주인이 들어섰다. 그는 선우를 보자 반갑게 맞이했다. 선우가 주인을 쳐다보는 중에 '와장창' 하고 뭔가 부서지는 소리가 들려 급히 고개를 돌렸다.

"아이고 맙소사! 이게 뭔 일이래?" 술집 주인이 소리쳤다.

정우가 몸을 주체하지 못해 바닥에 쓰러지며 술병과 술잔들이 함께 떨어져 깨진 것이었다.

"형!"

급히 정우를 부축해 밖으로 나가려는데 주인이 계산하라며 소리를 질렀다. 주머니를 뒤지니 5만원 신권이 나왔다. 생각해보니 1992년 당시라면 존재하지 않는 지폐였다. 그는 정우의 코트를 뒤져 지갑 속에서 지폐를 꺼내 계산을 하고 택시에 올랐다.

택시에 오른 선우는 정우를 반듯하게 앉혔다. 그는 정우의 눈가에 아직도 맺혀 있는 눈물을 닦아주었다. 선우는 궁금했다. 무슨 이유로. 어떤 아픔 때문에 형 정우가 이토록 고통스러워하는지. 아니, 과거에 어떤 이유로 형이 이토록 아픈 일을 혼자 겪었어야 했는지 알고 싶었다. 자신이 보지 못했던, 알지 못했던 과거의 순간순간 형에게는 남모를 아픔이 분명 숨어 있었다. 택시비를 계산하려고 정우의 코트 호주머니에 손을 넣는 순간 지갑과 함께 편지봉투가 따라 나왔다.

'서울시 종로구 종로3가?'

선우에게는 낯선 주소였다.

'18-5 동민빌딩 2층. 플로어 레코드 김유진?'

편지를 보내려고 우표까지 붙여두었는데 마냥 갖고 다닌 표가 났다. 선우는 조심스럽게 편지를 꺼내 읽었다.

'사랑하는 유진 씨에게. 이것은 당신에게 보내는 마지막 편지입니다.'

선우는 마지막이라는 말 앞에서 잠시 멈추고 형의 얼굴을 다시 살폈다.

"마지막?"

편지를 읽는 동안 택시는 어느새 선우의 집 앞에 도착했다. 아버지 천수의 차가 집 앞에 세워져 있었다. 운전기사가 뒷문을 여는 중이었는데 그 뒤로 선우와 정우를 태우고 달려오던 택시가 멈춰 섰다. 택시

기사가 도착했다고 말하는 순간 선우는 수첩에 뭔가를 적고는 정우의 코트 속으로 냉큼 편지를 다시 넣었다.

아버지가 멈춘 택시로 다가와 안에 앉아 있는 정우를 보고는 급히 차문을 열었다.

"이 자식이!"

선우는 자신과 눈이 마주친 아버지의 시선을 피할 길이 없었다. 하지만 아버지 역시 최진철처럼 그를 알아보지 못했다.

"아, 저는 정우 대학 선배입니다. 정우가 술을 많이 마셔서요."

천수는 차가운 얼굴로 술 먹고, 여자 이름 부르고, 울고불고 하더냐고 물었다. 술 먹고 울던 모습은 봤지만, 그게 여자 때문이었는지는 짐작하기 어려웠다. 하지만 아버지의 말을 들으니 울던 모습과 편지는 관계가 있는 듯했다.

아버지는 기사에게 정우를 데려오라고 이르고는 집 안으로 들어갔다. 그 모습을 선우가 물끄러미 바라보았다.

'아버지.'

그는 집 안으로 들어간 아버지를 향해 손을 내밀었다.

"아저씨, 좀 같이 내립시다."

택시 뒷문을 열고 천수의 차를 운전하는 기사가 택시기사에게 도움을 청했다. 택시기사가 몸을 돌려 정우와 선우가 앉아 있던 뒷좌석을 쳐다보았다. 순간 기사는 어리둥절한 표정이 되었다.

"어, 분명히 술 취한 사람 옆에 누가 있었는데?"

차 안에 선우는 없고 정우만 앉아 있었다. 택시기사는 술에 취한 게 손님이 아니라 마치 자신인 것 같다고 너스레를 떨며 천수의 기사를 도와 정우를 내렸다.

선우의 차 안에 피워져 있던 향이 빛을 잃어갔다. 연기도 사라지고 정우를 바래다 주던 풍경도 사라졌다. 어느새 선우는 자신의 차 운전석에 원래 모습대로 앉아 있었다. 차 안에서 향에 라이터 불을 붙이던 모습이 기억났다. 이건 꿈이 아닌 현실이었다. 잔혹동화라도 이보다 더 특별하기는 어려웠다. 하지만 차라리 잔혹동화 속에 들어섰다면 최소한 형을 보고 돌아온 마음이 착잡하지는 않을 것이었다. 아버지에게 아버지라고 부르지 못한 아쉬움도 없을 터였다. 급히 정우의 호주머니에 있던 봉투의 주소를 적은 메모지를 꺼냈다. 서울시 종로구 종로3가의 동민빌딩 2층을 찾아야 했다. 다시 주소를 보았다. 형이 썼던 편지가 생각났다. '사랑하는 유진 씨에게. 이것은 당신에게 보내는 마지막 편지입니다.' 형의 아픔을 알 것 같아 두려웠다. 속상했다. 또 알지 못했던 어떤 과거들이 드러날지 겁이 났다. 얼른 휴대폰을 켜고 지금이 2012년의 12월이라는 것을 확인하고 싶었다. 휴대폰을 보니 다행이 2012년 12월이었다.

다음 날, 2012년 12월 24일 아침이었다. 민영은 귀국할 때 입었던 옷도 채 벗지 못한 채 침대에 쓰러져 그대로 잠들어 있었다. 원룸형의 오피스텔이었다. 그녀를 깨운 건 휴대폰 알람 소리였다. 아침 7시, 실눈을 뜨고 보니 방에는 풀지도 않은 짐 가방이 아무렇게나 놓여 있었다.

포카라에서의 시간들은 모두 꿈이었을까? 휴대폰을 두드리는 순간, 혹은 침대에서 일어서는 순간, 화장실에서 소변을 보는 순간, 이를 닦는 순간, 머리를 감는 순간 민영은 그 모든 일들이 꿈이었다면 어쩌나 걱정되었다. 그녀는 조심스럽게 휴대폰을 들고 사진 폴더를 열었다. 다행이었다. 포카라에서의 반나절 행복은 꿈이 아니었다. 선우와 함께 찍은 사진들이 한 장 한 장 지나갈 때마다 그녀의 얼굴은 웃음으로 가득 찼다. 순간 선우에게서 온 문자메시지는 그녀가 지금 사진을 보는 모습 역시 꿈이 아니라는 걸 증명했다.

'일어났어? 나는 지금 출근 중'

민영은 냉큼 침대를 박차고 일어났다.

'당연합니다. 이미 일어난 지 오랩니다'

민영은 그 정도의 거짓말은 사랑하는 사이에 괜찮다고 생각했다. 왜 벌써 가냐고 답신을 보내자 다시 답이 왔다. 비행기 티켓 때문에 늦을 거라 말해줬으니 게으름 피워도 된다는 선우의 말은 배려였다. 언뜻 생각해보니 크리스마스이브라 일부러 그러는 게 아닐까 싶어 그녀는 왜 다른 것은 없냐고 재촉했다. 그저 저녁 먹자는 선우의 대답에 무작정 신이 났다. 사랑 따위에 유치해지는 자신이 싫었지만, 사랑에 무게를 거는 모험을 하고 싶지도 않았다. 그건 선우도 마찬가지였다. 두 사람의 사랑은 그렇게 깊어갔다.

택시에 있는 동안 민영에게서 도착한, 사랑에 관한 유치하고 때로 진지한, 그러다 다시 유치하기 짝이 없는 메시지들은 사랑이라는 신이

넷. 크리스마스이브에 일어난 일 **103**

내린 선물이었다. 민영에게 준비하고 천천히 나오라고 이르고는 택시에서 내렸다.
　그는 방송국으로 향하려다 말고 편의점으로 먼저 들어갔다. 뜨거운 캔커피 하나를 샀다. 과거로 들어섰다 나온 자신의 모습과 민영과 사랑을 나누는 모습이 너무나도 대조적이라 스스로도 놀라웠다. 견디기 힘든 고통과 행복한 사랑의 도로에 혼자 서 있는 기분이었다. 커피를 몸속으로 흘려 넣는데 영훈이 자신에게 얼른 입원하라며 재촉하던 모습이 떠올랐다.

　영훈은 자신이 선우에게 아무리 얼른 입원해 치료하라고 일러도 말을 듣지 않는 것이 속상했다. 급히 휴대폰을 들고 선우의 전화번호를 눌렀다.
　"어, 영훈아."
　"생각보다 목소리는 괜찮네."
　"괜찮으니까 괜찮을 때 입원하라고 하려는 거지, 너?"
　영훈은 아니라고 할 수 없었다. 하지만 하루라도 서두르지 않으면 선우의 상태는 짐작조차 하기 어려웠다. 아니, 짐작하기도 싫었다. 친구라서가 아니라, 유명한 텔레비전 뉴스의 메인 앵커라서가 아니라 생명을 가진 인간이라서 한 사람의 소중한 생명이라서였다. 영훈은 표정을 바꾸고 먼저 웃은 뒤 목소리 톤을 높였다.
　"오늘 당장 입원해!"

영훈의 목소리가 웃음에 이어 휴대폰을 폭발시킬 것처럼 쩌렁쩌렁하게 울려 선우는 귀에서 멀리 떨어뜨렸다. 그는 자신의 말을 또 무시하면 방송국까지 직접 찾아와 다 까발리고 말 거라며 거친 소리로 경고했다. 하지만 휴직계 내고 네 발로 알아서 걸어 들어오라는 말에는 속이 상했다. 고칠 수 없는 중병. 그랬다. 선우는 자신의 병이 휴직계를 내거나 사표를 쓰거나 할 만큼 단단히 마음먹지 않으면 고칠 수 없는, 아니 그리 한다고 해도 고쳐지지 않을 병이라는 사실에 속이 상했다. 그래도 고마웠다. 어쩌면 과거로 들어서는 길목에서 자신을 도와줄 유일한 사람이 바로 친구 영훈일지 모르니까.

영훈과 전화를 끊고 보니 편의점에 진열된 크리스마스카드가 보였다. 선우가 휴대폰을 들어 날짜를 다시 확인했다. 2012년 12월 24일. 민영이 말한 대로 현재는 2012년의 12월이었고 크리스마스이브였다. '아차!' 그러다 문득 선우는 머릿속에 떠오르는 크리스마스카드 한 장을 기억했다. 어린 시절 친구 영훈의 모습이 그 크리스마스카드 뒤로 교차했다.

영훈이 올라오자 텔레비전에서 나오는 성탄특선 영화를 보고 있던 50대의 독서실 주인이 작은 창문을 열고 내다보았다. 어린 영훈은 선우가 왔느냐고 물었다. 선우가 아직 도착하지 않았다는 말에 영훈은 혼자 독서실 안으로 들어갔다. 공부에만 집중하는 게 영훈의 고루한 취미였고 전부였다. 성적이 뛰어났던 영훈은 자잘한 것도 잘 잊지 않을 만큼 기억력이 탁월했다.

영훈은 독서실에 들어가 자신의 자리에 앉았다. 파카를 벗고 배낭을 내려놓고 워크맨을 꺼내놓는 습관도 잊지 않았다. 책상 위에는 《수학의 정석》, 《성문종합영어》 등 공부를 위해 가져다 놓은 문제집들이 잔뜩 쌓여 있었다. 자리에 앉아 이어폰을 끼고 음악을 틀고 문제집을 펼치던 영훈이 멈칫했다. 크리스마스카드였다. 갖가지 색으로 배합된 크리스마스카드가 놓여 있었다. 앞에는 '한영훈 앞'이라고 쓰여 있었고 뒤에는 '박선우'라고 쓰여 있었다. 얼른 꺼내 안을 살폈다. '크리스마스이브에도 독서실과 응급실을 지키는 가련한 내 친구에게'로 시작된 선우의 편지 뒤에는 2012년 12월 24일 아침 10시에 자신에게 편지 한 통을 받게 되면 이 카드가 어떤 의미인지 바로 알게 될 거라는 해석하기 힘든 말이 이어져 있었다. 20년 후에 보자는 말도 있었다.

영훈은 뜬금없이 카드를 보낸 선우의 행동이 우스웠다. 옆을 보니 선우의 자리는 비어 있었다.

"20년 후라… 20년 후에 우리는 어떻게 되어 있을까? 선우야, 이제 우리는 겨우 고등학생인데 20년 후면……."

영훈은 카드를 접어 다시 넣으려다 뒷면에 작게 적힌 카드 제조사와 발행일을 보았다. 발행일이 2012년. 영훈은 눈을 비비고 다시 카드 발행일을 보았다. 다시 보아도 2012년이었다. 하지만 이내 웃으며 카드를 제자리에 내려놓았다. 친구 선우가 잘못 인쇄된 크리스마스카드를 보고 장난기가 발동한 게 틀림없다고 여겼기 때문이었다.

2012년 12월 24일. 영훈은 크리스마스카드를 보고 있었다. 아내와 딸에게 보내려고 사다 놓은 크리스마스카드였다. 제조일자를 보니 2012년이었다. 문득, 20년 전 어린 시절 선우가 독서실에 두고 갔던 크리스마스카드가 떠올랐다. 그 기억이 떠올라 웃고 있는데 딸 혜준에게 전화가 걸려왔다. 혜준은 다짜고짜 식당 예약을 해두었느냐고 물었다. 아내 은주가 심부름을 시킨 모양이었다. '아차!' 하고는 걱정하지 말라며 진작 예약해두었다고 거짓말을 했다. 한참 전부터 아내에게 크리스마스이브에 가자고 말해두었던 식당의 자리가 비어 있는지 급히 확인했다. 크리스마스카드를 준비하는 동안 왜 그걸 잊고 있었는지, 자신이 한심했다. 다행히 아직 식당에는 한 자리가 남아 있었다. 가족을 위한 테이블이었다. 자신과 아내 그리고 두 딸을 위한 자리 같았다. 예약을 마무리하고 습관처럼 이메일을 열었다. 훑다 보니 선우로부터 메일이 도착되어 있었다.

"이 자식이 하라는 입원은 안 하고. 뭔 메일이야?"

영훈은 선우가 보낸 메일을 열었다. 산타가 그려진 장난스러운 카드 이메일이었다. 캐럴도 흘러나오고 짧은 메시지도 쓰여 있었다.

'메리크리스마스! 20년 만에 카드 한 장 보낸다. 파일 확인해봐.'

영훈이 고개를 갸웃거렸다. 20년 만이라는 말에 조금 전 떠올랐던 기억이 빠르게 스쳤다. 급히 첨부파일을 열었다. 음성파일이 하나 들어 있었다. 첨부파일을 눌렀다. 선우의 음성이 들려왔다.

"2012년 12월 22일. 내 친구 한영훈에게 보내는 첫 번째 메시지······."

영훈은 고개를 갸웃거렸다.

"며칠간 내가 겪은 이 모든 일들이 빌어먹을 병의 증상일까봐 두려워 메시지를 남긴다."

선우의 목소리는 이어졌다. 제어가 어려울 만큼 상태가 나빠진다면 자신이 녹음한 걸 듣고 이해해주길 바란다는 내용이었다. 자신이 무슨 일을 겪고 있고, 이제 무슨 일을 하려고 하는지에 대한 것들이라는 말도 잊지 않았다.

선우의 목소리는 진지했고 진심으로 들렸다. 혹시라도 오랜만에 크리스마스를 빙자해 재미삼아 하는 장난스러운 목소리가 아니었다. 영훈의 표정이 선우의 진지한 목소리보다 더 무겁고 진지해졌다. 이미 그러고 있는데 선우의 녹음된 목소리에는 진지하게 들어달라는 당부까지 들어 있었다.

당장 이해하기 힘든 부분이라면 자신도 형의 말을 흘려듣는 바람에 형을 잃었다는 부분이었다. 선우가 말하는 형은 영훈도 잘 아는 정우였다.

"정우 형을 잃어버려? 정우 형의 말을 흘려들어서? 이게 대체 무슨 뜻이지?"

다시 귀를 기울였다.

"형은 정확히 20년 전으로 돌아갈 수 있는 향 한 개를 얻었고, 한 남자가 가족을 구하고 남겨둔 아홉 개의 향의 존재를 알게 됐어. 형이 평생 바랐던 게 뭐였는지는 너도 알 거야. 1992년 12월 30일에 돌아가신 아버지. 1992년 1월에 남겨진 아홉 개의 향. 형에게 이건 기적이라고밖에는 설명할 수 없는 우연이었어."

아직도 영훈은 모두를 해석하지 못했다.

"영훈아, 나는 형이 타임머신을 찾다가 죽었다고 생각한다."

심각하게 선우의 녹음파일을 듣고 있던 영훈은 몸속에 있던 기운이 한번에 쏙 빠져버리는 기분이었다. 한참은 어이없고, 한참은 미칠 듯이 황당하고, 한참은 기가 막혀 말이 나오지 않았다. 맥이 모두 풀려 급히 담배를 찾아 입에 물었다. 하지만 라이터를 찾아 담배에 불을 붙이는 순간에도 선우의 음성파일은 끝나지 않았다. 일기는 두서없고 구멍이 많았지만 확실한 사실은 언제, 어디에서, 누구에게인지 모르지만 정확히 20년 전으로 돌아갈 수 있는 향 한 개를 형이 얻었다는 거였다. 내내 어이없이 듣고 있던 영훈이 피우던 담배를 바닥에 놓쳐버린 건 바로 그 20년이라는 말 때문이었다.

"20년 전?"

20년 전의 이상한 기억이 떠올랐다. 급히 모니터로 다가가 편지를 보낸 날짜를 확인했다. 2012년 12월 24일 오전 10시였다.

급히 소파로 다가가 아내에게 주려던 크리스마스카드를 펼쳤다. 카드를 사며 떠올렸던, 어린 시절의 선우가 독서실에 두고 갔던 크리스마스카드가 또 생각났다. 카드에 적힌 내용이, 몇 시간 전에 본 잔상이 아직 그대로 남아 있는 임팩트 강한 영화의 한 장면처럼 자세하게 떠올랐다. 그게 영훈의 남다름이었다.

'2012년 12월 24일 아침 10시에 나한테 편지 한 통을 받게 되면, 이 카드가 무슨 의미인지 바로 알게 될 거다.'

영훈의 기억에 더욱 선명하게 카드에 적혀 있던 내용이 떠올랐다.

손이 떨려오고 온몸이 떨려왔다. 급히 선우를 만나야만 했다. 선우가 전해온 난데없고, 황당하고, 어이없는 음성파일의 의미는 이해하기 어려웠지만 이해할 수 있었다. 지금 당장 영훈은 그런 선우를 이해하는 자신을 역시 해석하기 어려웠고 한편으로는 해석할 수 있었다. 급히 자리에서 일어서는데 후배 서준이 서류를 들고 안으로 들어섰다.

"이거 사인 좀."

영훈은 그의 목소리가 들리지 않았다. 무작정 밖으로 뛰쳐나갔다. 서준이 따라오며 무슨 사고라도 난 거냐며 어디를 그리 급히 가는 거냐고 소리치며 물었지만 아무 소리도 들리지 않았다. 어서 빨리 선우를 만나야만 했다.

병원 입구로 무작정 달려 나가다 호주머니에 들어 있던 휴대폰을 들어 선우의 번호를 눌렀지만 받지 않았다. 휴대폰을 열어보느라 느려졌던 걸음이 다시 급한 달음질로 바뀌었다.

영훈에게 전화가 걸려왔다는 사실을 알지 못한 채 선우는 홀로 최진철에 관한 뉴스를 모니터하는 중이었다. 순간 범석이 문을 열고 들여다보며 손님이 왔노라고 전했다. 그러는 와중에 보니 부재중으로 영훈으로부터 전화가 걸려와 있었다. 영훈에게 문자를 보내면서 보니 이미 통유리 벽 너머로 헐레벌떡하며 정신을 어디 두고 온 사람처럼 급하게 달려오는 영훈이 나타났다. 그는 휴대폰을 내리고 영훈의 모습을 살폈다. 의사 가운을 입고 병원용 슬리퍼까지 그대로 신은 채 무작정 자신에게 달려왔다는 게 표시가 났다. 선우와 눈이 마주친 다음에서야 영훈은 헐떡거리는 숨을 주체하지 못해 허리를 숙이고 헉헉거렸다. 그러면서도 시선은 선우를 벗어나지 않았다. 혹시라도 선우가 한 순간에 어디로 사라질까 염려하는 것 같았다. 겨우 숨을 고른 영훈이 그제야 천천히 선우를 향해 걸어왔다.

"생각보다 빨리 왔다. 옷 갈아입고 신발 갈아 신을 동안 내가 죽지는 않을 텐데 뭘 그리 서둘렀어?"

"머리랑 꼬리는 필요 없고."

헉헉거리는 숨을 아직 채 돌리지 못한 탓인지 영훈의 말소리는 고르지 못했다. 영훈은 급히 아내에게 주려던 크리스마스카드를 꺼내 보이며 손가락으로 가리켰다. 20년 전의 카드를 기억하느냐는 표시였다.

"그 정도만 써놔도 기억해낼 줄 알았다. 너 원래 암기왕이었잖아."

"누가 암기 잘한다고 지금 칭찬해달래? 진짜, 진짜 네가 쓴 거냐고 묻는 거잖아."

선우는 영훈의 헉헉거리는 물음에 무작정 웃으며 주머니에 있던 펜을 꺼내 보였다. 영훈이 무슨 의미냐는 표정으로 물었다.

"기억하지? 카드 제조일자. 2012년! 그래, 이 펜으로 썼어. 한 시간 전에 말이야."

영훈은 지금 선우가 무슨 말을 하는지 알 수 없었지만 무슨 말을 하는지 알 수 있었다. 선우가 지금 어떤 상황에 처해 있는지 알 수 없었지만 알 수 있었다. 영훈은 믿을 수 없다는 표정으로 고개를 저었다. 영훈의 모습을 보고 선우가 같은 표정으로 고개를 젓다가 고개를 끄덕였다. 영훈도 선우를 따라 고개를 끄덕였다.

선우의 말대로라면 20여 년 전에 유행한 영화 〈백 투 더 퓨처〉 속에 두 사람이 곧장 들어와 있는 셈이었다.

선우의 말은 다음과 같았다.

그는 대략 한 시간 전쯤 편의점 한쪽에 서서 펜으로 카드에 메시지를 적었고 건물의 화장실로 들어가 문을 잠그고 향에 불을 붙였다. 그리고 20년 전의 과거로 들어섰다.

아무도 없는 독서실에 들어선 선우는 어린 영훈의 자리에 자신이 메시지를 적은 크리스마스카드를 놓고 나왔다. 그리고 향불이 꺼진 시간 다시 자신의 현재 모습으로 돌아와 영훈에게 이메일을 보냈다.

영훈은 선우의 말이 여전히 믿기지 않았지만 믿었다. 여전히 믿을 수 없었고 또 믿을 수 있었다. 하지만 그럴 리가 없었다. 아니, 그럴 수가 없었다.

"나, 의사야. 과학이 아니면, 물리적으로 검증된 게 아니면 나는 믿지 않다고. 아니, 믿지 못한다고. 알겠어? 못 믿는 게 아니라 믿어서는 안 되는 거라고. 증명되지 않는 어떤 사항에 대해서 무작정 믿어버리는 건 의사로서 직무유기란 말이야. 너도 아버지가 의사셨잖아. 어디 그뿐이야? 너희 형, 그래 정우 형도 의사였다고. 모르겠어? 모두 사실이 아니면 믿지 않는 사람들이었다고. 너는? 너는 어떤데? 너도 기자야. 어쩌면 나보다 더 징그럽게 사실이 아닌 걸 더 싫어하는 게 너 아니었어? 말해봐."

영훈이 닦달하듯 소리쳤다. 그 높은 목소리에 '나는 이제 너의 말을 부정하기 어렵다'라는 모순이 숨어 있었다.

"그래, 그게 너고 그게 나야. 아니라고 안 해."

영훈이 선우의 더욱 진지해진 표정을 바로 읽었다.

"바로 그 말이야. 네 말대로 나는 기자야. 사실이니까 말한 거고. 너도 사실이니까 화를 내는 거야. 믿을 수 없는 걸 믿어야 해서. 아니야?"

영훈은 더 이상 뭐라고 답하기 어려웠다. 선우의 말대로 사실이었으니까. 순간 쩍 벌어지는 입을 다물 길이 없었다. 선우는 영훈에게 이 사실을 알려야 할지 고민했다고 털어놨다. 형 정우가 도대체 어떻게 그것을 알아냈고 찾아냈는지 모르겠다고 했다. 영훈은 그때까지도 향이 타임머신이라는 말에는 동의하기가 어려웠다. 그 표정을 보고 선우가 주머니에서 향 통을 꺼내 보였다.

"벌써 두 개나 썼어. 이제 일곱 개 남았다."

실제로 향통을 보는 순간 영훈은 넋이 나간 사람처럼 아무 말 없이 서 있었다.

"미안해. 나만 들어갔다 나오려니 겁이 났어. 그래도 너는 내 편이 돼줄 수 있잖아."

영훈은 부정하지 않았고 부인하지도 않았다.

택시를 타고 병원으로 향하는 동안에도 영훈은 당장의 상황들이 모두 꿈이길 바랐지만 아무리 볼을 꼬집고 택시기사와 현실에나 있는 이야기를 나누는 동안에도 그 꿈은 깨어나지 않았다.

영훈이 병원으로 들어서는데 직원들이 모두 그의 몰골을 보고 수군거렸다. 서준이 달려오며 급한 사안에 대해 이야기를 늘어놓았지만 여전히 아무 소리도 들어오지 않았다. 자신의 방으로 들어가 문을 닫았다. 홀린 얼굴 표정이 그대로 거울 속에 비쳤다. 고개를 저었다. 거울 속의 자신도 고개를 저었다. 여전히 현실이었다. 어이가 없어서 헛웃음이 새어나오는 걸 막을 재간이 없었다. 그때 선우의 목소리가 기억났다.

'형의 소원부터 들어주려고.'

영훈은 몸을 젖혀 등을 소파에 깊이 기댔다. 선우가 했던 말들이 계속해서 맴돌았다. 선우는 향을 보며 형의 물건이니까. 우선 형을 위해 써야 한다고 했다. 그 말에 덧붙여 형의 소원부터 들어줘야 한다고 했던 거였다. 영훈은 그 소리에 어린 선우에게 메시지를 남기라고 소리 질렀다. 서른 살이 넘으면 해마다 꼭 뇌 사진을 찍으라고 하면 되는 게 아니냐고도 물었다. 선우는 영훈의 말에 그 말대로, 그 말을 믿고 건강검진을 반드시 받게 하려면 결국 자신이 미래에서 왔다는 걸 밝혀야 되는 게 아니냐고 말했다. 그걸 알게 되는 것이 좋은 일인지 판단이 서지 않는다고 했다. 자신이 서른일곱에 뇌종양에 걸린다는 걸 알게 되면 분명 그 다음도 알고 싶을 거라고, 어느 대학에 가는지, 직업은 뭔지, 결혼은 하게 되는지, 아내는 누구이며 무엇을 하는 사람이고 또 자식은 있는지, 성공하는지, 삶이 행복한지 어떤지, 돈은 많이 벌게 되는지 따위였다. 지금 자신은 자연스럽게 스스로 병원에 찾아가게 될 방법을 찾는 중이라고 했다. 그러면서 자신이 내일 당장 죽는 게 아니지 않느냐고 했다.

영훈은 소파에 얼굴을 묻었다. 너는 죽는다고, 죽지 않을 확률이 1퍼센트도 되지 않으니 과거고 미래고 현재고 논하지 말고 살길이나 알아보라고 머리를 한 대 쥐어박을 걸 하고 후회했다. 하지만 또 생각하니 그건 아니었다. 선우는 형의 소원은 날짜를 놓치면 영원히 기회가 끝나는 것들이라서 그것부터 해결해야 한다고 했다. 그게 뭐냐고 영훈이 묻자 선우가 대답했다.

'아버지를 살리는 거.'

영훈이 소파에서 몸을 일으켰다.

"아버지를 살리는 거?"

선우는 어린 시절 아버지가 근무하던 명세병원 원장실에서 연기가 새어 나오는 걸 보았노라고 했다. 화염이 터져 나오고 그걸 보던 어린 자신이 불길에 밀리며 넘어졌던 기억이 있다고 했다. 선우가 말하길, 화염으로 가득한 방에서 그의 아버지가 1992년 12월 30일에 세상을 떠났다고 했다. 그러니 앞으로 엿새 뒤라고 했다. 과거로 들어갈 수 있다면 선우의 날짜 계산이 틀린 게 아니었다. 그러면서 영훈에게 어떤 사람이 이런 상황에서 다시 돌아갈 방법을 알면서도 그저 현실에 머무를 수 있겠느냐고 물었고 영훈은 대답하지 못했다. 그럴 수 없었다. 영훈이라도 선우의 입장이 된다면 당연히 그렇게 했을 것이다.

영훈이 다시 깊은 숨을 내쉬고 선우의 말을 떠올렸다.

'그래서 어젯밤에 아버지 병원에 가봤어. 건물 구조가 기억에 아른아른해서 파악해두려고. 아, 그러다 최진철도 만났어. 지금에 비하면 아무것도 아닌 시절의 최진철이지. 지금은 최진철 하나 잡는 데 온 나라가 다 시끄럽지만 그땐 잔챙이였거든. 그런 시절에 구속시켜버리면 이야기는 달라지지 하는 생각도 잠깐 들었지.'

그 말을 하며 그래서 아버지도 살릴 수 있고 최진철에 대한 증거도 잡는 방법을 고민 중이라고 했다. 그러고는 아버지를 살리려면 향이 하나면 충분한데 형은 왜 나머지 향까지 찾다가 목숨을 내놓게 된 것인지 궁금했다고, 그런데 이제 모든 의문이 풀렸다고 했다. 그 말에 영훈이 눈을 동그랗게 뜨고 그게 뭐냐고 물었다. 영훈도 정우의 일이 자못 궁금했다.

'난 몰랐는데 1992년에 형한테 여자가 있었어.'

선우는 과거로 돌아가 아버지에 대해서도 형에 대해서도, 그리고 최진철에 대해서도 거의 모든 것들을 알아냈노라고 했다.

영훈은 다시 소파에 몸을 기댔다. 꿈이라면 이렇게 길 리가 없었다. 순간 문을 열고 서준이 들어오며 영훈에게 급한 서류를 내밀었다. 그제야 다른 사람의 목소리가 들려오기 시작했다.

후배 범석의 목소리가 들려온 건 영훈이 다녀가고 시간이 조금 흐른 후였다.

"찾았습니다. 플로어 레코드숍 이름은 김유진입니다."

범석이 찾아온 자료를 보니 젊은 시절 유진의 얼굴이 스캔되어 있었다. 언뜻 보이는 느낌으로 감성이 풍부하게 느껴졌다. 묘하고 우울해 보이는 분위기를 가진 특이한 여인이었다.

"1962년생이고요, 1992년에는 종로에서 플로어 레코드숍을 운영했답니다. 윤시아라는 딸이 하나 있었고요."

"딸? 윤시아?"

선우는 그럼 유진이 미혼모냐고 물었다.

"아뇨, 일찍 결혼했던데요? 남편 윤정운이라는 사람은 밴드 기타리스트 출신이고 김유진은 보컬이었답니다."

범석은 이어 두 사람이 밴드에서 만나 결혼을 하게 됐고 남편은 1984년에 오토바이 사고로 세상을 떠났노라고 했다. 레코드숍도 남편이 운영하던 거라고. 그러다 1993년 1월 미국으로 이민을 갔고 그 후 2년 동안 LA에 있는 한인슈퍼에서 점원으로 일하다가 필라델피아로 옮겨 세탁소에서 일했던 것까지만 찾았노라고. 1997년 이후의 행방까지는 알아내지 못했다고 했다.

범석의 말을 들으니 김유진, 자신의 형이 보고 싶어했고 사랑했던 여인이 얼마나 고생을 하며 살아온 사람이었는지 이내 알 수 있었다.

"네 살 연상에다 밴드 보컬 출신, 그리고 애엄마라니."

선우는 사진 속의 유진을 자세하게 들여다보았다. 전혀 모르는 사람이라도 범석이 말한 대로의 상황에 있는 여자라면 결혼을 허락하기는 어려운 상대임을 부인하기는 어려웠다. 그러니 자신의 아버지가 형의 결혼이나 사랑을 허락했을 리가 없었다. 답이 이내 나와버렸다. 그래서 아버지는 형 정우의 결혼을 무작정 반대했을 것이고, 억지로 헤어질 수밖에 없었던 거였다. 하지만 정우는 그 여자를 잡고 싶어했다는 데서 결론이 났다. 선우는 다시 한 번 유진의 사진을 보며 고개를 끄덕였다.

선우가 차를 멈춰 세운 곳은 종로의 뒷골목이었다. 사람들을 살폈다. 모두들 행복한 얼굴을 하며 2012년에 맞는 크리스마스를 즐기고 있었다. 선우는 시간이 많지 않았다. 한 시도, 하루도 그에게는 아깝고 귀할 뿐이었다.

향통을 꺼내 들었다. 라이터를 들고 불을 붙였다. 향은 불꽃을 일으키고 이내 연기를 피워 올렸다.

사람들은 서 있는 선우의 차를 무심코 지나쳤다. 차 안에는 향 하나가 홀로 타오르고 있었다. 선우는 이미 사라지고 없었다. 그는 과거로 다시 들어간 것이다.

낡은 건물의 계단으로 선우가 올라서고 있었다. 1990년대 당시 인기를 모으고 있던 인기 절정의 국내외 가수들 포스터가 빼곡히 붙어 있었다. 선우는 자신이 좋아하던 가수들의 포스터를 보며 순간 미소를 지었다. 2층으로 발걸음을 조심스럽게 옮겼다.

2층에 위치한 레코드 가게에는 레코드판과 카세트테이프들이 가득했다. 카운터에 누군가 자리하고 있었다. 가까이 다가가서 보니 열 살 정도 되는 여자아이였다. 아이는 무선 전화를 막 걸려는 참이었다. 유진에게 '윤시아'라는 딸이 하나 있다는 말이 떠올랐다.

"네가 시아니?" 하고 선우가 조심스럽게 물었는데 아이는 공포에 질린 얼굴로 놀라 선우를 쳐다보았다. 아이는 눈물 범벅으로 119에 전화를 걸고 있던 참이었다. 무슨 일이 벌어진 게 틀림없었다. 아이가 떨리는 입술을 열었다.

"엄마가 죽었어요."

선우가 놀란 얼굴로 엄마는 어디 있냐고 물었다. 아이는 울음을 터트리며 방을 가리켰다. 선우는 급히 아이가 가리킨 방으로 뛰어갔다.
약병이 뒹구는 좁은 방에 유진이 쓰러져 있었다.
"이봐요! 안 돼."
선우가 급히 뛰어 들어가 유진의 뺨을 두드렸다. 유진의 늘어진 몸을 흔들자 입에서 토사물이 튀어나왔다. 그 모습을 보고 달려온 시아가 크게 울었다. 엄마는 죽지 않았으니 염려하지 말라고 아이를 타일렀다. 그러고는 얼른 전화기를 가져오라고 일렀다. 아이가 전화기를 가지러 간 사이 유진을 안아 일으키는데 보니 정우가 보낸 편지와 편지 봉투가 눈에 들어왔다. 자신이 봤던 편지가 떠올랐다. 마지막, 정우는 그녀에게 보내는 편지에서 '마지막'이라는 말을 맨 처음 꺼냈었다.
'그럼?'

유진이 병원에 누워 있다. 생명에는 지장이 없었다. 옆에서는 시아가 훌쩍거렸다. 선우가 의사와 이야기를 나누고 시아에게 다가가며 시계의 스톱워치를 보니 시간이 3분밖에 안 남아 있었다. 급히 주머니에서 수첩을 꺼내 펜으로 박정우 955-0000이라고 적어 시아에게 건네주었다.
"엄마가 아프다고 전화해. 엄마 남자 친구 전화번호야. 엄마가 아픈 건 그 남자 친구를 못 만나서 그래. 엄마가 지금 응급실에 있다고 그 아저씨에게 말해줘. 알았지?"
시아는 선우가 건네주는 메모지를 받았다. 시계를 보니 시간이 채 1분도 안 남아 있었다. 시아가 다가오는 간호사를 보다가, 엄마를 보다가 다시 고개를 돌렸지만 선우는 사라지고 없었다.

선우는 1992년에서 2012년으로 돌아왔다. 일본식 선술집에 앉아 맥주를 마시며 영훈과 통화 중이었다. 선우는 유진을 만나고 왔노라고 영훈에게 말했고 이제는 영훈도 선우의 말을 믿었다. 순간 민영이 난데없이 술집으로 들이닥쳤다. 그러고는 바짝 달라붙듯 옆에 앉았다.

"지금 뭐하는 짓이야, 이거?"

"가만있으라니까요. 앞을 봐요."

선우가 앞을 보았다. 범석의 차가 서 있었다. 순간 창을 열고 여러 명의 사람들이 두 사람을 쳐다보며 짓궂은 신호를 보냈다.

"저것들이 자꾸 내가 구걸해서 만나는 거라고 놀리잖아요. 확인시켜주려고."

그러고 보니 민영이 안돼 보였다. 선우는 하트를 크게 그리면서 사람들을 향했다. 그런 모습에 민영이 놀랐는지 눈이 휘둥그레졌다. 사실 마음으로는 더 크게 그려주고 싶었지만 그럴 수 없었다. 범석을 비롯한 방송사 사람들이 놀려대며 자리를 벗어났다. 순간 전화가 걸려왔다. 어머니가 입원한 병원의 번호였다. 통화를 마치자 민영이 자신은 상관하지 말고 어머니에게 다녀오라 일렀다. 하지만 시계를 보니 이미 너무 늦은 시간이었다. 다녀오는 데만 한 시간 이상이 걸렸다. 아니다. 방법이 있었다. 선우가 일어서며 민영에게 미안하다고 말하고는 30분만 시간을 달라고 했다.

"요양원까지 30분 만에 어떻게 갔다 와요? 같이 가요. 그럼 되잖아요."

"요양원까지 안 가. 금방 올게."

선우는 급히 자리를 벗어났다. 민영은 잠깐 우울했지만 괜찮았다.

그의 말대로 30분 뒤면 자신 앞에 나타날 거라고 무작정 믿었다.
 향을 꺼내며 생각하니 어린 시절의 모습이 떠올랐다. 어머니와 외식을 하러 나가기로 약속한 날 하필 가장 좋아하던 여자 친구로부터 영화를 보자는 연락을 받았다. 늘 꿈처럼 생각만 하던 일이었는데, 영화를 함께 보자니 거절할 수가 없었다.
 "엄마, 엄마와 함께 못 나갈 것 같아요. 영규가 다쳤대요."
 "어휴, 저런! 많이 다쳤어?"
 어린 선우는 하는 수 없이 엄마를 속이고 영화관으로 향했다. 엄마에게는 너무 미안했지만, 여자 친구를 위해서는 별수 없는 일이었다. 아니, 자신을 위해선 별수 없는 일이었다. 그런데 하필 어머니도 그날 영화관을 찾은 거였다.
 어린 선우가 자신을 속인 걸 몰랐던 어머니는 하는 수 없이 혼자 쓸쓸하게 영화표를 구해 극장으로 들어섰다. 그러다 어린 선우와 마주쳤다. 결국 엄마에게 들통이 난 선우는 표정으로 모른 체 해달라고 얄궂게 눈짓을 했다.
 시간이 없었다. 어머니는 분명 그날 허탈하고 외로웠을 게 뻔했다. 그저 웃는 얼굴로 용서해줬지만, 사실 마음은 한없이 섭섭했으리란 걸 눈치챘다. 여자 친구와 극장을 나서면서도 그래서 내내 마음이 불편했고 엄마를 어찌 보나 걱정스러웠다.
 선우는 급히 라이터를 켜 재빨리 향에 불을 붙였다.
 1992년의 겨울로 선우가 들어섰다.
 다행이었다. 명희가 극장으로 들어가려는 순간이었다. 기억대로라면 아직 어린 선우와 마주치지 않은 상황이었다. 선우가 급히 다가가 일부러 어머니와 어깨를 부딪쳤다.

"아, 죄송합니다."

"아니에요."

명희의 안경이 바닥에 떨어졌다. 계획대로 진행되었다. 선우는 마치 보지 못한 듯 일부러 안경을 밟았다. 속으로 말했다.

'엄마, 죄송해요. 그날은 어려서 너무 철이 없었어요. 오늘은 거짓말 안 했어요. 그날 일은 잊어주세요.'

괜찮다고 하는데도 선우는 자신의 실수라며 안경점으로 명희를 데리고 갔다. 내내 친절한 낯선 남자가 명희는 고마웠다.

'누구기에 이토록 친절할까? 아들도 친구가 사고가 나는 바람에 혼자 영화를 보러 나왔는데.'

어색하고 불편한 표정으로 명희가 안경점에 앉아 있었다. 선우가 전해주는 자판기 커피를 받아 든 명희의 손을 선우는 덥석 잡고 '내가 당신의 아들이에요' 하고 소리치고 싶었다. 할 수만 있다면 그 순간부터 계속해서 같이 살고 싶었다.

"우리 아는 사이던가요? 이상하게 낯이 익어서."

하마터면 선우는 당연하다고 내가 당신의 아들이니까 그럴 수밖에 없는 거라고 입속에서 튀어나오려는 소리를 다시 안으로 어렵사리 집어넣었다.

안경을 맞추고 밖으로 나와 택시를 잡았다. 그리고 성북동으로 가 달라고 기사에게 말했다.

"우리 집이 성북동인 걸 어떻게 알아요?"

선우는 당신이 바로 내 엄마인데 어떻게 그걸 모를 수 있느냐고 말하고 싶었다. 하지만 그 대신 안경점에서 말하지 않았느냐고 둘러댔다. 명희는 '그랬나?' 하는 표정으로 빙그레 웃었다.

택시가 떠나는 모습을 선우는 물끄러미 바라보았다.

"엄마, 죄송해요."

택시가 사라졌다. 마음 한구석이 뻥 뚫려버린 것처럼 허전했다.

명희도 택시 안에서 멀어지는 선우의 모습을 묘한 표정으로 바라보았다.

'이상한 사람이야. 뭐하는 사람이기에. 그런데 왜 저 사람이 낯설지가 않은 거지?'

그가 너무 친절해서인지 뭔가 아쉽고 허전했다. 희한했다. 뭔가 익숙하고 오랫동안 봐온 사람처럼 아쉬웠다. 아들 선우와의 약속은 어긋났지만 작은 추억이 만들어진 하루였다.

택시가 멈추는 동안에도 명희는 극장에서 만나고, 안경이 부서지고, 새로운 안경을 맞추고, 택시를 타는 동안 친절했던, 낯설었지만 낯설지 않은 선우의 모습을 또 기억했다. 택시비를 주려고 가방을 꺼내며 보니 안에 작은 보석함과 카드가 들어 있었다.

'약속 못 지켜서 미안해요, 엄마. 메리크리스마스. 사랑하는 막내아들 선우'

선우가 미래에서 찾아와 준 선물을 명희는 어린 선우가 준 거라고 여겼다. 보석함을 꺼내 열었다. 심플한 펜던트가 달린 목걸이가 들어 있었다.

　선우의 향이 꺼져갔다. 잠시 과거로 찾아 들어갔던 기억은 마냥 아쉬웠다. 택시에 올라 집으로 돌아가던 명희의 모습이 못내 서운했다. '엄마!' 하고 그저 크게 불러볼걸 후회가 되었다. 향은 이제 모두 타고 재만 남아 있었다.

　명희가 환자복을 입은 채로 텔레비전을 보고 앉아 있었다. 미동도 없는 명희의 목에는 작은 펜던트가 걸려 있었다. 색이 바래고 닳아 있었다.

　눈이 더 많이 쌓여갔다. 민영은 안주를 시켜놓고 상념에 잠겨 있었다. 이제 선우가 말했던 30분이 다가오고 있었다. 혹시라도 오지 않으면 어쩌나 걱정이 되었다. 선우와 자신은 이미 사랑하고 있었고, 벌써 많은 사람들에게 두 사람은 사랑하고 있노라고 유치한 모습까지 보이며 확인을 시키지 않았던가. 이제 몇 초만 지나면 약속한 30분인데 눈은 쌓여가고 민영은 걱정이 되기 시작했다. 그때 선우가 눈을 맞으며 뛰어오고 있었다. 급히 일어나 달려가 품에 그를 안고 싶었지만, 꾹꾹 참고 앉아 있었다.
　"정말 딱 30분이네요. 엄마 만나고 온다면서요?"
　"만나고 왔어. 걱정 마."
　"아, 영상통화 했구나?"
　그 말에 선우가 웃었다.

"어머니가 좋아하세요?"

"엄청 좋아하시지."

"난 엄마랑 사이좋았던 적이 없는데. 엄마 때문에 내 인생이 많이 꼬였거든요. 그래서 차라리 아빠랑 더 친했어요. 솔직히."

"꼬였다면 어떤 식?"

"우리 엄마가 좀 과격하셨거든요. 뭐든지 감정적으로. 아, 맞다 심지어 난 엄마 때문에 이름도 두 번이나 바뀐 거 알아요? 내 이름 원래 주민영이 아니에요."

민영이 계속해서 말을 이었다.

"엄마가 무슨 점쟁이에게 들었는데 내 이름이 너무 안 좋다고 다짜고짜 민영이로 바꾼 거 있죠? 원래 이름은 시아였는데."

선우는 마시던 맥주를 쏟을 뻔했다. 선우가 놀란 눈으로 그녀를 쳐다보았다.

"그리고 나중에 또 엄마가 재혼하면서 성이 윤씨에서 주씨로 바뀌고. 나 어릴 때 꽤나 파란만장했어요."

"원래 이름이 뭐라고?"

"시아요. 윤시아."

선우가 고개를 저으며 눈을 감았다. 믿을 수가 없었다. 그러다 고개를 들고 눈을 떴다. 민영은 사라지고 없었다. 그녀가 들고 왔던 가방, 옷, 수저, 술잔까지 모두 흔적조차 없었다. 창밖에는 눈이 내려 쌓이고 있었다.

다섯

뒤바뀐 운명

 수술은 순조롭지 않았다. 영훈은 현미경을 들여다보며 신중하게 미세도구를 삽입했다. 이상 출혈로 수술 부위가 시야에 들어오지 않는 게 가장 큰 문제였다.
 "석션 파워 높여."
 석션기를 들고 있던 서준이 재빨리 출혈 부위에 기구를 가져갔다. 순간 벌겋게 부어오른 수술 부위가 선명하게 드러났다. 영훈은 모니터를 흘깃 보았다. 혈압이 계속 떨어지고 있었다. 한 발 늦게 간호사가 심각한 목소리로 "혈압이 떨어져요, 선생님" 하고 말했다. 영훈은 다시 현미경에 눈을 댔다.
 "에피네프린."
 간호사가 민첩하게 링거 호스에 주사를 놓았다. 하지만 피가 멈추지 않았다. 몇 분 안에 혈압을 제어하지 못하면 환자의 생명이 위험할 수도 있었다.

"석션, 집중해!"

영훈의 말에 서준이 "네" 하고 대답하며 바짝 긴장했다. 미세혈관을 집기 위해 클립을 받아 들려던 영훈은 순간 멈칫했다.

"뭐, 뭐야? 이거."

영훈이 나직하게 말했다.

낯선 기억들이 머릿속에 순식간에 스쳐 지나갔다. 그가 한 번도 떠올린 적도 없고, 겪어본 적조차 없다고 단언할 수 있는 일들이었다. 그러나 새로운 기억들은 머릿속에서 기존의 기억들과 서로 맞물리며 하나의 다른 이야기를, 기억을 조직하고 있었다. 영훈은 선우와의 대화를 떠올렸다. '형 전화번호를 남겼는데 모르겠어, 둘이 다시 만날지.' 그는 눈을 질끈 감았다. 순간 욕이 터져 나오려는 걸 참았다. 스태프들은 그런 영훈을 당황한 표정으로 쳐다보았다. 수술 과정에서 뭔가 큰 사고가 난 게 틀림없다고 생각했다. 영훈의 얼굴은 새파랗게 질려 있었다.

"선생님, 빨리 클립을 해야 합니다."

서준이 속삭이듯 말했다. 영훈은 그제야 정신이 돌아왔다. 그는 클립을 받아 들고 다시 수술을 시작했다. 얼굴에 튀는 피를 손등으로 닦으며 클립으로 혈관을 봉했다. 그의 손은 심하게 떨리고 있었다. 정신적인 충격을 누그러뜨리기 위해 그는 계속 심호흡을 했다. 그것이 수술에 집중하기 위해 그가 할 수 있는 최선이었다. 떠올리지 않으려 아무리 노력해도 자꾸만 기억들이 머리를 파고들었다. 그가 수술 부위를 바라보며 중얼거렸다. "정우 형이 설마, 형은 분명히 죽었는데." 그는 머릿속에 떠오르는 기억을 잘라버리려는 듯 메스를 단단히 쥐었다.

정우는 숙직실 침대에 누워 천장을 바라보았다. 언제 응급실에서 호출이 올지 몰랐지만 느긋했다. 부르면 갈 뿐. 혹은 부르더라도 가지 않을 심산이었다. 그는 이런 생활이 지긋지긋했다. 부르면 부르는 대로, 시키면 시키는 대로. 자유라곤 없는 생활. 그는 살면서 한 번도 아버지의 뜻을 거스른 적이 없다고 생각했다. 집에서는 아버지의 말만이 정답이었다. 물론 강압적인 것은 아니었고 아버지가 옳다고 믿었기 때문에 따랐다. 그러나 이번에는 달랐다. 자신이 사랑하는 사람, 평생 곁에 두고 싶은 사람과 함께하지 못하게 하는 건 완전히 다른 문제였다. '유진에게 아이가 있는 것이, 레코드점을 운영하는 그녀의 직업이 그렇게 큰 반대 이유가 될까? 내게는 그런 것이 하나도 중요하지 않은데. 아들을 위해 져주실 순 없을까? 아버지의 기준이 세상의 기준과 그리 다르지 않다는 건 안다. 그러나 세상에는 나와 같은 판단을 하는 사람도 있는 것이고, 또 그런 것이 세상을 조금 더 가치 있게 한다고 믿는다. 또한 나를 가치 있게 하는 것이기도 하고.' 정우는 유진의 모습을 떠올렸다. 그녀의 깊은 눈과 고결한 심성을 떠올렸다. 전화벨이 울렸다. 그는 눈을 감고 벨소리를 무시했다. 반항이고 저항이었다. 아버지에 대한, 그리고 세상에 대한. 전화벨은 끈질기게 울렸다. 벨소리는 그런 그를 비웃고 있는 것 같았다. 삶의 가치를 운운하면서 실은 아무것도 하지 못하는, 결국 아버지의 뜻을 거스르지 못하는 나약한 인간. 어쩌면 의식 깊은 곳에는 두려움이, 세상의 기준대로 살지 않는 것에 대한 공포가 가득한 것인지도 몰랐다. 전화벨이 발작하듯 울려댔다. 그는 개인적인 문제로 환자에게 피해를 입혀서는 안 된다는 생각에 손을 뻗어 전화기를 들었다.

"여보세요."

어린 여자아이의 목소리였다.

"누구니?"

정우가 물었다.

"엄마가 아파요."

"뭐라고?"

여자아이는 울고 있는지 웅얼거리며 말했다. 정우는 수화기를 귀에 가까이 가져갔다. 아이는 엄마가 아프다는 말만 계속했다. 정우는 아이를 진정시키고, 천천히 이야기해보라고 타일렀다. 아이가 말했다.

"저는 윤시아라고 하는데요, 엄마가 죽어가요."

그는 머리가 쭈뼛 서는 느낌이었다. 시아는 유진의 딸이었다.

정우는 곧장 택시를 타고 여자아이가 말한 병원으로 갔다. 그는 전화를 끊은 지 30여 분 만에 응급실에 도착했다. 응급실의 산만한 분위기 속에서도 정우는 유진이 누워 있는 침대를 단번에 찾아냈다. 침대 옆에는 조금 전 그와 통화한 인형 같은 얼굴의 시아가 겁먹은 표정으로 서 있었다.

"엄마 여기 있어요."

다섯. 뒤바뀐 운명 129

시아가 울먹이며 말했다. 그는 아이의 머리를 쓰다듬으며 침대에 다가섰다.

"유진 씨……."

그녀는 정신을 잃은 채 잠들어 있었다. 온통 헝클어진 머리, 퉁퉁 부어오른 눈을 보니 몇 시간 동안 무슨 일이 벌어졌는지 묻지 않아도 알 수 있었다. 정우는 유진의 손을 부드럽게 감쌌다. 그의 눈에 뜨거운 눈물이 고였다. 유진의 얼굴에 남은 눈물 자국은 그의 가슴에 칼로 찌르는 듯한 고통을 줬다. 정우는 용서를 구하는 심경으로 자리에 주저앉아 자신의 얼굴에 그녀의 손을 비볐다. '유진 씨는 목숨을 걸었는데.' 그는 한때라도 마음이 약해졌던 자신을 비난하며 후회의 눈물을 쏟아냈다.

시아는 흐느껴 울고 있는 아저씨의 뒷모습을 바라보며 훌쩍거렸다. 조금 전 혼자 있을 때처럼 끔찍하게 무섭지는 않았다. 정우 아저씨가 옆에 있으면 엄마가 죽지 않을 것 같았다. 아까는 엄마가 당장 죽는 줄만 알았다. 엄마가 쓰러졌을 때 그 이상한 아저씨가 도와주지 않았다면 엄마를 잃게 됐을지도 모른다. 고맙다고 말하고 싶은데 아저씨가 어디 있는지 찾을 수가 없다. 시아는 다음에 아저씨를 만나면 꼭 고맙다고 말해야겠다고 다짐했다. 시아는 손에 꼭 쥐고 있던 이상한 아저씨가 적어 건네준 전화번호를 가만히 보았다.

영훈은 피 묻은 수술복과 마스크를 벗어 던지며 수술실을 빠져나왔다. 그는 빠르게 걸음을 옮겼다. 가족들이 다가와 환자의 상태에 대해 물어왔다. 영훈은 심각한 표정으로 가족들을 그대로 지나쳐 어디론가 빠르게 걸어갔다. 수술 결과가 좋다는 설명은 뒤따라 나온 서준이 대신 했다.

영훈은 엘리베이터를 타고 외과 병동으로 향했다. 그의 얼굴을 공포로 질려 딱딱하게 굳어 있었다. 푸른빛이 감도는 형광등 불빛이 그를 더욱 경직돼 보이게 했다. 그가 입술을 깨물며 중얼거렸다. "말도 안 돼… 이건 정말 말도 안 돼." 벨이 울리는 소리와 함께 엘리베이터가 멈췄다. 그는 조심스럽게 발을 내딛었다.

그는 외과 전문의들의 방이 길게 이어진 복도에 들어섰다. 그는 공포를 넘어 흥분된 시선으로 방의 명패를 하나씩 살폈다. 그는 한두 번 들어본, 또는 친근한, 아니면 전혀 들어본 적도 없는 이름들을 하나씩 지나쳤다. 그는 그때까지도 자신에게 떠오른 기억들이 사실이 아닐 수도 있다는 기대를 갖고 있었다. 복도 마지막 방에 도착했을 때 자신의 기대가 그저 희망에 불과하다는 걸 깨달았다. 그는 문 옆에 붙어 있는 명패를 가만히 보았다. 얼어붙은 것처럼 그 자리에서 꼼짝도 할 수 없었다. 온몸에 석고를 바른 듯 굳어버린 기분이었다.

"내 방 앞에서 뭐해?"

영훈은 들려오는 목소리에 차마 고개를 돌리지 못하고 가만히 서 있었다. 봐서는 안 될, 보는 순간 그가 믿고 있던 세계에 대한 신념들을 단번에 무너뜨릴 무엇이 바로 그의 옆에서 말을 걸고 있었다. 그러나 참을 수 없는 호기심에 그는 천천히 시선을 돌렸다. 복도 저 끝에서 의사 가운을 입은 호리호리한 체격의 남자가 다가왔다. 문 앞 명패에는 분명 '외과의사 박정우'라고 적혀 있었다. '정말 내가 알고 있는 박정우일까?' 영훈은 자기도 모르게 뒤로 조금 물러섰다. 물러설 공간도 얼마 없었다. 남자가 웃음소리를 흘리며 그를 향해 다가왔다. 영훈은 그를 정면으로 마주 할 자신이 없었다. 남자는 어느새 그의 코앞까지 와 있었다. 영훈은 쿵쿵거리는 심장을 느끼며 천천히 고개를 들었다.

선우는 의식이 불분명한 상태에서도 통증을 또렷하게 느꼈다. 병들어버린 뇌는 의식이 희미해진 순간에도 그 위세를 잃지 않았다. 그는 계속 악몽을 꿨는데, 그 잔인한 영상이 꿈이 아닌 기억일지도 모른다는 생각이 혼수상태 속에 남은 희미한 의식을 괴롭혔다. 첫 번째로 떠오르고, 몇 번에 걸쳐 떠오르는 기억은 아버지의 사고를 목격하던 순간이었다. 영원토록 잊지 못할 그날, 1992년 12월 30일. '아빠?' 그가 원장실 문을 열었을 때 눈앞에서 불타오르던 화염의 무시무시한 불길을 그는 잊을 수 없었다. 아니, 벗어날 수 없었다. 그는 불길 속에서 어른거리는 거뭇한 사람의 형상을 기억했다. 그리고 떠오른 것은 민영이었다. 민영이 눈앞에서 갑자기 사라져버린, 그와 마주 하고 있던 그녀가 사라지고 눈이 펑펑 내리는 창밖의 풍경을 바라보던 순간. 그는 직원에게 물었다. "처음부터 나 혼자였나요?" 직원은 어떻게 그런 걸 묻느냐는 표정으로 "네" 하고 대답했다. 그러고는 자리에서 일어나려다 그대로 쓰러졌다. 선우는 극심한 두통 속에, 뇌의 한쪽을 완전히 장악당한 것 같은 통증에도 새롭게 떠오르는 기억들을 놓치지 않으려 애썼다. 아버지의 병원에서 입은 화상으로 병실에 누워 있을 때 그에게 '시아'라는 이름의 여자아이를 소개하던 정우의 모습. 몇 달 뒤 교외의 성당에서 조촐하게 치러진 정우와 유진의 결혼식. 그날 시아와 그는 나란히 앉아 그들의 모습을 바라봤다.

"오빠······."

"오빠가 아니라 삼촌."

그는 웨딩드레스를 입은 유진과 정우의 뒷모습을 바라본다.

"삼촌, 그거 알아요? 우리 결혼식 끝나면 미국으로 간대요."

시아가 아무도 들어선 안 된다는 듯 작게 속삭였다.

"미국?"

"아빠가 엄마랑 얘기하는 걸 들었어요. 다음 달에 이민 간대요. 엄마, 아빠, 나 이렇게 셋만요."

선우의 머릿속에 떠오르는 기억에는 그 순간 느꼈던 형에 대한 섭섭함과 막연한 슬픔 같은 것들이 담겨 있었다. 예식이 끝나고 가족사진을 찍던 순간이 떠올랐다. 선우는 그날 축복받지 못한 결혼을 올리는 형과 유진의 무겁게 가라앉은 얼굴, 그리고 멍한 얼굴로 일관하던, 이미 정신이 이상해져버린 어머니의 모습에 가슴이 저렸다. 그것은 그에게 던져진 새로운 기억이 아니라 그가 오래전에 겪은 그의 새로운 과거였다. 선우는 순식간에 그의 머리를 찌르고 지나가는 통증에 문득 잠에서 깼다. 그는 얼굴을 찌푸리곤 천장을 봤다. 그의 집이었다.

"깼어요?"

그는 고개를 돌렸다. 민영이 침대 옆 의자에 앉아 그를 바라보고 있었다. 그는 놀란 가슴을 억누르며 민영을 바라봤다. 어떻게 된 걸까?

민영이 지금 곁에 있다. 사랑스런 그 모습 그대로 지금 내 곁에.

"좀 어때요? 진짜 놀랐어요."

선우는 자기가 더 놀랐다는 듯 민영을 물끄러미 보고는 통증에 다시 눈을 감았다. 그가 말했다.

"어떻게 된 거야?"

"술집에서 쓰러지셨잖아요. 종업원 연락받고 갔더니 완전히 인사불성. 응급실에는 절대 안 간다고 해서 집으로 왔어요."

민영이 그의 가슴에 이불을 반듯하게 덮으며 말했다.

선우는 안도감에 긴 한숨을 내쉬었다. 긴장했던 근육이 나른하게 늘어졌다.

"이상한 꿈을 꿨어. 음… 우리 형이 갑자기 살아나고… 그리고 네가……."

"형이요? 아빠 말하는 거예요?"

민영의 말에 선우는 화들짝 놀라 눈을 떴다.

"아빠가 꿈에 나왔으면 악몽이네. 우리 아빠 꿈에서도 그렇게 무뚝뚝해요, 삼촌?"

민영이 말했다.

삼촌……? 선우는 민영의 얼굴을 빤히 바라봤다. 거짓이라곤 없는 얼굴, 이런 걸 장난이라고 친다면 연인이고 뭐고 당장에 끝내버릴 거라고 그는 생각했다.

"왜 그렇게 빤히 봐요?"

민영이 의아해하며 물었다. 선우는 고개를 돌리며 눈을 질끈 감았다. 그 모든 장면들은 그저 꿈이 아니었던 것이다. 그것들은 뒤바뀌어 버린 현재인 것이다. 그는 자신이 도대체 무슨 짓을 한 건지 짐작도 되지 않았다. 형이 정말 살아 있다고? 민영이… 내 조카라고? 그때 문이 벌컥 열리는 소리가 들렸다.

"선배 일어나셨어?"

범석이었다.

"어, 지금."

"좀 괜찮으세요, 선배?"

선우는 수선을 떨고 있는 범석을 멍하니 바라봤다. 이건 또 어떤 상황인지 계속 생각하면서. '범석의 현재에도 무슨 변화가 있는 걸까? 여기에 온 이유는 뭘까?' 그는 혼란스러움에 정신을 차릴 수 없었다.

"선배, 검찰이 오전에 최진철 영장 신청한답니다. 비상회의 소집인데 나가실 수 있겠어요?"

선우는 도대체 어디서부터 어디까지가 바뀐 현실이고 또 어디까지가 아닌지 가늠이 되지 않았다. 범석이 말을 이었다.

"힘드실 것 같으면 미리 국장님한테 말씀을 드리고……."

"둘 다 잠깐 나가 있어."

선우가 말했다. 그는 한 손으로 머리를 짚으며 손짓을 했다. 머리가 깨질 듯 아팠다. 민영이 범석에게 눈치를 주며 그를 데리고 나갔다.

선우는 천천히 자리에서 일어났다. 주머니에서 약을 꺼내 삼켰다. 재킷 안주머니에서 향통이 만져졌다. 그는 통을 꺼내 향을 세어보았다. 남은 개수는 다섯 개. 그는 탁자 서랍을 열었다. 텅 빈 서랍에 검정색 삐삐가 덩그러니 놓여 있었다. 책상 위에는 마루나 롯지에서 가져온 레코드판도 그대로였다.

"젠장……"

그는 민영이 벗어둔 외투 주머니를 뒤졌다. 민영의 출입증이 있었다. 'CBM 보도국 기자 박민영'이라고 적힌 출입증을 바라보는데 몇몇 기억들이 거미줄이 퍼지듯 머릿속에 떠올랐다. 신입사원 면접 날, 몰래 원서를 접수한 민영과 회사에서 딱 마주쳤던 기억, 그날 다른 동료들에게 조카라고 민영을 소개하던 자신의 목소리까지! 선우는 민영의 출입증을 바라보며 헛웃음을 터트렸다. 젠장… 이거야말로 무슨 신의 장난이지?

민영과 범석은 거실에 앉아 있었다. 범석은 궁궐 같은 거실을 휘둥그레진 눈으로 바라봤다. 민영은 약봉지 하나를 이리저리 살펴보고 있었다. 조금 전 선우가 잠들어 있을 때 주머니에서 슬쩍한 것이었다. '도대체 어디에 먹는 약이지?' 민영은 최근 삼촌의 초췌한 모습과 이상한 행동들이 이 약과 무슨 연관이 있다고 느꼈다.

"야, 차장님 집이 이렇게 부자인지 정말 몰랐다."

범석이 감탄을 하며 말했다.

"할아버지 때부터 살던 집이래. 난 사실 이 집에서 살고 싶은데 아빠가 절대 싫다고 안 오셔."

민영은 소파에 다리를 올리고는 집 안을 이리저리 둘러보았다. 선우가 외투를 손에 들고 방을 나서는 게 보였다.

"삼촌, 아니 선배!"

선우는 곧장 현관 쪽으로 걸어갔다. 범석과 민영이 자리에서 벌떡 일어섰다.

"난 이제 괜찮으니까, 너희들 바로 출근해."

선우가 외투를 걸치며 말했다. 그는 범석을 보며 말을 이었다.

"10시 반 회의니까, 회의 준비 제대로 안 돼 있으면 각오해."

선우는 문을 꽝 닫고 집을 나섰다.

성탄절로 접어든 어스름한 새벽이었다. 거리는 한산했고, 신도들로 가득한 성당은 활기찼다. 영훈은 성탄 미사가 한창인 성당의 구석 자리에 앉아 기도를 올렸다. 기도라기보다 주님께 빌었다. 친구가 저지른 죄를, 그 죄를 막지 못한 자신을 용서해달라고 빌었다. 간절하게 기도를 올리던 그는 온화한 얼굴로 미사를 집전하는 신부님과 행복한 표정의 신도들을 물끄러미 보았다. 이렇게 엄청난 일이 벌어졌는데 성당 안은 이렇게 평화롭다니. 영훈은 그래서 더욱 자신의 죄가 더욱 크고 무겁게 느껴졌다. 그는 손을 부여잡고 기도를 올렸다.

"네가 언제부터 크리스마스를 다 챙겼어?"

선우였다. 그는 영훈의 옆자리에 앉았다.

"야? 너?"

영훈이 높아지는 언성을 간신히 낮췄다.

"나 기도하는 법 좀 알려주라. 기도 좀 하게."

선우는 정면의 십자가상을 물끄러미 보며 손을 가지런히 모았다.

"야, 인마."

영훈이 인상을 있는 대로 쓴 채 목소리를 낮추며 말했다.
"너 쓰러져 있는 동안에 내가 무슨 일을 겪었는지 알아? 죽은 사람이 살아나서 나한테 말을 걸었어. 믿어져? 네 형, 정우 형이 나랑 같이 근무한다고. 지금, 우리 병원에서!"
영훈은 겨우 흥분을 억누르며 말했다.
"너 지금 얼마나 엄청난 짓을 저지른 줄 알아? 사람을 살리고 죽이는 건 신만이 할 수 있는 거야. 너나 내가 할 수 있는 게 아니라고. 그런데 지금 네가!"
선우는 묵묵히 듣고 있었다. 그는 사실 자신이 무슨 일을 저질렀는지 온전히 실감하지 못했다. 형이 살아났다는 얘기만으로는, 직접 본다면 모를까 영훈이 느끼는 만큼의 무게와 두려움이 느껴지지 않았다. 민영에 대해서도 그랬다. 조카라고 하지만 그에게는 여전히 그녀가 박민영이 아닌 주민영으로 여겨졌다.
"너 정말 어쩌자는 거냐? 이러다 우리 하나님한테 천벌 받는 거 아니냐?"
"향은 네팔에서 얻은 거고, 네팔은 라마교잖아. 그러니까 천벌을 받아도 라마교 신한테 받지 하나님한테 받지는 않을 거야."
선우가 능을 치며 말했다.
"지금… 그게 네가 할 소리냐? 민영 씨는 어쩔 거야? 민영 씨가 그 여자 딸인 거 너 몰랐어?"
선우는 고개를 저었다.
"몰랐어. 평범한 사람이 두 번씩이나 개명을 하지는 않으니까. 아버지가 양부라는 얘기도 들은 적 없고."
그가 기도하는 사람들을 바라보며 말을 이었다.
"그나마 다행인 건, 걔 인생은 별로 변한 게 없어. 새아버지가 변호사에서 의사로 바뀐 정도랄까. 성격도 그대론 거 같고, 그리고 정우 형, 좋은 아버지인 거 같지 않아?"
"더럽게 잘나가는 거 같기는 하더라. 크리스마스에 외국으로 세미나를 다 가고."
두 손으로 얼굴을 비비며 영훈은 몇 시간 전 정우와 마주쳤던 순간을 떠올렸다. 정우가 그의 이름을 부르며 무슨 일 있냐고 물었을 때, 그는 경기를 일으키듯 버럭 소리를 지르며 도망쳤다. 그로서는 기절하지 않은 것만도 최선을 다한 것이었다.
"얼마나 내가 이상하게 보였을까? 그 사람은 그냥… 동생 친구한테 말을 건 건데. 이제 정우 형도 우리랑 똑같은 사람인 건가?"
그가 혼잣말처럼 중얼거렸다.
"도대체 이런 건 기적일까, 저주일까?"
영훈이 선우를 바라보았다. 무슨 생각인가에 골몰해 있던 선우는 담담한 목소리로 말했다.
"그런데 참 이상하지? 형이 히말라야에 가서 죽지도 않았고, 난 형 유품을 수습하러 네팔에 갈 일도 없는데, 향은 여기 여전히 있고, 산장에서 집어온 1992년도 레코드판도 그대로 있어."
영훈은 무슨 말을 하려는 건지 언뜻 이해가 되지 않았다. 선우가 말을 이었다.

"이 세상에 존재하지 않는 역사인데 유물들은 남아 있다고. 신기하지 않아?"

선우가 빙긋 웃었다. 그는 정면에 걸린 십자가상을 바라보았다. 순간 십자가상이 곧장 머리 위로 떨어져 머리를 박살 낼 것 같았다. 영훈이 다시 손을 모아 기도를 올리며 말했다.

"앞으로 무슨 일이 일어날지는 신밖에 모를 거다. 어쨌거나 우리는 일단 상황을 지켜보자고. 그 다음 일은, 그 다음에 결정하자."

선우는 묵묵히 고개를 끄덕였다. 성당에는 합창단의 '노엘 미사곡'이 울려 퍼졌다. 선우는 눈을 지그시 감고 하늘 어딘가를 향해 기도를 올렸다.

"그래요? 심각한 상황이네. 그러면 우리 내일도 못 보는 건가요?"

서준은 병원 복도에서 통화를 하는 중이었다. 한 손에 커피를 들고서 나름 혼자 휴일 기분을 냈다. 병원은 오늘도 응급실을 찾아오는 사람들로 붐볐다. 서준은 '적어도 성탄절에는 다치는 사람이 좀 적어야 하지 않나?' 하는 생각을 문득 했다. 웃으며 전화 통화를 하던 서준은 복도 저 끝에서 영훈이 지나가는 것을 보았다. 영훈은 주위를 두리번거리며 어딘가로 바삐 향하고 있었다.

외과 병동에 들어선 영훈은 조심스럽게 정우의 진료실 문을 열었다. 그는 천천히 정우의 방을 둘러보았다. 한쪽 벽에서 의사자격증과 프로필이 적힌 액자가 눈에 띄었다.

1991년 성현대학교 의과대학 졸업
1996년 미국 로스앤젤레스 세인트 그레이스 대학병원 전공의 수료
2003년 세인트 그레이스 의과대학 박사학위

"가방 끈 더럽게 기네……."
영훈이 중얼거렸다.

필라델피아 하네만 메디컬 센터 외과 부교수 역임

"아이고… 세상에."

샌프란시스코 웨인 메모리얼 종합병원 외과 교수 역임
2011년 한서대학병원 외과과장 부임

"흠……."
 그는 누군가의 조작된 경력을 읽는 것처럼 프로필이 현실적으로 다가오지 않았다. 분명 정우가 자신의 재능과 노력으로 얻어낸 이력임에도. 그는 그 옆에 걸려 있는 사진 액자로 눈길을 옮겼다. 병원 의사들 서너 명이 나란히 서서 찍은 사진이었다. 사진 속 정우의 옆에 영훈도 있었다. 그는 사진을 빤히 보았다. 여전히 적응이 되지 않았다. 영원히 적응되지 않을 것 같았다. 이런 사진을 찍은 적이 있던가? 영훈은 자신의 기억을 뒤져봤다. 기억이 날 것 같기도 하고 나지 않을 것 같기도

했다. 그는 마치 도플갱어의 흔적을 뒤쫓는 사람처럼 황홀한 눈으로 사진 속의 자신과 정우를 한참 동안 바라보았다.

"교수님."

영훈은 다리에 힘이 쭉 풀릴 만큼 화들짝 놀랐다.

"이쪽으로 오신 것 같아서 둘러보다가……."

서준이 덩달아 놀란 표정으로 말했다. 영훈은 가슴을 쓸어내렸다.

"어… 그래. 깜짝 놀랐다, 야. 그래, 뭔 일 있어?"

"어제 이현수 환자 수술 때문에요. 수술 도중에 무슨 문제가 있었나 해서요."

"문제라니?"

"어제 수술 참석한 스태프들 전부요. 자기가 무슨 실수라도 했나 궁금해하고 있어요."

"문제……?"

영훈이 말꼬리를 흐리다 말고 눈을 번쩍 떴다. 그는 놀란 얼굴로 서준을 보았다. 제자의 희고 단정한 얼굴 위로 새로운 기억이 지나갔다.

"너 혹시… 연애하냐?"

영훈의 물음에 서준은 수줍어하는, 한편으로 득의양양한 얼굴로 대답했다.

"교수님 덕분에 잘 만나고 있습니다."

영훈은 '꿍' 소리를 내며 고개를 돌렸다. 기억들이 샘물처럼 솟아서, 그 기억 속 자신의 행동을 더 이상 보고 싶지 않아서 눈을 감아버렸다. 서준에게 민영을 소개시켜준 건 다름 아닌 영훈 자신이었다. 영훈은 그날 호들갑을 떨며 둘을 부추기던 장면까지 생생하게 기억했다.

"그냥 헤어지면 안 되냐?"

영훈이 불쑥 말했다.

"네?"

"아, 아니야. 농담이야, 농담."

영훈이 손사래를 치며 돌아섰다. 그가 정우의 진료실을 나서며 말했다.

"수술 때 실수한 거 없으니까, 가서 그렇게 말해."

그는 고개를 푹 숙이고 발을 질질 끌며 복도를 걸었다. '선우가 조만간 기억을 해낼 텐데, 자신이 둘을 붙여준 걸 알게 될 텐데. 그러면 욕을 먹을 텐데.' 그런 생각을 하며 걸었다. 서준은 의아한 눈으로 영훈의 뒷모습을 한동안 바라보았다.

저녁 무렵이었다. 휴일 저녁의 도로는 어디론가 떠나고 돌아오는 차들로 꽉 차 있었다. 선우는 일을 마치고 집으로 돌아가는 길이었다. 회의는 순조롭게 끝났다. 최진철을 잡아넣기 위한 작업이 착착 진행 중이었다. 모두들 하나의 팀으로 흔들리지 않고 나아갔다. 여러 증언과 자료들을 준비해놓고, 앞으로 닥쳐올 수많은 상황들을 대비해 각기 다른 대책을 마련해두었다. 이 정도면 꽤 정교한 올가미다. 최진철은 스스로 덫에 걸려들었고, 이번에는 결코 빠져나갈 수 없을 것이다. 그는 지금까지의 삶에서 기자가 된 것보다 잘한 일은 없다고 생각했다. 아니, 혹 있을까? 그는 문득 민영을 떠올렸다. 후회 많은, 결국 죽을병까지 자신에게 선물한 그의 삶에서 민영을 알아보고 그녀에게 사랑을 고백한 것은 그나마 그가 가장 잘한 일이었다. 그런 생각이 들자 그는 지금 자신과 민영에게 일어난 일이 얼마나 황당하고 슬픈 일인지 새삼 느꼈다. 젠장! 무언가 묵직하고 뜨거운 감정이 가슴속에서 솟아올랐다. 그 순간 전화벨이 울렸다. 그는 혹시 민영일까 하고 바라보았다. 아니었다. 처음 보는 번호, 외국에서 걸려온 번호였다. 그는 잠시 머뭇거렸다. '설마……'

"여보세요?" 그가 말했다.

"선우냐?"

그는 심장이 멎는 기분이었다. 조금은 노회하고, 그로서는 알 수 없는 삶의 경험이 묻어나는, 하지만 그가 기억하는 목소리와 다르지 않은 나직한 음성이었다.

"형?"

그가 말했다.

"그래, 몸은 좀 어떠냐? 좀 전에 민영이가 엄마한테 얘기해서 이제 알았다."

선우는 아무 말도 할 수 없었다. 진심이 담긴 목소리였다. 그는 그제야 형이 살아 있다는 걸 실감했다. 형이 돌아왔고, 아니, 형은 오래전부터 살아 있었고, 앞으로도 그와 살아갈 것이다. 그의 머릿속에 형이 미국으로 떠나던 날과 그 이후의 짧은 만남의 기억들이 슬라이드 필름처럼 지나갔다.

"영훈이가 집까지 와서 챙겨줬다며? 다음 주에 나한테 와. 검진 제대로 받아보자."

선우는 여전히 아무 말도 할 수 없었다. 그는 수화기 너머로 들려오는 목소리를, 목소리의 질감과 그 안에서 느껴지는 살아 있는 인간의 온기를 음미하고 있었다.

"듣고 있냐?"

"응… 듣고 있어."

선우가 말했다.

"민영이가 한동안 너를 챙길 거다. 걔가 너 걱정된다고 짐 싸서 들어가 있겠대. 와이프랑 나는 하루 이틀 더 있다가 들어갈 예정이다."

선우는 묵묵히 듣고 있었다. 그는 이것이 현실이고, 자신이 살아가게 될 인생이라고 느꼈다. 이런 삶을 원했던 걸까? 그는 자신에게 물었다. 이건 분명 그가 원하던 삶이었다. 그는 민영을 떠올렸다. 기쁨으로 차올랐던 마음이 다시 무겁게 가라앉았다.

"아참, 그리고… 너, 너무 무리하는 거 아니냐? 최 회장을 건드린 게 난 계속 마음에 걸린다. 네가 다칠까봐."

선우는 아무런 대꾸도 하지 않았다. 그가 정우에게 물었다.

"거긴 어때? 좋아?"

"음… 아주 좋다."

선우는 그렇게 말하는 정우의 목소리에 실린 감정을 온전히 음미했다. 그가 목이 멘 소리로 말했다.

"형이 좋으면 됐어."

둘은 몇 마디 더 인사를 나누고 전화를 끊었다. 그는 경적을 울려대는 차들과 붉은 자동차 불빛이 죽 늘어선 도로를 바라보았다. 그는 자신이 살아온 이 도시와 하늘이 낯설고도 익숙하게 느껴졌다.

선우가 집에 들어섰을 때 집 안에는 따뜻한 온기가 감돌고 있었다. 그는 마음을 단단히 먹고 들어온 터였다. 그와 민영이 가족으로 보내게 될 시간, 앞으로 그가 짊어져야 할 그녀의 삶에 대한 의무감이 그의 마음을 무겁게 짓눌렀다. 그는 정말로 삼촌이 된 마음으로, 어쩌면 처음 후배로 대할 때의 그런 마음으로 민영을 대하기로 했다.

"삼촌, 오셨어요?"

그가 거실을 지나는데 민영이 주방 쪽에서 나타났다. 그녀는 앞치마를 두르고 한 손에는 파를, 다른 손에 부엌칼을 들고 있었다. 선우는 그 모습에 피식 웃음이 났다.

"뭐하냐?"

"보면 모르세요? 삼촌을 위해 저녁을 준비 중입니다."

민영이 칼로 대파를 자르는 시늉을 했다. 선우는 그런 그녀를 흘깃 보고는 고개를 돌렸다. 그는 묵묵히 고개를 끄덕이고는 2층 방으로 올라갔다.

"10분만 있다가 내려오세요. 곧 다 돼요, 삼촌."

그는 옷을 벗고 샤워를 했다. 민영이 시아였던 시절, 몇 달 남짓 어린 그녀와 함께 보낸 시간들이 떠올랐다. 함께 자전거를 타고, 햄버거를 먹고, 어느 궁엔가 여행을 가고. 너무 우스웠다. 그런 기억들이 떠오르는 게. 그의 마음속에는 조카로서 민영에 대한 애정이 자리하고 있었다. 그리고 그 기억들 사이에 사고뭉치인 후배로서의 민영과, 그녀와 어느 한순간 팽팽하게 당겨졌던 연인의 감정, 그리고 후에 뜨겁게 타올랐던 사랑의 기억과 감정들이 그의 안에 오롯이 남아 있었다. 그는 뜨거운 물로 머리를 적시며 그런 기억들이 절반으로 나뉘어 한데 섞이지 못하고 부유하는 것을 느꼈다. 샤워를 하고 나와 침대에 몸을 눕히는데 휴대폰 벨이 울렸다. 영훈이었다. 전화를 받자 영훈이 다짜고짜 말했다.

"야, 아무래도 되돌려야 하는 거 아니야?"

선우가 침대에 털썩 걸터앉으며 물었다.

"너 어디야?"

"애들 데리고 나와서 밥 먹다가 잠깐 나와서 통화하는 거야. 아무튼 그게 중요한 게 아니라……."

전화기 너머로 경쾌하게 울리는 캐럴과 왁자한 사람들의 목소리가 웅웅거리며 들려왔다. 영훈이 말을 이었다.

"네 말대로 과거가 딱 20년 전 같은 시간으로 흘러가는 중이라면, 과거에서는 정우 형이랑 그 여자 아직 결혼 안 한 거잖아. 그러니까 내 말은, 아직은 다 결정 난 게 아니라고."

"그래서?"

선우가 말했다.

"그래서라니, 너희 아버지 돌아가시고 다음 해에 결혼하잖아. 아직은 가족도 아니야. 그러니까 그 전에 다시 헤어지게 만들면 되는 거 아냐?"

"헤어지게 만들어?"

"내 생각은 이래. 이건 너한테 내린 시험이야. 그 향, 함부로 쓰면 안 되는 거였어. 정해진 인생을 네 맘대로 바꾸면 안 되는 거였다고. 이건 선물이 아니라 저주라고!"

묵묵히 듣고 있던 선우가 단호한 말투로 말했다.

"형이 살았잖아."

둘 사이에 고요한 침묵이 흘렀다.

선우는 방을 나섰다. 천천히 걸음을 옮기는 동안 영훈이 했던 말들이 머릿속에 맴돌았다. '정우 형은 살았지. 그런데 너는 어쩌고? 민영씨랑 네 인생은 어쩌고?' 그 말에는 아무런 대꾸도 하지 않았다. 뭐라고 말을 하기엔 머릿속의 생각이 정리되지 않았다. 그는 답을 얻는 데 오래 걸리지 않을 거라고 생각했다. 단지 적응의 문제일 뿐이라고. 그는 마치 영훈이 듣고 있는 것처럼 마음속으로 말했다. '라마신이 보냈는지 예수님이 보냈는지 모르지만, 이건 축복이고 선물이야.'

계단을 내려왔을 때 거실에는 음악이 흐르고 있었다. 벽 한쪽의 오디오 스피커에서 휘트니 휴스턴의 '아이 윌 올웨이스 러브 유(I will always love you)'가 흘러나왔다. 그는 음악에 맞춰 천천히 계단을 내려와 거실에 우뚝 섰다. 민영이 거실과 주방을 분주하게 오가고 있었다. 거실 탁자에는 음식들이 차려져 있었다.

"음악이 있으니까 조금 덜 썰렁하죠?"

민영이 주방으로 조르르 달려가며 말했다.

탁자 모서리 쪽에 레코드판이 놓여 있었다. 그는 자신이 산에서 들고 내려온 그 물건을 가만히 보며 자리에 앉았다. 며칠 지난 것도 아닌데 까마득히 먼 옛날처럼 느껴졌다.

"보시면 아시겠지만 진짜 차린 건 없어요. 이실직고 하자면 밑반찬은 엄마 집에서 가지고 왔고요. 찌개는 인터넷으로 레시피 보고 10분 만에 끓인 거고, 밥은 밥솥이 했고. 그래도 정성은 듬뿍 들어갔습니다. 하하!"

민영이 단출하게 차려진 반찬들을 사이에 두고 마주 앉아 있었다. 선우가 말했다.

"걱정 마. 기대도 안 했으니까."

"에이, 선배, 아니 삼촌, 그래도 혹시 알아요? 운 좋게 입맛에 딱 맞을지."

민영이 환하게 웃으며 어서 먹으라고 눈짓을 했다. 둘은 식사를 했다. 식탁 주위에 어색한 침묵이 흘렀다. 국물 들이켜는 소리, 수저가 그릇에 닿는 소리 같은 게 불협화음처럼 이어졌다.

"근데, 이거 좀 이상해요."

민영이 침묵을 깨며 말했다. 그녀는 레코드판을 유심히 들여다보고 있었다.

"이거 삼촌 방에 있던 거죠? 근데 어떻게 이렇게 새 거 같죠? 1992년 앨범이면 엄청 오래된 건데."

선우가 반찬을 우적거리며 말했다.

"오래됐다고 다 늙어 보이는 건 아니야. 날 봐. 피부가 뽀얀 게 스무 살 같잖아."

선우는 딴청을 피우며 밥을 한 숟가락을 입에 집어넣었다. 민영은 깔깔 웃으며 농담조로 "아, 그렇구나" 했다. 그녀는 뭔가 생각났다는 듯 물었다.

"아, 뭐 하나 물어봐도 돼요?"

선우는 '묻지 마' 하고 말하고 싶었지만 그저 고개를 끄덕였다.

"전에 그 약, 정말 뭐예요? 어디 아프신데 감추고 있는 거 아니에요, 삼촌?"

선우는 계속 밥을 우걱우걱 씹으며 한동안 아무 말도 하지 않았다. 그는 빤히 바라보는 민영의 시선을 피했다. 눈을 마주치는 건 여전히 쉽지 않았다. 그가 말했다.

"비아그라야."

"네?"

"비아그라 몰라?"

민영은 피식 웃으며 "에이, 설마" 하고 말했다. 그러다 선우의 표정을 살피고는 '진짜요?' 하는 표정으로 바뀌었다. 선우는 약간 겸연쩍은 듯 희미하게 웃어 보였다.

"그래도 다행이네요. 저는 더 안 좋은 병 아닌가 걱정했거든요."

그러자 선우가 말했다.

"그거보다 안 좋은 병이 있어? 좀 알려주라."

민영이 징그러운 연체동물을 보듯 인상을 구기고는 이내 깔깔 웃었다. 민영이 말했다.

"선배, 제가 이번에 네팔 다녀왔잖아요. 정말 너무너무 아름다운 거 있죠. 포카라라는 도시에 가면 페와 호수라는 데가 있는데 물결이 너무 고와요. 호수 너머로 마차푸차레 산맥이 쫙 이어지고."

선우는 고개를 숙인 채 묵묵히 들었다. 그녀가 얘기하는 장소의 이름을 들을 때마다 그곳에서 그녀와 보낸 시간들이, 기억들이 선명하게 그려졌다. 그는 그녀와 호텔방에서 춤을 추던 순간이 떠올랐다. 그때도 지금처럼 음악이 흘러나왔고, 둘은 한 자리에 마주 앉아 있었다. 손을 뻗으면 닿을 거리에 있는 그녀가, 부드럽게 안고 입술을 맞추던 그녀가 지금은 그를 알아보지 못하는 것이다.

"신혼여행을 가면 포카라로 가고 싶어요. 유럽이나 다른 휴양지 가는 것보다 기억에도 남을 것 같고. 근사할 거 같지 않아요?"

그는 그녀와 함께 테라스 너머로 바라보던 석양을 떠올렸다. 그녀의 허리를 감싸 안고 그녀의 이마에 얼굴을 기대고는 앞으로의 날들을 상상하던 자신을.

"빌어먹을!"

선우는 수저를 던지듯 내려놓고 자리에서 일어났다. 민영이 의아해하며 그를 바라보았다. 그는 처음으로 민영을 정면으로 보았다.

"그렇게… 맛없어요?"

민영이 어리둥절한 얼굴로 물었다. 그는 조용히 돌아섰다. 그러고는 현관문을 열고 밖으로 나갔다.

그는 정원에 우두커니 서서 담 너머 하늘을 바라보았다. 뿌옇고 검은 하늘에는 별도 보이지 않았다.

"이렇게 어떻게 살지? 나 이제 어쩌지?"

그는 영훈이 곁에 있는 것처럼 중얼거렸다.

'문제는 이거야. 물건들이 사라지지 않고 남아 있는 것처럼… 물리적으로는 분명 소멸된 기억들인데도 영원히 지워지지 않고 남아 있다면, 두 개의 기억을 안고 살아야 한다면, 내가 잘살 수 있을까? 그럴 수 있을까?'

그는 희미하게 떠 있는 초승달을 바라보며 곰곰이 상념에 잠겼다. 달이 두 개가 아닌 것처럼, 한 사람에게 두 개의 기억이 주어진 것이 분명 선물이랄 수는 없었다. 그는 돌아서서 불 켜진 거실을 바라보았다. 창가에 선 민영이 달의 이면처럼 거뭇한 형체로 그를 바라보고 있었다.

여섯

이제, 승부다

선우는 다시 식탁에 앉았다. 민영은 선우의 표정을 살폈다.
"왜요?"
선우는 대답이 없었다. 선우가 어떤 대답을 하나 고민할 틈도 없이 순간 초인종이 울렸다. 다행이었다. 선우가 맞닥뜨린 애매한 상황을 때마침 방문한 누군가가 살려주었으니까.
"어머, 여긴 왜 왔어요?"
어느새 민영은 인터폰으로 통화 중이었다. 언제 오랬냐며 누군가의 방문을 탐탁지 않아하는 듯했다.
인터폰에 비치는 얼굴은 선우에게 낯선 남자였다. 그가 낯설어하는 것을 읽어냈는지 민영이 누군가 집을 찾아올 수밖에 없었던 이유를 어색하게 털어놓았다. 선우의 표정에 변화가 없자, 민영이 그러면 인사나 하라며 어색한 순간을 자연스럽게 만들어보려고 애썼다. 민영이 우선 문 밖으로 나갔다. 갑자기 예상치 않은 폭풍이 몇 초 사이에 불어닥친 것처럼 익숙했던 모든 것들을 흩어버렸다. 조용히 돌아가던 레코드판이 눈에 들어오자 선우는 급히 꺼버렸다.

남자의 이름은 서준이라고 했다. 여자 친구의 삼촌이 쓰러졌다는데 찾아오는 게 도리인 것 같아 방문했다고 말했다.

사들고 온 과일바구니를 내려놓으며 "병원에서 몇 번 뵌 적이 있습니다" 하고 말했다. 선우는 서준의 얼굴을 다시 살폈다. 민영이 무안한 얼굴로, 영훈이 갑자기 불러내서는 서준을 소개해주었다고 말했다.

자신이 사랑하던 여자가 어느 순간 조카로 변해버린 이야기는 삼류 드라마 속에서나 존재할지 모르지만, 그래도 재미가 넘친다면 봐줄 수 있다. 그런데 그 여자에게 남자까지 있다니. 게다가 그 남자를 소개해준 사람은 자신의 가장 친한 친구라니. 뭐가 뭔지 복잡했다.

"식사 중이셨던 모양인데 저도 끼면 안 되나요?"

그럴 만도 한 것이 식탁에는 음식들이 그대로였다.

"둘이 같이 나가서 먹고 와. 차려준 건 고맙지만 입맛도 없고 너무 피곤해서 좀 자고 싶어. 원래 둘이 선약이 있었다면서."

두 사람은 선우의 배려 아닌 배려를 뒤로 하고 밖으로 나갔다.

선우는 방으로 들어와 창가에 서서 밖을 내다보았다. 서준은 민영의 어깨에 팔을 올리고 감싼 채 걸어가고 있었다.

'이건 선악과야, 인마! 알겠냐?'

영훈의 목소리가 떠올랐다.

"그래, 이건 신의 선물이 아니라 저주야."

얼마큼 시간이 흘렀을까? 민영을 태운 서준의 차가 집 앞에 멈추었다. 차에서 내려 손짓하는 민영의 얼굴을 선우가 살폈다. 차가 보이지 않을 때까지 민영은 그 자리에 서서 기다렸다. 선우는 그 모습을 보고 민영의 마음에서 서준이 차지하는 범위를 이내 읽었다.

집으로 들어선 민영이 선우가 괜찮은지 보려고 방문을 노크했다. 바로 직전 약의 고통에서 한참 동안 힘들어하다가 서준의 차를 보고 겨우 자리에 앉은 상황이었다. 선우는 이마에 맺힌 땀을 급히 닦아내고 한숨을 토했다. 민영이 안으로 들어섰다.

"주무시는 줄 알았어요. 전화했더니 안 받아서요."

"전화했었어? 몰랐어."

"…어때요?"

서준이 어떠냐는 물음이었다.

"내 평가가 중요한가?"

민영의 말대로 그건 중요했다. 조카의 남자 친구에 대한 평가에서 부모와 달리 삼촌은 적당한 선에서 객관적일 수 있으니까. 하지만 선우는 뭐라고 답하기가 어려웠다. 아니, 답할 수가 없었.

선우가 아무 대답이 없자 민영이 이마를 긁적이다 밖으로 나갔다. 그러다 문득 돌아서더니 선우의 방으로 다시 들어왔다.

"무슨 일 있어?"

선우가 물었다.

"그런데 진짜 왜 안 자요? 삼촌 피곤하대서 나간 건데. 삼촌이 옆구리가 시려 잠을 못 잘 사람도 아니고."

선우는 그 물음에 대한 답이 차라리 편했다. 얼굴을 조금 펴자 긍정으로 받아들인 민영이 놀라는 얼굴로 물었다.

"그럼 그동안 연애?"

선우는 마지못해 고개를 끄덕였다. 민영이 펄쩍 뛰며 마치 어린아이처럼 놀란 표정을 지었다.

"누군데요? 아, 누구냐고요. 말 안 하면 저 안 나가요. 아니 대체 제가 박선우 기자님의 하루를 줄줄이 파악하고 있는데 어떻게 연애를 다 했지?"

그러다가 민영은 박수를 치며 "아, 네팔에 간 사이?" 하고 혼자 결론을 내고는 히히거리며 웃었다. 선우가 어이없어 웃어버리자 그런데 왜 헤어졌느냐며 다시 아이처럼 물었다.

"기억상실증, 여자가 날 기억 못 해. 몰라? 드라마에 나오는 얘기."

선우보다 민영이 더 어이없어하며 웃었다.

"남남인 줄 알았는데 알고 보니 가족이었다. 몰라? 드라마에 기억상실증 다음으로 많이 나오는 거."

민영이 '푹' 하고 한숨과 웃음을 섞어 내쉬었고 선우는 억지로 웃었다. 하지만 마지막 말은 사실이었다. 민영이 전등 스위치를 끄고 밖으로 나갔다.

방이 어두워지자 선우는 마음의 문조차 닫혀버린 것처럼 캄캄했다.

"잘 자라."

혼잣말을 하며 선우는 돌아누웠다.
"잘 자라. 내, 조카."

2012년 12월 30일. 햇빛이 따사로운 오후였다. 서준이 민영을 찾아 선우의 집에 왔던 날부터 5일이 지났다. 놀이터에는 엄마들이 아이들을 데리고 나와 북적거렸다. 영훈은 가족과 함께 놀이터에서 오후를 보내고 있었다. 아내 은주가 다른 사람들과 수다를 떠는 동안 한쪽 벤치에 앉아 딸아이를 쳐다보면서도 생각은 딴 데 가 있었다. 누가 봐도 티가 났다. 은주가 다가와 어깨를 툭 건드렸다.
"당신 곰 같아. 살 좀 빼. 누가 선우랑 동갑이라고 생각하겠어?"
"선우는 사람들의 눈을 즐겁게 해줄 의무가 있고 나는 남들 건강만 즐겁게 해주면 되걸랑?"
은주는 한심한 듯 영훈을 쳐다봤다. 그러다 고개를 갸웃거렸다. 평소 같았으면 이러니저러니 더 길게 대꾸했을 텐데 그쯤에서 멈추다니 이상했다.
"당신 무슨 일 있어?"
"당신 우리 연결시켜줬던 애. 선우랑 만나던 당신 친구 말이야."
난데없이 어린 시절의 누군가를 영훈이 궁금해했다.
"아, 소라? 걔 결혼만 세 번 했대. 예쁜 애들 팔자가 드세지, 뭐. 대학교 3학년 때 시집갔다가 어쩌다 두 번 이혼하고 그랬다지, 아마. 그런데 뜬금없이 소라는 왜?"
은주는 친구들로부터 들은 소라에 대한 얘기를 전하다 과거를 떠올렸다. 그 기억에 어린 소라와 어린 은주 자신이 서 있었다.

소라는 선우와 통화 중이었다.
"춘천?"
소라가 통화하다 말고 놀라는 얼굴로 선우에게 다시 물었다. 새벽 기차라는 선우의 말에 흥미로워했다.
"경춘선 새벽 기차?"
은주가 이야기를 듣고 다가오며 놀란 얼굴로 물었다. 소라가 선우와의 전화를 끊더니 말했다. 선우가 청량리에서 7시에 만나자고 했다고. 새벽에 나가려면 엄마가 허락하지 않을 테니 방법은 여럿이 가는 것뿐이라고. 아마 선우도 그리 이른 모양이었다. 소라가 은주의 눈치를 살폈다. 소라는 은주를 핑계 삼아서라도 남자 친구인 선우와 함께 새벽 기차를 타고 춘천에 다녀오는 허락을 받아낼 심사인 듯했다.
"난 니들 연애 놀음에 안 낀다."
"선우가 친구도 데리고 온다는데?"
"누군데?"
"7반 한영훈이래. 이과 전교 1등!"
은주가 놀란 얼굴을 찡그리며 물었다.
"공부만 한다는 그 미련 곰탱이?"

"설마 그 곰탱이가 나란 말이야?"
영훈이 화를 내며 놀이터 벤치에서 일어섰다.

"아니, 그게 아니라."

영훈은 아내 은주의 말에 아이처럼 토라진 흉내를 내며 일어나 가 버렸다. 은주가 기억한 추억이 마음에 안 들어서가 아니라, 현재의 모든 상황들이 마음에 안 들어서였다.

영훈이 집으로 들어서다 어린 시절의 소라와 아내가 된 은주를 처음 보던 날의 기억을 떠올렸다.

고등학교 시절 독서실이었다.
"가자니까."
어린 선우가 신이 나서 영훈을 찾았다. 새벽 기차를 타고 춘천에 다녀오자는 것이다. 하지만 늘 공부에만 매달리던 영훈에게 춘천은 머나먼 달나라 같았다.
"그렇게 공부만 하다가는 엉덩이 썩는다?"
순간 어린 영훈은 선우로부터 받은 카드가 떠올랐다.
"참, 그 카드는 뭐야?"
"카드?"
"너 크리스마스카드 보냈잖아, 나한테. 이상한 내용으로."
선우가 기억하지 못하자 영훈이 책꽂이에서 카드를 찾았다. 선우에게 카드를 내밀었다.
"봐, 네 글씨잖아. 아니야?"
순간 선우가 고개를 갸웃했다. 그러다 "그 목걸이도 내가 산 게 아닌데" 하고 말했다.

"목걸이?"

영훈이 카드를 내려놓고 다시 물었다. 선우는 뭔가 혼란스러운 목소리로 대답했다.

"그러니까 크리스마스이브 날에 영화를 보고 들어왔거든. 엄마를 속이고서 말이지. 영규가 다쳤다고 거짓말을 했거든."

영훈이 귀를 세웠다.

"집으로 들어왔는데 엄마가 기분 좋게 텔레비전을 보고 있었어. 영규는 괜찮냐고 하시면서 말이야. 곧 나을 거라고 했더니 다행이라고 하셨거든. 그러더니 내가 방으로 들어가려는데 엄마 목에 걸린 목걸이를 보여주면서 '고맙다. 엄마 맘에 딱 들어.' 그러는 거야. 난 그 목걸이를 사준 적이 없는데."

영훈이 고개를 갸웃거렸다. 그러다 다시 카드를 쳐다보았다.

"엄마가 꽤 비쌀 텐데 우리 아들 용돈 바닥난 거 아니냐고 물었거든. 난 엄마한테 거짓말한 게 들통날까봐 그냥 얼버무렸고. 뭐라고 할지 몰라 일단 상황에 맞춰 웃어버렸거든. 그런데 이 카드는 또 뭐지?"

영훈이 선우를 쳐다보았다. 선우가 장난하는 것 같지는 않았는데 또 아니라고 하기도 뭐했다.

"야, 너 지금 나 춘천 데려가려고 수 쓰는 거지? 재미있는 얘기 만들어서 나 데려가려고."

순간 선우가 뚫어져라 쳐다보는 크리스마스카드를 영훈도 함께 쳐다보았다. 그건 누가 보더라도 선우가 쓴 글씨가 분명했다.

"그래, 모두 지금의 선우가 그랬다는 거잖아."

영훈은 혼잣말을 하며 집으로 돌아가던 발길을 멈추고 선우에게 전화를 걸었다. 선우는 어머니를 보러 가는 중이라고 했다.

선우가 정신병원 요양원의 주차장에 차를 세우자마자 영훈에게서 전화가 걸려왔다. 어린 시절의 모습을 기억해보니 퍼즐이 하나하나 맞춰진다고 했다.
'그래, 퍼즐. 이 복잡한 퍼즐을 맞춰야만 해.'
선우는 병원으로 들어섰다. 안으로 들어서자 명희가 휠체어에 앉아 텔레비전을 보고 있었다.
"여사님, 아드님 오셨어요."
간호사가 선우보다 앞장서 가서 명희를 보며 말했지만 아무런 반응도 하지 않았다.
선우는 의자를 잡아당겨 명희 앞에 앉았다. "잘 지내셨어요?" 하고 물었지만 명희는 여전히 아무 말이 없었다. 목에 걸린 낡은 목걸이가 눈에 들어왔다. 손을 뻗어 낡은 펜던트를 만져보는데 명희가 우악스럽게 뿌리쳤다.
"내놔. 내 거야. 내놔."
명희가 버럭 소리를 질렀다.
"안 뺏어요. 그냥 구경만 한 거예요. 늘 저 혼자 와서 심심했죠? 오늘은 많이 올 거예요. 식구가 늘었거든요."
순간 형수 유진과 지금은 조카가 되어버린 민영이 떠드는 소리가 들려왔다. 고개를 돌려 휴게실 창밖을 쳐다보았다. 민영과 유진 뒤에는 정우도 있었다. 중년이 된 유진과 말쑥한 차림의 정우 사이에서 민영은 쇼핑백을 들고 있었다. 그러다 민영이 선우와 시선이 마주쳤다.

"어, 삼촌 벌써 왔네" 하며 그를 가리켰다.

선우의 시선은 여전히 낯설었지만, 정우는 선우만큼은 아니었다. 유진은 고개만 살짝 끄덕이며 알은체를 했다. 유리창 너머로 보이는 세 사람이 마치 스크린에 비치는 영화 속 인물들 같았다. 몇 초만 지나면 다른 화면으로 바뀔 것만 같았다. 어쩌면 그러기를 그 순간은 바랐다. 민영이 문을 열고 들어섰다. 뒤따라 유진과 정우도 들어섰다. 민영이 쇼핑백을 들어 보였다. 그러고는 명희의 손을 잡고 포옹을 하며 애교를 부렸다. 그러다 쇼핑백에서 옷가지를 꺼내들었다.

"할머니, 저 보고 싶으셨죠? 제가 바빴어요. 외국에 갔었거든요. 네 팔이라는 데요."

그러는 동안 유진이 선우를 향해 "삼촌 오셨어요?" 하고 조금 더 알은체를 했다. 뒤따라 들어선 정우가 선우와 시선을 마주 했다.

"일찍 왔나보구나. 언제 왔어?"

이 낯설음을, 이 어색함을, 이 황당함을, 이 해석할 수 없는 현실을 어찌 해야 하는지 헷갈렸다. 겨우 얼굴을 펴고 "좀 전에" 하고 말하는데 떨리는 목소리를 감추기는 어려웠다. 이 희한한 영화 속에서 선우는 벌써 주인공이 된 지 오래였다. 맡은 배역을 잘 소화하면 되었다. 하지만 쉽지 않았다.

"몸은 좀 어떠냐?"

"괜찮아."

정우가 선우의 안색이 안 좋아 보인다며 가까이 다가왔다. 유진이 그 틈에 "당신 어머님한테 인사 안 해?" 하고 묻자 정우가 명희를 돌아보았다. 명희는 어느새 민영이 사 온 카디건을 어깨에 걸치고 있었다. 정우가 다가가 무뚝뚝하게 명희에게 인사를 건넸다. 하지만 명희는 정우에게도 특별한 반응을 보이지 않았다. 선우가 조용히 일어서서 밖으로 나왔다. 정우가 그 모습을 말없이 쳐다보았다.

선우는 자판기에서 커피를 뽑아 휴게실로 들어섰다. 다행이었다. 어떤 상황으로든 명희는 외롭지 않아 보였다. 그러면 된 것이라고 생각하면 되는 건지 순간 또 헷갈렸다. 정우가 밖으로 나와 그에게 다가왔다. 급히 동전을 꺼내 커피를 한 잔 더 뽑으려고 자판기에 다가서는데 정우가 가까이 와서 선우의 뺨을 만졌다.

"안색이 영 안 좋은데. 정말 괜찮아?"

얼굴에 스치는 형 정우의 손길은 거짓이 아니었다. 더욱더 헷갈렸다. 예전에 급히 커피숍에서 만났던 형의 모습이 떠올랐다. 그때 정우는 초췌하고 남루했다. 시선은 불안했고 겁이 가득 차 있었다. 누군가 뒤따라오는 걸 따돌리고 커피숍으로 몸을 겨우 숨긴 사람처럼 두리번거렸다. 세상을 다 잃은 듯한 모습이라는 흔한 말의 의미를 선우는 그때 알 듯했다. 하지만 지금 눈앞에 서 있는 정우의 모습은 깔끔하고 세련됐다. 명료한 눈빛의 정우는 커피숍의 그와 같지 않았다. 그래서 헷갈리면 안 되었다. 자신이 옳은 일을 한 거였으니까. 선우는 겨우 얼굴에 억지가 아닌 미소를 지었다.

"왜?"

선우가 웃자 정우가 물었다.

"좋아 보여, 형."

정우는 선우를 이해할 리 없었다. 의사답게 정우는 선우에게 정밀 검진을 받아보자고 했다. 선우는 시간을 핑계 댔다. 자판기에서 커피가 나온 걸 깜박 잊고 있다가 정우에게 건넸다. 정우가 받으려다 커피를 조금 쏟았다. 급히 선우가 휴지를 건네다 보니 정우의 접은 셔츠 소매 아래 주삿바늘 자국이 선명하게 드러났다.

"형이야말로 어디 아파?"

"어? 아, 아니."

선우가 주삿바늘을 가리켰다. 그러자 정우가 당황했다. 피곤할 때 비타민 주사를 맞는 거라고 얼버무리는 정우는 솔직해 보이지 않았다. 효과가 괜찮다는 말에 선우는 더욱 솔직하지 못한 정우를 보았다. 더 물으려는데 유진이 밖으로 나와 정우를 불렀다. 그 바람에 정우가 안으로 들어가 버렸다. 정우의 팔에 난 많은 주삿바늘 자국이 선우의 눈앞에 아른거렸다. 찜찜했다.

정우가 운전하는 차의 조수석에 선우가 올라탔다. 선우가 자리하며 의자 아래 깔린 약병을 발견했다. 프로포폴 주사 약병이었다. 선우가 운전대를 잡은 정우의 팔을 쳐다보았다.

잘한 거라고, 괜찮다고, 나는 헷갈리지 않는다고, 혼란스러워할 것 없다고, 형을 만나면 되는 거라고 생각했던 순간들이 다시 헷갈렸다. 커피숍에서 봤던 정우와 운전을 하는 형의 모습이 다시 교차되었다.

그때와 다르지 않았다. 초조한 눈빛, 뭔가 큰 무게를 짊어진 듯 내려앉은 어깨. 선우는 고개를 저었다. 정우가 혹시 볼까봐 몰래 약병을 호주머니에 넣었다.

"형, 별일 없는 거지?"

"왜, 무슨 일 있어 보여?"

"병원이란 데가 텃세가 좀 있다며. 형 라인이 없어서 스트레스 좀 받을 거라고 그러더라고 영훈이가."

"다 그런 거지 어디를 가든 문제 없는 데가 있냐? 용납할 수 있는 수준이야."

하지만 정우의 목소리는 그 순간에도 솔직하게 들리지 않았다. 정우를 쳐다보는 선우의 눈동자에 떨어질 듯 말 듯 눈물이 가득 고였다.

납골당에 놓인 천수의 사진을 정우와 선우, 유진과 민영이 바라보았다. 천수의 사진 옆에 1942년 5월 15일에서 1992년 12월 30일까지 그의 일생의 날들을 기록한 날짜가 새겨져 있었다.

"아버님 기일에 맞춰 여기 온 건 20년 만에 처음인 것 같네."

유진이 정우를 돌아보며 물었다. 정우가 말이 없자 유진이 고개를 돌려 민영을 쳐다보며 물었다.

"민영아, 넌 할아버지 뵌 적 없지?"

"없어."

유진이 "난 한 번 뵀는데. 돌아가시기 일주일 전인가" 하고 말했다.

선우가 유진을 돌아보았다. 아버지를 유진이 만났다니 새롭고 놀라운 사실이었다. 선우가 유진을 다시 쳐다보았고 유진은 천수의 사진을 물끄러미 바라보았다. 유진은 기억 속에 남아 있던 시아버지 천수의 모습을 떠올렸다.

레코드판을 정리하고 있던 오후였다. 누군가 계단을 올라오는 소리가 들렸다. 음반을 구매하려는 손님이려니 했는데 걸음 소리가 멈춰 쳐다보니 천수였다. 유진이 정리하던 음반을 내버려두고 급히 몸을 숙여 인사를 건넸다.
천수의 목소리는 얼음처럼 차가웠다.
"그쪽이 김유진 양입니까?"
"네, 그렇습니다."
천수가 자신이 누구라고 말하지 않았지만, 안으로 들어서는 순간 유진은 바로 알아차렸다. 차가운 시선, 자신을 탐탁해하지 않는 표정, 어디 하나 인정이나 호감을 갖고 있지 않은 시선이 모든 걸 대신했다.
"나 정우 아비 되는 사람이오."
"예, 안녕하세요?"
"안녕 못 해 찾아왔어요. 보면 모르나?"
유진의 눈에는 이내 흐를 듯 눈물이 고였다. 그 눈물을 참느라 눈이 붉게 충혈되었다.

사진을 쳐다보는 유진의 눈동자는 처음이자 마지막으로 천수를 봤던 날과 다름없었다.

"절대 허락 못 하니까 알아서 헤어지라고 하시더라고요."

유진의 목소리는 떨렸다. 정우가 뒤로 다가가 유진의 어깨를 잡았다. 그런 정우를 선우가 말없이 쳐다봤다.

"정말 무서우셨죠. 언성도 안 높이시는데 카리스마가. 내가 저 양반을 어떻게 이기겠나 싶고, 그냥 단념하게 되더라고요."

유진의 목소리는 마치 천수가 앞에 있는 것처럼 떨렸다. 하지만 더는 유진의 얘기를 듣고 싶지 않은지 정우가 민영이 있는 쪽으로 가버렸다.

"저이는 그 얘기만 하면 저렇게 싫어해요. 내게 힘을 주려고 안은 게 아니라 그만 하란 표시죠."

선우는 유진의 옆으로 다가섰다.

"그렇게 갑자기 돌아가실 줄 모르고 속을 썩였으니, 그 전날에도 부자의 인연을 끊겠다는 말까지 했나보더라고요. 그리 갑자기 돌아가실 줄 누가 알았겠어요. 어머님도 저리 되시고. 평생 후회되겠죠. 저도 여기 오면 마음이 안 좋아요. 그래서……."

선우가 알게 됐던 것들이 유진의 이야기로 모두 해석되었다.

"저 형수님, 형이 미국에서 혹시 약물 문제 같은 거 없었습니까?"

선우의 물음에 유진이 놀라며 쳐다보았다.

"맞군요."

유진은 정우가 그저 불면증이 심해 그런 거라고, 조울증이라 대책도 없고 의사니 약물을 구하기 쉬워 어쩌다 보니 그리 됐다고. 결국 그게 문제가 돼서 병원을 옮길 수밖에 없었다고 했다.

"그 일을 어떻게, 혹시 민영이한테 들었어요?"

선우는 잠깐 고민하다 "네" 하고 대답했다.

선우가 멀리 민영과 함께 있는 정우를 쳐다보았다. 두 사람이 다정하게 이야기를 나누고 있었다. 다시 고개를 돌려 천수의 사진을 바라보았다.

박천수. 그의 아버지가 세상을 떠난 지 정확히 20년이었다.

"20년 전 오늘 아버지가 돌아가셨죠. 자식으로서 뭔가 할 수 있는 건 이게 마지막 기회겠죠."

유진은 선우의 말을 이해하지 못했다. 선우는 아버지의 사진 옆에 쓰인 '사망일 1992년 12월 30일'이라는 숫자를 말없이 바라보았다.

선우가 방송한 최진철에 대한 보도 이후로 여전히 세상은 떠들썩했다. 진철은 이후 기자회견을 자처하고 나섰다.

진철의 기자회견장. 수많은 카메라가 그가 나타나기만을 기다렸다. 많은 기자들이 그가 쏟아낼 그동안의 심정과 선우가 밝힌 사항들에 대해 어떻게 이야기할지 초미의 관심사였다.

진철이 등장하자 일제히 그를 향해 플래시가 터졌다. 그의 걸음은 당당했고 표정은 더욱 자신감이 넘쳤다. 무엇 하나 흐트러짐이라고는 없었다. 냉철한 눈빛은 '나는 지금 무엇을 잘못해서 이곳에 나온 것이 아닙니다' 하고 대신 말했다.

마이크 앞으로 다가선 진철이 안경을 위로 치켜올리자 다시 한 번 동시다발적으로 수많은 플래시가 터졌다.

"안녕하십니까? 명세병원 회장 최진철입니다."

기자회견은 전국에 생방송으로 전해졌다. 수많은 사람들이 진철의 모습을 곳곳에서 지켜보았다. 공항이나 기차 역사 등의 텔레비전은 일제히 진철의 기자회견 장면을 내보냈다. 거리 전자상가에 전시된 텔레비전에서도 기자회견 방송을 일제히 틀었고 지나가던 사람들의 걸음이 모여들였다.

"좋은 소식으로 이 자리에 섰어야 하는데 그동안 지지를 보내주셨던 많은 분들께 걱정을 끼쳐드린 점, 가슴 아프게 생각합니다."

전국 곳곳의 병원에서는 환자들과 가족들이 삼삼오오 모여 그가 무슨 말을 하게 될지 긴장된 얼굴로 방송을 지켜봤다. 어떤 환자들은 뭐가 잘못된 게 아니냐며 벌써 눈물을 흘리는 사람도 있었다. 그런 사람들 중에는 선우에게 이메일을 보내고 방송사 게시판이 다운될 만큼 드나들며 악의적인 글을 남겼던 사람들이 대부분이었다. 그들에게 최진철은 차라리 신이었다.

"이 자리는 결코 사죄의 자리가 아닙니다. 저는 사죄할 일이 없습니다. 지난 20일 CBM 뉴스 투나잇 화상 인터뷰 중 박선우 앵커가 제기한 의문점들은 모두 사실이 아닙니다."

진철의 안색에는 변함이 없었고 목소리는 한 톤 높아져 매우 또렷했다. 카메라를 의식하지 않는 듯 시선은 더욱 냉철했다. 그 말이 끝나자 병원에서 모여 시청하던 사람들 중엔 박수를 치는 이도 있었다.

CBM 뉴스 투나잇 팀과 방송사 사람들도 진철의 기자회견을 보기 위해 모두 모여 있었다. 선우나 오 국장과 같은 입장에 선 사람들은 그가 등장하는 순간부터 못마땅하게 쳐다봤고, 올 것이 왔다며 텔레비전 앞에 모인 사람들은 선우와 반대 입장에 선 사람들이었다.

"2009년 난자 매매 알선 브로커를 통해 65명이나 되는 외국인 불법체류자들에게 난자를 제공받았다는 CBM의 주장은 특종을 위해 벌인 날조극입니다."

진철의 목소리가 더욱 강력하게 울렸다. 진철은 그 말을 하고는 기자들을 빙 둘러 쳐다보았다. '봐, 내가 얼마나 당당한지.'

오 국장은 자신의 방에서 그 모습을 지켜보다 혀를 찼다.

"재수 없는 새끼."

"저희 연구소는 합법적인 절차를 따랐습니다."

"합법?"

오 국장이 화가 오른 얼굴로 인터폰을 눌러 선우의 동태를 물었다. 선우가 회의실에서 혼자 텔레비전을 보고 있다는 대답을 들었다.

선우는 자리에서 일어났다 다시 앉으며 최진철의 기자회견을 지켜보았다. 진철이 박선우 기자는 앵커로서의 자질이 부족할 뿐 아니라 도덕적으로도 치명적인 결함을 가진 사람이라는 말을 꺼냈을 때는 주먹을 불끈 쥐었다.

"우리는 박선우 앵커와 CBM을 허위사실 유포와 명예훼손으로 고소한 상태이며 이후 추가 보도에 관해서도 단호히 조치할 것입니다."

방송사에 모인 사람들은 각기 편이 나뉘어 서로를 쳐다보았다. 하지만 선우의 편에 선 사람들은 모두 손가락질하며 진철의 기자회견을 비난했다. 몇몇은 "박선우 기자는 대체 어디 있느냐"고 묻기도 했다.

선우는 자세를 고쳐 앉았다.

"끝으로 저희 명세병원 연구진은 앞으로도 성실히 연구에 임할 것임을 밝힙니다. 희망으로 저희를 지켜보시는 환자와 가족 그리고 국민 여러분, 기대를 버리지 마십시오. 반드시 보답하겠습니다. 이상입니다."

진철이 모든 원고를 읽고 나서 안경을 벗었다. 그러고는 다시 한 번 모인 기자들을 빙 둘러 쳐다보았다. '봐, 난 이렇게 자신 있다고.'

순간 안으로 들어선 오 국장이 리모컨을 들어 텔레비전을 껐다. 선우가 고개를 돌리더니 자리에서 일어섰다.

"뭘 그리 심각하게 보냐? 왜, 잘못했습니다 그럴 줄 알았냐?"

"아뇨, 그게 아니라 끝까지 우기니까 재미있어서요."

"좀 걸리겠다만."

"그러게요. 죄송하다고 하면……."

"그럼 너 나한테 한 방 먹는다. 넌 원래 죄송이 넘쳤다. 오늘까지만."

선우가 오늘까지만이라는 오 국장의 말에 급히 시선을 맞췄다.

"석훈이가 대신 할 거야."

"말썽이 일어나면 책임지겠습니다."

"그까짓 말썽 따위를 내가 겁내는 줄 아냐? 네 목숨이 몇 개쯤 되는 줄 알아? 네가 더 중요해, 자식아."

"괜찮을 겁니다."

"괜찮아야지, 그럼. 하여튼, 간다."

오 국장이 선우의 어깨를 툭 치고 밖으로 나갔다. 선우를 향한 그의 믿음은 여전했다.

한참 동안 선우가 책상 위에 놓인 종이들을 정리하는데 휴대폰이 울렸다. 화면을 보니 발신번호가 제한 표시가 떴다. 직감적으로 최진철이라는 것을 알았다.

"여보세요."

진철은 그의 목소리를 듣고 자세를 바로 하며 앉았다.

"나라는 걸 알았을 테고 녹음도 하고 있겠지?"

"물론입니다."

선우의 목소리에 흔들림이 없자 진철은 화가 치밀어 올랐다.

"너 내가 기자회견한 것을 보고도 겁이 없구나?"

"제가 겁낼 일이 없으니까요. 왜, 당당히 말씀하시고서 뒤돌아서니 걱정이 더 커지신 겁니까?"

"뭐야?"

하지만 진철은 이내 목소리를 낮추었다. '나는 너에게 지지 않는다'는 묵시적 경고였다.

"네 아버지······."

선우는 그가 아버지를 거론하는 순간 입술이 파르르 떨렸다.

"네 아버지 말이다. 박 원장. 그래, 박천수."

"말씀하시지요."

선우도 역시 목소리 톤을 내렸다.

"네 아버지를 내가 죽였다고 생각하냐? 난 아니다."

순간 빠르게 어린 시절의 기억이 스쳤다. 아버지 천수는 분명 그날 구급차에 실려 갔다. 시신이 흰 천으로 덮여 있었고 수많은 사람들이 그의 마지막을 확인했다.

휴대폰을 잡은 선우의 손이 가늘게 떨렸다. 다시 까맣게 재가 되어 버렸던 명세병원의 모습이 기억에 스쳤다.

선우는 냉정해지려고 두 팔에 힘을 줬다.

진철은 경찰들이 화재 사고 이후 자신의 방을 다 뒤지고 서류를 찾아내 천수의 동의 없이 수십억의 비자금을 만들고 있었던 것들을 발견했다는 말까지 서슴없이 꺼냈다. 선우는 순간 그 말과 조금 전 '난 아니다' 하고 자신 있게 내뱉은 말의 관계성을 재빠르게 해석해보려고 했다.

"아, 그때 말이다. 수상한 기록들이며 네 아버지의 사인을 위조한 가짜 계약서들도 모두 다 나왔지."

진철은 휴대전화를 들고 선우에게 이야기하며 자신이 경찰서로 끌려가 조사를 받던 날의 모습을 떠올렸다. 경찰서로 끌려가는 동안 천수를 따르던 의사와 간호사들이 수군거리던 모습도 그는 생생히 기억했다. 진철은 그 기억이 떠오르자 휴대폰을 힘주어 잡았다.

"하지만 그날 밤 알리바이도 시원치 않았어. 그래서 다들 내가 범인이라고 생각했지. 하지만……."

'하지만'이라는 소리에 선우는 자리에 앉으며 어떤 말이 이어질지 기대했다.

"하지만 무혐의로 결국 끝났지. 확증이 없었으니까."

선우는 부르르 떨리는 숨소리가 새어 나올까 조심했다.

"확증은 있을 수 없었어. 당연해."

선우는 눈을 찡그리며 그의 목소리를 계속 들었다.

"왜? 난 네 아버지 박천수를 죽이지 않았으니까."

그 목소리는 매우 컸고 흔들리지 않았으며 다른 것이었다면 차라리 자신감이었다. 선우도 흔들리지 않았다.

"그럼 청부하셨나보군요."

"난, 아니라고 몇 번을 말해. 난 네 아버지를 죽인 사람이 아니야. 경고하려고 전화한 거다, 이 멍청한 놈아."

선우는 자리에서 일어서며 쉴 틈 없이 그를 몰아붙였다. 그동안 공익, 국익, 위기, 미래를 들먹거리며 사람들에게 겁을 주고 의문을 제기하는 모든 사람들을 협박까지 해대며 윽박지르고, 그런 것들로 지금의 자리까지 올라간 것이 아니냐고 거칠 것 없이 물었다. "당신이 지금 그 자리에 있는 건 당신이 대단해서가 아니라 바로 그 더럽고 추한 본질로 당신을 위장하고 있기 때문이야" 하는 말을 할 때는 천둥처럼 목소리가 컸다.

진철은 선우의 거침없는 소리에 화가 끓어올랐다. 결국 휴대폰을 붙들고 부들부들 떨리는 입술로 목소리를 높여 "야, 이 개자식아" 하고 크게 소리를 질렀다.

"왜 20년을 쥐 죽은 듯이 있다가 지금 이 난리를 피우는 거야. 왜 하필 지금. 왜, 왜, 왜?"

비서가 그 소리를 듣고 급히 뛰어 들어왔다. 진철은 손을 들어 제지시켰다. 비서가 다가오며 말리려 하자 위스키 잔을 던졌다. 위스키 잔이 벽에 부딪쳤다.

선우는 휴대폰을 통해 잔이 깨지는 소리를 들었다. 진철이 비서를 향해 고함치는 소리도 그대로 들었다. 통쾌했다. 아직 이긴 것이 아니었지만, 승산이 있었다. 진철이 화를 오르게 한 것만으로도 카타르시스가 느껴졌다.

'아버지는 최진철 네가 죽였어.'

잔이 깨지는 소리가 들리고 끊어졌던 전화가 다시 신호음을 보냈다. 무작정 통화 버튼을 누르고 지지 않을 선에서 목소리를 높였다.

"왜 고통스럽습니까? 20년 전 회장도, 국민 영웅도 없던 그 시절에 죗값을 받는 것이 나았을 수도 있겠네요. 그럼 나머지 당신의 20년에 지금 같은 더러운 추앙은 없었을 테니까."

"이 새끼야, 네 아버지랑 난 둘도 없는 친구였어."

"그러니 당신은 그야말로 추악한 인간이지. 그 둘도 없는 친구를 죽였으니."

진철은 한마디도 지지 않는 선우에게 잔뜩 화가 오른 상황이었다.

"그때 넌 머리에 피도 안 마른 놈이었어. 네깐 놈이 뭘 알아?"

"그럼 확인해보죠."

순간 선우의 말이 화살처럼 귀에 박혔다. '확인? 어떤 확인? 뭘?'

진철은 휴대폰을 가까이 댔다.

"확인시켜드리죠. 아버지를 누가 그렇게 만들었는지."

진철은 선우의 말이 어이없었다. 무슨 수로 확인을 할 거냐는 자신의 질문에 선우는 확인 후 아니면 깊이 사죄하겠노라고 했다. 그 목소리엔 조금 전보다 더 큰 자신감이 묻어났다. 진철이 고개를 갸웃하는데 더 커진 목소리가 들려왔다.

"아버지가 돌아가신 게 20년 전 오늘 밤 11시경이죠?"

진철은 벽에 걸린 달력을 올려다보았다. "지금부터 꼭 두 시간 뒤입니다" 하고 말하는 선우의 목소리가 들려오던 순간 달력 옆으로 걸린 시계를 쳐다보았다. "두 시간 뒤 다시 전화 드리죠" 하고 선우가 전화를 끊는 순간 진철은 달력과 시계를 다시 번갈아가며 쳐다보았다.

'20년 전 오늘 밤 11시? 두 시간 후에 전화?'

선우의 말이 자꾸만 진철의 머릿속에서 맴돌았다.

'아버지가 돌아가신 게 20년 전 오늘 밤 11시경이죠?'

'아버지가 돌아가신 게 20년 전······.'

'두 시간 뒤 전화 드리죠.'

'두 시간 뒤······.'

'두 시간······.'

아무리 생각해도 그 자신 있는 목소리에는 거침이 없었다.

진철은 넋이 나간 얼굴로 새 술잔에 위스키를 따라 마셨다. 선우와 나눈 대화를 다시 떠올렸다. 선우의 목소리 뒤로 20년 전의 그 밤이 떠올랐다.

1992년이었다.

"이봐, 그건 당신들 사정이고, 그래서 지금 나보고 어쩌라는 거요?

아, 어쩌라는 거야?"

그날 밤이었다. 선우가 말한 20년 전의 바로 그날, 진철은 전화를 받으며 자신의 방 부원장실에 앉아 있었다.

전화기에서 진철에게 화를 내며 큰 소리로 누군가 말했다.

"원장이 훼방을 놓는다면 그 훼방꾼을 없애버리면 될 거 아뇨?"

수화기를 내려놓는 진철의 얼굴은 화가 가득 올라 있었다. '훼방꾼을 없애버리면 된다'는 극악한 말이 자꾸만 떠올라 괴롭혔다. 몇 번이나 자리에서 일어섰다 앉았다 반복하다가 긴 한숨을 내쉬고 마지막으로 자리에서 벌떡 일어났다. 그 바람에 책상 위에 놓여 있던 '부원장' 명패가 자칫 떨어질 듯 밀려났다. 문으로 다가서다 진철이 자신의 명패에 박힌 '부원장 최진철'이라는 글자를 쳐다보았다.

'괜찮아, 어차피 네 수명도 다했으니까.'

그는 박천수 원장의 방을 향해 걸음을 재촉했다. 안으로 들어서자 천수는 안경을 쓴 채 논문을 읽고 있었다.

"아직 퇴근 안 했어?"

진철이 자리에 앉자 천수가 그제야 시선을 제대로 맞추었다. 진철은 천수의 책상에 놓인 '원장 박천수'라는 명패를 쳐다보았다. 진철은 속으로 다시 외쳤.

'괜찮아, 어차피 네 수명도 다했으니까.'

"무슨 일이야?"

진철은 자신의 방을 나서기 전, 방을 나서 복도로 걸어오는 내내, 박 원장의 방문을 노크하는 순간, 박 원장의 방으로 들어서는 순간,

그리고 자리에 앉는 순간까지도 몇 번을 다짐했던 말을 차마 꺼내놓지 못했다. 그런 진철의 표정을 천수는 이내 파악했다.

"또 핵이식 시술 이야기구먼."

"우리나라 최초로 바이오 센터를 세울 수도 있어. 얼마나 큰돈이 될지 알면서 대체 왜 이러는 거야?"

진철의 목에는 벌써 핏대가 오르기 시작했다.

"내 판단이 옳아. 아, 그게 아니라도 나는 원장이야."

진철이 천수가 가리키는 명패를 쳐다보았다.

"내가 원장이라고. 모르겠어? 그러니 내 말에 따라. 자꾸 이러면 다른 의도가 있다고 의심하는 수밖에."

순간 진철은 대체 무슨 말이냐는 얼굴로 쳐다봤지만 속마음까지 숨기기는 어려웠다. 천수가 노려보며 "원장 자리가 탐나나?" 하고 물었을 때 진철의 눈동자는 흔들렸다. '그렇게밖에 말을 못 하냐'는 대답은 오히려 그렇다고 말하는 부정적 긍정 같았다. 겨우 시선을 되찾자 천수도 목소리를 낮췄다.

"그만 해. 그만 하자는 말이야. 포기하자고. 새해가 돼서도 자꾸 끌면 나 더는 못 참아."

진철이 더 말을 이으려는데 천수는 안경을 올려 쓰고 논문을 다시 읽어나갔다. 그 모습에 진철의 눈빛은 차갑게 변했다. 자신을 억누르며 문을 열고 밖으로 나갔다. 하지만 천수는 동요하지 않았다.

진철은 밖으로 나와 원장실의 문을 날카롭게 쳐다보았.

'기다려. 네 명패는 사라질 테고 내 명패는 바뀔 테니까.'

진철은 복도를 걸었다. 자신의 걸음이 멀리 거울 속에 드러났다. 싫었다. 괴로웠다. 그런 자신이 싫고 밉고 짜증났다. 거울로 더욱 가까이 다가섰다.
 '아니, 천만에. 난 두렵지 않아. 곧 세상이 날 두려워하게 될 테니까.'
 진철의 마음은 이미 변해 있었다. 다시 뒤돌아서서 날카롭게 원장실의 문을 쳐다보았다. 순간 자신에게 걸려왔던 전화의 목소리를 기억했다.
 '원장이 훼방을 놓는다면 그 훼방꾼을 없애버리면 될 거 아뇨?'
 진철은 자신의 방문을 열고 안으로 들어섰다. 그러고는 방이 떠나갈 듯 큰 소리로 웃었다.

 20년 전 그날, 그가 천수의 방을 나섰을 때처럼 진철이 큰 소리로 웃었다. 그의 아들 선우쯤은 별것 아니었다. 아니, 선우쯤은 별것 아닌 것으로 여기려고 독한 위스키를 다시 따라 마셨다. 20년 전의 기억을 덮으려고 다시 위스키 잔을 가득 채웠다. 독한 술이 목구멍을 타고 넘자 기분이 좋아졌다. 진철은 20년 전 그날처럼 자신의 방이 터질 듯 크게 웃어젖혔다. 그러다 문득 웃음소리를 멈췄다. 선우의 목소리가 떠올랐다.
 '두 시간 뒤 다시 전화 드리죠.'
 위스키 잔을 내려놓는 그의 손길이 흔들렸다. 이유를 알 수 없었다.
 '20년 동안 아무 말 없던 놈이 겨우 두 시간이라니. 대체 뭘 하려고.'

밤 10시 10분을 가리키고 있는 시각. 영훈이 초조하게 앉아 있었다. 서류들을 보고 집중하려고 했지만, 불가능했다. 선우의 증세가 심각해져 가고 있었다. 숨을 겨우 몰아쉬며 통화하던 선우의 목소리가 스쳐갔다.

'앞으로 3개월 정도는 괜찮을 거라며. 그런데 일주일 사이 급격히 나빠졌어. 사진 보여주고 곧 죽는다고 했을 때에도 안 받아들였는데 지금은 그냥 몸이 말한다. 이제 받아들이라고. 넌 결국 죽을 거라고.'

영훈은 쉽게 대답하지 못했다. 선우는 아무래도 향 때문인 것 같다고 말했다.

'하나 피울 때마다 수명이 줄어드는 건 아닌가 싶은데 알 수가 없어. 다 경험해보는 수밖엔 없으니.'

선우의 목소리가 자꾸만 떠올라 더는 서류를 읽기 어려웠다. 영훈은 초조하게 왔다 갔다 하며 시계를 살폈다. 10시 20분이었다. 책상을 쳐다봤다. 선우로부터 받아온 프로포폴 약병이 놓여 있었다. 정우가 투약하고 있다고 선우는 말했다. 선우는 정우가 전과 반만 비슷하다고 했다. 형의 소원을 들어주고 싶다는 말에 버럭 영훈이 화를 냈다. '대체 지금 죽게 생긴 사람이 누구냐'며 목소리를 높였다.

'물론 나도 살 거야. 근데 아버지도 살려야지. 엄마는 아버지가 있어야 돼. 또 최 회장은 반성은커녕 겁도 안 먹어.'

'넌, 넌 어떻게 살려고.'

선우는 캠코더를 작동하며 변수만 없으면 된다고 말했다. 하지만 그 변수가 생기면 선우는 또 어찌 되는지 영훈은 끔찍했다. 민영처럼 여러 상황들이 뒤죽박죽될까봐 영훈은 걱정이었다.

'형은 죽은 사람이었어. 아버지도 마찬가지고. 죽은 사람을 살리는 건 우리의 영역 밖이야. 신의 소관이라고.'

선우의 목소리에는 변함이 없었다.

'하지만 너라면 아버지가 한 시간 뒤면 돌아가시는데 그걸 가만히 내버려둘 수 있어? 넌 그럴 수 있어?'

영훈은 그 말에 대답을 할 수가 없었다.

한창 선우를 떠올리는데 갑자기 문이 열리며 서준이 들어왔다. 깜짝 놀란 영훈을 보고 서준이 되레 더 놀란 눈이 되었다. 서준이 들고 온 서류에 사인하는 영훈의 손이 부들부들 떨렸다.

"왜 이렇게 손을 떠세요?"

"네 애인 이름이 뭐지?"

"박민영이요."

"안 바뀌었구나, 아직."

서준은 의아한 얼굴로 영훈을 쳐다보았다.

선우가 노트북의 시간 설정을 바꾸었다. 날짜도 1992년으로 바꾸었다. 카메라, USB 수신기, 미니노트북 등을 배낭에 넣고 통에서 향 하나를 꺼내 꽂고는 시계를 보았다. 선우는 잠자코 시간이 흐르기를 기다렸다.

시곗바늘이 10시 40분을 가리켰다. 스톱워치로 30분을 설정하고 향에 불을 붙인 순간 동시에 초인종이 울렸다. 어서 과거로 들어서야 했다. 향이 타오르며 그를 먼 과거로 불러들였다.

텅 빈 방에는 향 연기만 피어오르고 있었다.

초인종을 눌러도 반응이 없자 민영이 버튼 키를 누르고 안으로 들어섰다.

"저 왔어요. 뉴스 남았는데 집에 온 거예요? 삼촌, 저 들어가요."

민영이 문을 열어보려는데 방문이 잠겨 있자 노크를 하며 선우를 불렀다.

"삼촌, 삼촌!"

아무런 대답이 없자 민영은 더 큰 목소리로 선우를 불렀다. 민영의 얼굴에 불안감이 가득 차올랐다. 주먹에 힘을 주어 방문을 두드렸다. 하지만 아무리 불러도 선우는 대답하지 않았다. 무슨 사고가 생긴 게 아닌지 민영은 두려웠다. 선우가 몸이 좋지 않다며 약을 복용하던 게 생각나서였다.

"삼촌, 방에 없는 거예요? 방문은 왜 잠갔어요? 삼촌, 삼촌! 어디 아파요?"

향은 방 안 가득 연기를 뿜어 올렸다. 선우는 이미 과거로 들어갔고 방에는 아무도 없었다.

1992년, 어린 선우가 깊이 잠들어 있었다. 누군가 다가와 스탠드를 켰다. 불빛 때문에 어린 선우가 몸을 뒤척였다. 어린 선우를 찾아온 미래의 선우였다.

방 안은 온기로 따뜻했다. 어린 시절 언제나 향긋했던 방 안의 냄새는 어머니 명희가 늘 켜놓은 방향제 덕이었다. 기억이 났다. 책상 위에 올려놓은 문제집들. 볼펜은 반쯤만 필통에 꽂아놓고 나머지는 책상 위에 흩뜨려놓고 쓰던 습관. 여러 개의 펜이 책상 위에 놓여 있었다. 벽에 붙여진 좋아하는 가수들의 포스터며 누군가의 생일을 잊지 않으려고 표시를 해둔 달력. 무엇 하나 낯선 것이라고는 없었다. 선우는 조심스럽게 다가가 잠자고 있는 어린 자신의 모습을 바라보았다. 세상에서 가장 익숙한 동시에 가장 낯선 모습이 바로 자신이었다.

"일어나."

어린 선우가 다시 몸을 뒤척거렸다.

"어서 일어나. 시간이 없단 말이야."

선우가 목소리를 조금 높이자 어린 선우가 눈을 번쩍 떴다. 그는 화들짝 놀란 눈으로 침대 옆에 서 있는 선우를 쳐다보았다.

"누, 누구?"

어린 선우는 어리둥절해 말이 튀어나오지 않았다. 선우는 냉큼 어린 선우의 입을 틀어막았다. 그러고는 눈을 마주쳤다. 스탠드 불빛에 선우의 얼굴이 드러났다. 어린 선우와 시선이 마주 닿았다. 자신의 얼굴을 자신이 들여다보았다. 특별한 느낌이었다. 행복했다. 말로 표현하기 어려웠다. 천천히 어린 선우의 입에서 손을 뗐다. 어린 선우는 낯설고 어딘가 익숙한 그의 모습에 다행히 소리치지 않았다.

"반갑다. 내 이름은 박선우야."

어린 선우가 더 커진 눈으로 선우와 시선을 마주 했다.

"바, 박선우라고요?"

당장의 상황이 꿈이 아닌지 의심하며 다시 쳐다보는 어린 선우를, 아니, 자기 자신을 선우가 가만히 보았다.
"걱정 마. 나는 너니까."

일곱

운명의 날

"나는 2012년에서 온 너야."

"나, 너? 아니, 지금 대체 무슨 말을 하는 거죠?"

"모르겠어? 내가 바로 너란 말이야. 미래의 너, 박선우. 나는 아직도 이 집에 살고 있어."

어린 선우가 눈앞에 선 사람을 먼 미래에서 온 자기 자신이라고 믿으라는 건 누가 생각해도 상상을 넘어선 억지였다. 게다가 20년 후에도 여전히 이 집에 산다고 했다. 선우는 고개를 가까이 디밀었다. 자신과 많이 닮은 선우의 얼굴을 보고 어린 선우는 순간 헷갈렸다. 그의 말 때문인지 그의 눈을 바라보는 순간, 마치 자신을 들여다보고 있는 것 같은 착각이 들었다.

시간이 없었다. 어린 선우를 납득시키는 데 남아 있는 시간을 보낸다는 건 필요했지만 아까운 시간이었다. 자신이 머물 수 있는 시간이 30분밖에 되지 않는다고 말할 때는 벌써 5분이 지났을 때였다. 선우가 시계를 보았고 아직 어리둥절한 어린 선우가 그런 선우를 쳐다보았다.
"전화 올 때가 됐는데."
선우의 말이 끝나기 무섭게 전화벨이 울렸다. 어린 선우는 깜짝 놀라는 빛이 역력했다. 어차피 자신이 찾아오지 않았더라도 전화 때문에 깨었을 거라고 말했다. 어린 선우는 그를 여전히 믿지 않았다. 다시 전화벨이 울렸다.
"받아. 영훈이가 건 거니까."
어린 선우가 받으려고 하자 선우는 틀림없이 용돈을 뺏겨 내일 춘천에 가지 못한다고 말할 거라고 했다. 어린 선우는 대체 자신이 춘천에 가게 된 일까지 그가 알고 있다니 믿을 수가 없었다. 무선전화기의 통화 버튼을 눌렀다. 그의 말대로 영훈이였다. 어린 선우는 전화를 받으면서 시선은 미래의 자신이라고 말하는 그를 바라보았다. 영훈의 목소리가 들려왔다.
"야, 나 아무래도 내일 못 가겠어. 누나한테 용돈 다 털렸다."
어린 선우가 그를 쳐다보았다. 눈빛으로 '이게 어떻게 된 거냐'고 물었다. 선우는 어서 대답하라고 눈짓을 했다. 그러다 시계를 가리켰다. 시간이 없다는 뜻이었다.
"내, 내가 책임질게. 나 돈 있어. 충분해. 그래 있다니까. 내일 나와, 그냥."
선우가 무작정 무선전화를 빼앗아 끊어버렸다. 선우는 더욱 진지해진 얼굴로 어린 자신에게 설명했다. 지금 용돈을 받을 수 있는 건 아버지뿐이다. 형은 들어오지 않았을 테고 엄마는 이모네 가셨고. 그렇게 말하는 순간에 어린 선우는 이 모든 사실을 그가 어떻게 아는지 황당할 뿐이었다. 그러니 돈을 줄 사람은 아버지뿐이라는 말을 부인하기 어려웠다. 하지만 이어지는 말에 어린 선우는 더 어리둥절해졌다.

"아버지는 병원에서 아직 안 돌아오셨어. 넌 지금부터 자전거를 타고 병원에 갈 거야. 용돈을 타러. 그런데 병원 복도에서 연기가 나는 걸 보게 돼. 아버지 방에 불이 나거든. 넌 아버지를 구하려다 크게 다치고. 하지만 아버지는 결국 돌아가시고 그게 앞으로 20분 안에 모두 일어날 너의 미래야. 아, 나의 오래전 과거이고."

어린 선우는 당장 눈앞에서 그의 말대로 이루어진 것으로 본다면 아버지가 불속에서 세상을 떠난다는 말도 믿어야 옳았다. 하지만 그건 다른 문제였다. 아니, 또 생각하니 다른 문제가 아니었다. 그는 앞으로 벌어질 일들을 분명 말하고 있었으니까.

"그럼, 아버지도 살고 너도 다치지 않을 방법을 알려줄게."

어린 선우는 그의 말에 귀를 기울였다. 집에 큰일이 생겼으니 아버지에게 어서 달려오라고 급히 전화를 걸어, 엄마가 쓰러졌다는 거짓말을 하라고 했다. 어린 선우는 떨리는 손으로 무선전화기를 집어 들었다. 병원 원장실의 번호를 눌렀다. 신호가 가는 동안 가슴이 두방망이질했다.

"여보세요."

아버지 천수였다.

"아빠."

"아빠."

천수는 논문을 읽고 있었다. 그런 적이 거의 없었는데 선우가 전화를 걸어왔다. 뜻밖이었다. 무슨 일이냐고 물을 틈도 없이 무작정 집으로 빨리 달려오라며 선우가 소리쳤다. 선우의 목소리는 분명 떨렸다. 그는 한손에 들고 있던 논문을 내려놓고 자리에서 벌떡 일어섰다. 집에 무슨 일이 벌어진 게 틀림없었다.

"엄마가 쓰러지셨어요."

"뭐? 엄마가 왜?"

천수는 수화기를 든 상태로 급히 서둘렀다. 순간 전화기 속에서 선우의 목소리가 다시 들려왔다.

"엄마가 갑자기 어지럽다고 그러더니… 아빠, 거짓말이에요! 어떤 놈이 날 죽이려고 해요. 지금 내 방에 있어!" 하고는 채 말을 잇지 않고 밖으로 뛰쳐나가는 소리가 이어졌다. 천수는 집 안에 강도가 들이닥쳤다고 생각했다. 수화기를 책상에 떨어뜨리고 무작정 밖으로 향하려는데 아직 전화가 끊긴 게 아니었다.

어린 선우가 그의 말을 듣고 아빠에게 전화를 걸긴 했지만, 역시 모든 것을 믿고 있는 건 아니었다. 자신을 강도로 여기고 있을 뿐이었다. 수화기를 든 채 무작정 밖으로 뛰쳐나갔다. 선우는 계단을 내려서는 어린 자신을 향해 몸을 날렸다. 어린 선우는 그 바람에 나뒹굴었지만 손에 쥐고 있는 전화기를 놓지 않았다. 그가 자신을 죽이려 한다고 생각했다. 그 죽음의 공포에서 무작정 벗어나려고 안간힘을 썼다. 당연했다.

"아빠, 살려줘요. 살려줘."

선우에게 끌려가면서도 어린 선우는 전화기를 뺏기지 않으려고 온 힘을 다해 몸부림쳤다. 선우를 발로 걷어차고 손에 잡히는 모든 것들을 던지며 반항했다.

"선우야, 나는 너란 말이야."

어린 선우는 고개를 저었다. 그의 말을 점점 더 믿을 수 없었다. 아니, 처음부터 믿지 않았다. 그저 놀랐을 뿐.

"선우야, 선우야!"

천수의 목소리가 무선전화기 안에서 울려댔다. 어린 선우가 다시 무선전화기를 귀에 대려는 순간 그가 급히 다가와 몸을 밀었고 전화기는 바닥에 떨어졌다. 그가 전화기를 손에 넣으려던 순간 쓰러졌던 어린 선우가 일어나며 다시 밀치고 들어왔다. 그리고 다시 바닥으로 떨어진 무선전화기를 잡으려 했다. 하는 수 없었다. 선우는 있는 힘을 다해 어린 자신을 발로 걷어찼다. 어린 선우는 몸을 지탱하지 못했다. 장식장으로 쓰러지면서 이마를 부딪쳤다. 순간 정신을 잃고 바닥으로 쓰러지는 모습을 선우가 지켜보았다. 우선 무선전화기를 빼앗았다.

"괜찮아, 넌 죽지 않아. 그래, 최소한 지금은."

그는 명세병원 원장실로 전화를 걸었다. 신호가 울렸다. 받지 않았다. 아버지 천수가 이미 병원을 나선 모양이었다. 겨우 새어 나오는 한숨을 내쉬었다. 다행이었다. 바닥에 쓰러진 어린 자신을 쳐다보았다.

이마에서 피가 흐르고 있었다.
"그래도 제법 잘했어. 용기도 있었고. 내가 이렇게 멋졌어? 수고했어. 어쨌건 아버지는 병원 밖으로 나왔으니까."
그는 어린 선우의 손에다 무선전화기를 다시 쥐어줬다. 그리고 시간을 살폈다. 22분이 지나고 있었다. 시간은 과거를 들어간 때이든 미래인 현재로 돌아간 때이든 늘 부족했다.
서둘러야 했다. 몸을 급히 움직였다. 기척이 없는 조용한 거실을 발걸음 소리를 죽이며 재빨리 지나갔다. 그가 기억하는 곳에 자동차 키가 들어 있었다. 그리고 다시 기억대로 장식장 서랍을 열어보니 병원 열쇠 뭉치도 그대로 들어 있었다. 시간이 없었다. 모두를 몸에 품고 급히 밖으로 나섰다.
현관문도 집으로 들어서던 입구의 나무나 꽃들도 그대로였지만 아무것도 눈에 들어오지 않았다. 선우는 대문으로 달려 나가 주차된 차의 문을 열었다. 집 안에서 쓰러진 어린 선우는 어떻게 되었을까? 순간 걱정이 되었지만, 생각해보니 자신이 걱정할 일이 아니었다. 자신은 그보다도 훨씬 미래에서 살아 돌아온 존재였으니까.
차에 시동을 걸고 액셀러레이터를 밟으려다 보니 수동이었다. 익숙하지 않았다. 하지만 다시 시간을 확인하고 서둘렀다. 어색하게 클러치를 밟다 보니 시동이 꺼지고 다시 꺼지기를 반복했다. 그러다 겨우 차가 반응했다. 차는 속력을 내며 병원을 향해 달려 나갔다.
'아버지는 지금 집으로 급히 오려고 서두르시겠지?'

"택시, 택시!"

천수는 병원 앞으로 지나는 택시를 잡으려고 손을 내밀었다. 하지만 모두 지나쳐 가버렸다. 선우의 다급하던 목소리가 떠올랐다. 지금 무슨 일이 벌어진 건 아닌지 걱정스러워 죽을 것만 같았다. 다시 다가오는 택시를 향해 손을 내밀었지만 또 그냥 지나쳐 가버렸다. 뒤로 멀리 다가오는 택시가 보였다. 천수는 무작정 몸을 도로 위로 옮겼다. 택시는 급정거하며 천수가 서 있는 바로 앞에 겨우 멈춰 섰다. 택시 문을 열자 기사가 욕을 퍼부을 준비부터 했다. 천수는 무작정 만원짜리 여러 장을 내주며 빨리만 가달라고 소리쳤다. 택시는 빠르게 달려갔다.

"빨리요. 어서 빨리요. 빨리 가달라고요."

택시는 최고의 속도를 내고 있었는데도 왜 그리 천천히 가는 것 같은지 천수의 마음은 초조했다. 신호를 받아 정지선에 잠시 멈추는 순간 속이 타 들어가는 것만 같았다. 신호를 받아 택시가 다시 출발하는데 반대편으로 선우가 몰고 오는 차가 교차했다.

"아버지."

선우는 아버지가 택시에 올라 집으로 향하다 자신의 차를 스쳐 지나가는 것을 보았다. 그는 백미러로 멀어지는 택시를 쳐다보았다. 온몸에 땀이 흥건했다. 다행이었다. 안도의 긴 한숨이 차 안에 가득 들어찼다.

'아버지 고맙습니다. 다행입니다.'

그제야 선우는 마음이 편해졌다. 큰 짐 하나가 어깨에서 내려진 느껌이었다. 하지만 여전히 시간은 넉넉지 못했다. 명세병원 주차장을 향해 선우는 차를 몰았다. 병원은 퇴근 후라 그런지 대부분 어두워 보였다. 집에서 가지고 온 열쇠를 꺼냈다. 문을 열고 안으로 들어섰다. 일부러 문을 살짝 열어놓고 행동했다.

    선우의 목적대로 지금까지는 잘되어 갔다. 어린 선우를 만나 자신이 미래에서 과거로 달려와 만나게 된 부분을 명확히 믿게 하지는 못했지만, 아버지를 병원 밖으로 나와 집으로 가게 만들었고 자신은 지금 아버지가 앉아 있던 원장실 앞에 서 있었다. 손에 땀이 흘렀다. 선우는 정신을 가다듬고 '원장실'이라고 적힌 문을 열었다. 난로만 빈 방에서 몸을 태우고 있었다. 바로 배낭에서 카메라를 꺼내 들었다. 그러고는 총 넉 대의 카메라를 사각지대 없이 원장실의 곳곳에 배치했다. 그러다 문득 방향을 가늠하고는 천수의 의자를 쳐다보고 카메라와의 위치관계를 생각했다. 천수가 앉아 있는 것처럼 보이도록 하는 게 옳았다. 원장의 의자를 창가 쪽으로 돌려놓았다. 완벽했다. 긴 한숨이 겨우 새어나왔다. 지금까지 자신을 걷어차고 피를 흘리게 만든 것 말고 큰 실수는 없었다. 자신은 아버지를 죽이지 않았다는 진철의 목소리가 떠올랐다. 이 방에서, 이곳에서 벌어졌을 일들을 담아내야만 했다. 선우는 아버지 방을 나가 의료품들이 쌓인 옆방으로 들어갔다. 책상 하나가 놓여 있는 작은 방이었다. 어둠 속에서 그는 노트북을 꺼내 전원을 켜고 USB 수신기를 꽂았다.

    "휴······."

    안도와 걱정의 한숨이 터져 나왔다. 지금까지 무사히 온 것은 다행이었지만, 또 어떤 일이 기다리고 있을지 몰랐다. 영상 프로그램을 켰다. 다행히 아직 어떤 이상도 발견하지 못했다. 넉 대의 핀홀 카메라가 찍는 화면이 나타났다. 카메라가 그의 아버지 집무실인 천수의 방을 마치 CCTV처럼 감시하기 시작했다.

"어서, 어서 나타나란 말이다. 네 놈의 머리를 날려버리겠어."

손에 땀을 쥐고 기다렸다. 흘러가는 일 초, 일 분의 시간이 너무 아쉽고 안타까웠다. 하지만 시간이 선우를 기다려줄 리가 없었다. 그저 속절없이 흐를 뿐이었다. 시간은 계속해서 목을 조이는 것처럼 줄어들었다. 아직 모니터 속의 원장실은 고요하기만 했다. 왜 아무도 나타나지 않는지 속이 타 들어갈 지경이었다.

"어서 나타나란 말이다. 시간이 없단 말이야. 제발, 제발……"

그러다 보니 걱정이 차올랐다. 혹시 아무도 나타나지 않는 건 아닌지 시간만 흐르고 그 무엇도 해결이 되지 않는 것은 아닌지. 그는 블라인드 사이로 보이는 창밖을 쳐다보았다. 병원 주차장에는 자신이 타고 온 아버지의 차 말고는 아무것도 보이지 않았다. 도무지 누군가 나타날 것 같지 않아 보였다.

"안 돼. 어떤 놈이든 어서 서두르란 말이야. 어서."

지금 그가 할 수 있는 최선의 방법이었다. 형은 살아났고, 현재를 살아가고 있다. 하지만 불행히도 아버지가 왜 그렇게 된 것인지 누가 아버지를 그렇게 만든 것인지는 알 수 없다. 아니, 알고 있지만 분명한 확인이 필요하다. 진철에게 큰소리쳤으니까.

'이 새끼야, 네 아버지랑 난 둘도 없는 친구였어.'

진철의 목소리가 귀를 울려댔다. 친구를 왜 그렇게 만들었는지 꼭 자신의 눈으로 확인해야만 했다. 하지만 아직 누구도 나타나지 않았다. 그는 사무실의 전화기를 집어 들었다. 그리고 집 전화번호를 눌렀다. 신호음이 들려왔다. 이내 받지 않은 걸 보니 아직 어린 선우가 깨어나지 않은 모양이었다. 아직 아버지도 집에 도착하지 않은 모양이었다. 신호 소리가 들려왔다. 계속 전화를 받지 않자 수화기를 내려놓으려던 순간 작은 목소리가 들려왔다.

"아… 여보세요."

전화 벨소리에 쓰러져 있던 어린 선우가 눈을 떴다. 느닷없이 자신의 방을 찾아와 미래에서 온 자기라고 우기던 남자로부터 벗어나기 위해 시키는 대로 전화를 받고 도망을 치다 그와 몸싸움을 했고, 그러다 쓰러지며 장식장에 머리를 부딪치던 순간이 떠올랐다. 벨소리에 눈을 떠보니 손에 전화기가 쥐어져 있었다. 모두 꿈이 아니었다니 신기했다. 두려웠다. 아버지에게 통화를 하다 멈추었던 기억이 나서 급히 통화 버튼을 눌렀다. 아버지일 거라고 어린 선우는 생각했다. 피가 흐르는 머리가 아팠다. 아파서 신음 소리가 먼저 새어 나왔다.

"아… 여보세요."

아버지가 아니었다.

낯설었지만 익숙한 목소리였다.

"네가 소동만 안 피워댔어도 진지하게 얘기할 여유가 있었는데."

어린 선우는 자리에서 벌떡 일어났다. 이 남자, 아직 자신이 벗어난 게 아니다. 두려움이 또다시 밀려왔다. 경찰에 신고할 거라고 말하려는데 상대가, 아니 자신이라고 우기는 남자가 먼저 말을 꺼냈다.

"신고하면 너한테도 좋을 게 하나도 없다. 왜? 난 분명히 20년 후의 너니까."

어린 선우는 무선전화기를 들고 일어섰다. 아직 아버지는 병원에서 도착하지 않은 게 확실했다. 전화를 끊고 싶었지만 그럴 수도 없었다. 어린 선우는 여전히 그의 말을 믿지 않았다. 그가 아무리 당장 벌어질 일들을 맞췄을지라도 그건 마술사나 점술사들도 제법 해내곤 하는 일이었다. 특별한 재주를 가진, 그런 재주를 이용해 강도짓을 하거나 혹은 그와 유사한 일을 벌이는 특별한 형태의 범죄자일 거라고 어린 선우는 짐작했다.

"난, 너라고. 너란 말이야. 아니, 너는 나란 말이야."

"말이 돼 그게? 그럼 말해봐요. 나 어느 대학에 가는데? 직업은 뭐고, 내가 뭐가 되고 싶어하는데? 뭘 좋아하는지 알아요? 대답해봐요, 어디!"

"대답해봐요, 어디!"

어린 선우는 그 순간에도 자신을 믿지 않았다. 그저 마술을 잘 부리거나 점을 잘 치는 사람 정도로 여기는 것 같았다. 자꾸만 어린 선우가 그럼 자신이 어찌 되는지 말해보라고 재촉했다. 그걸 다 알면 박선우, 과거의 자신이 얼마나 재미없어질까 두려워 보류한다는 말은 진심이었다.

"하, 그런 개뼝을 나더러 믿으라니."

"지금부터 네가 할 일을 알려줄게. 네가 다시 아버지가 병원으로 절대 못 가게 막아. 범인을 확인하기 전에는 위험해. 내 말 명심해."

진지한 목소리 톤 덕분인지 어린 선우가 그 순간은 아무 말도 하지 않았다.

선우의 목소리는 더 진지해졌다. 대답은 들리지 않았지만 끊지 않는 걸 보니 어린 선우가 귀 기울여 듣고 있는 것 같았다. 아버지 말고도 어린 선우가 구해줘야 될 사람이 하나 더 있다고 하자, 어린 선우는 더욱 침묵했다.

"그게 누구인지는 만나서 얘기하자. 우린 대화가 필요하니까. 내일 밤 9시에 학교 운동장에서 만나자. 무슨 일이 생기면 삐삐 칠게."

그제서야 어린 선우의 대답이 들렸다.

"나, 삐삐 없는데."

"내가 넣어놨어. 바지 주머니 안에."

어린 선우는 아직도 미래의 자신이라고 우기는 그가 하는 말을 계속 듣고 있었다. 너무 진지해서 끊어버릴 수가 없었다. 그런데 삐삐가 호주머니에 들어 있다는 말에 바지 주머니에 손을 넣어보니 사실이었다. 하지만 여전히 그의 말을 믿을 수는 없었다. 삐삐로 환심을 사려 할 수도 있고, 더군다나 병원의 원장인 아버지를 자꾸만 찾는 걸로 봐서는 어쩌면 아버지를 음해하려는 가능성도 충분했다.

"그럼 아까는 내가 도망칠 걸 왜 몰랐는데?"

말을 꺼내놓고 보니 상대가 이내 그 말에 제압당할 것 같아 뿌듯했다. 미래에서 찾아왔다면 그것을 아는 것쯤은 문제가 아닐 것이다.

"그건 내가 지금 네가 있는 세계에 와 있으니까. 내 세계로 돌아가면 너의 모든 건 내가 다 알게 돼. 넌 내 과거거든."

마치 어린 선우가 그런 질문을 할 것조차 예상치로 두고 있는 사람 같았다. 어린 선우는 더 대꾸하거나 물어볼 말이 생각나지 않았다. 너무도 그럴듯한 변명이거나 확실한 명제이거나 둘 중 하나였다. 하지만 반드시 자신을 만나서 이야기를 듣지 않으면 누군가 죽게 된다고 하는 말에서는 살짝 겁이 났다.

"누가요?"

죽는다는 사람이 누구인지 알아야 했다. 뛰어난 마술사나 점쟁이일지라도 누가 죽는다는 건 맞출 수 있는 일이니까. 또 그는 그랬으니까.

순간 누군가가 걸어오는 소리가 창밖에서 들려왔다. 천천히 블라인드 곁으로 어린 선우가 다가섰다. 한 남자의 외투 끝자락이 보였다. 누군지 알 수 없었다. 그러다 이내 남자는 정문 쪽으로 사라졌다. 다시 어린 선우가 전화기를 들었다.

"죽는다는 사람, 그게 누군데?"

상대는 어린 선우에게 그걸 알고 싶으면 내일 보자고 말한 다음 조용히 전화를 끊어버렸다. 뭐가 뭔지 해석하기 어려웠다. 그때 선우를 부르는 목소리가 들려왔다.

"선우야, 선우야!"

아버지였다. 안도의 한숨이 토해졌다.

"아버지."

"이런, 대체 어떻게 된 거냐. 누가 이랬어?"

천수는 안으로 들어서며 그래도 이상이 없는 선우를 보며 안심했고 난장판이 된 집 안을 보며 놀라 물었다. 아버지를 보니 무슨 말을 어디서부터 시작해야 하며 어떻게 말을 이어야 할지 몰랐다. 깊은 어둠 속에서 길을 잃고 헤매다 부르는 소리에 돌아보니 아버지가 서 있는 기분이었는데 반갑다기보다, 마음이 놓였다기보다 아버지가 괜히 걱정되었다. 아버지가 반쯤 넋이 나간 것 같은 어린 선우의 이름을 다시 부르자 뭔지 모를 두려움이 급히 몰려들었다.

'아버지는 집에 도착하신 것일까? 어린 선우를, 아니 어린 나를 만나신 걸까?'

선우는 긴장 속에서 누군가 나타나기만을 계속 기다렸다. 아직 아무도 나타나지 않았다. 화면을 계속 주시했다. 어린 선우와 통화를 하는 순간에도 시선은 계속 화면에 고정되어 있었다. 그때였다. 거친 발걸음, 빈 복도를 들어서서 움직이는 인기척이 들려왔다. 선우는 숨소리를 죽였다.

어둠 속, 불빛이 새어 나오는 원장실을 향해 누군가 걸어가고 있었다. 선우가 들어와 있는 원장실 옆방을 지나갔다.

선우는 계속해서 발자국 소리에 귀를 기울였다. 점점 발자국 소리가 커져갔다. 손에서 땀이 배어 나왔다. 그 발걸음 소리가 선우가 들어선 사무실 바로 옆으로 다가왔다 다시 멀어졌다. 선우는 숨소리를 죽였다. 발걸음 소리의 무게로 짐작하건대 남자로 여겨졌다. 노크 소리가 들려왔다. 원장실 문을 두드리는 것 같았다. 빈 방이니 반응이 있을 리 없었다. 찰칵, 문고리를 돌리는 소리가 들려왔다. 선우는 노트북에 시선을 고정시켰다. 문이 보이는 화면에 남자가 들어섰다. 순간 선우는 자신의 눈을 의심했다. 설마, 뭐가 잘못돼도 한참 잘못된 것 같았다. 그럴 리가 없었다. 그럴 수가 없었다. 아니었다. 그럴 수는 없었다. 이건 말이 안 되는 거였다. 선우는 고개를 저었다. 이내 가득 고이는 눈물을 내버려둔 채 믿기 어려운 시선으로 다시 화면을 응시했다. 선우는 남자가 찍히고 있는 화면을 키웠다. 그는 다름 아닌 형 정우였다.

"어떻게, 어떻게……."

선우는 볼 위로 흘러내리는 눈물을 느꼈다. 다시 생각해도 크게 뭔가 잘못되고 있었다. 선우는 다시 고개를 저으며 화면으로 시선을 집중했다.

"아버지, 접니다."

정우는 아버지 천수가 원장의 자리에 앉아 있는 줄 알고 그를 불렀다. 아무 대답이 없자 다시 아버지를 불렀다. 그런 정우를 선우가 여전히 화면으로 쳐다보며 믿을 수 없다는 표정을 지었다. 시간은 계속 빠르게 흘렀다. 그때 선우의 방에 피워놓은 향이 천천히 힘을 잃어가고 있었다.

"형, 형이 왜 여길……."

선우는 온몸에 기운이 빠지는 걸 어찌 할 수 없었다. 가장 극적인 순간에 나타난 가장 큰 놀라움이었다. 태어나서 지금껏 가장 견디기 힘든 순간이었다. 자신이 얼마 살지 알 수 없다는 말을 들었을 때도 그만큼은 아니었다. 이 황당하고 어이없는 과거로의 여정도 차라리 이만큼은 아니었다. 분명 아버지가 집무를 보고 있던 원장실로 들어선 사람은 다시 봐도 다름 아닌 형 정우였다. 선우는 다시 고개를 저었다. 믿을 수 없었다. 아니, 믿고 싶지 않았다. 영훈이 살아 있는 형을 보고 놀랐다는 말이 떠올랐다.

영훈은 책상 앞을 서성거리며 시선을 컴퓨터에 고정시켰다. 모니터에는 1992년 12월 31일자 석간신문 사회면이 떠 있었다. '명세병원 원인불명 화재로 박 원장 사망'이라는 헤드라인 뉴스가 시선을 붙들었다. 불에 탄 명세병원의 사진과 천수의 증명사진이 실린 기사였다. 기사에는 종로구에 위치한 명세병원의 위치며 병원장 박천수가 불에 타 숨졌다는 내용, 화재를 목격하고 뛰어들었던 박 원장의 차남 박선우에 대해, 소방차가 출동했지만 불길은 한 시간가량 지나 잡혔다는 내용까지 기록되어 있었다. 이어 입원실은 다른 건물인 탓에 인명 피해는 크지 않았다는 내용도 놓치지 않고 기록되어 있었다. 정확한 화재 원인을 조사 중이지만 석유난로로 인한 화재 가능성을 크게 두고 있다고 밝혔다.

영훈이 모니터를 보면서 고개를 끄덕였다. 그때였다. 눈앞에서 벌어진 상황은 영화가 아니라면 불가능했다. 천수의 기사가 눈 깜짝할 사이에 사라지며 하얗게 변하기 시작했다.

불이 꺼진 납골당 안, 어둠 속에서 천수의 사진과 생몰년이 뚜렷하게 나타났다. 영훈이 보고 있던 천수의 프로필에 나왔던 그대로였다. 1942년 5월 15일에서 1992년 12월 30일로 적힌 글자가 영훈이 눈을 비비며 하얗게 변하는 기사들을 보는 동안 지워지기 시작했다. 비는 내리지 않았다. 바람도 불지 않았다. 그 흔한 한겨울의 눈도 순간 내리지 않았다. 어떤 기상 변화도 특별함도 없었다. 세상은 그대로였다. 하지만, 영훈이 바라보는 컴퓨터의 모니터 속에 있던 과거의 기사들도 납골당 천수의 사망일을 새긴 날짜도 동시에 사라졌다.

영훈은 아직도 고개를 젓고 있었다. 친구 선우가 황당하기 짝이 없는 말을 하던 순간도, 그러다 두 눈으로 정우를 보던 순간까지도 보면서 믿지 못했던 게 사실이었다. 계속해서 벌어지는 일. 영훈은 선우가 말한 향을 떠올렸다. 성당에서 한 대로 기도를 시작했다.

'내가 잘못하거든. 용서치 마소서.'

기도를 하며 영훈이 마우스를 움직이던 순간이었다. 다시 기사가 채워지기 시작하는 것이 아닌가. '명세병원 원인불명 화재로 박 원장 사망'이라는 타이틀 기사는 그대로였다.

"뭐지?"

영훈이 다시 정신을 집중했다.

같은 시각 납골당의 지워졌던 글자 위로 빛과 함께 다른 글자가 한 자 한 자 새겨지기 시작했다. 사망일 1992년 12월 31일. 사망일이 바뀌었다. 글자를 비추던 빛은 어둠에 그대로 사라지고 다시 어둠이 가득 들어찼다. 여전히 세상은 그대로였다. 아니, 세상은 누구도 모르게 완벽하게 변해 있었다.

"됐어요?"

선우의 방을 수리공이 기계조작을 통해 열 수 있도록 하고는 민영을 보며 물었다. 민영이 다가서려는 순간 문이 급히 열렸고 안에서 선우가 얼굴을 내밀었다. 깜짝 놀란 수리공과 민영이 뒷걸음질 치며 놀라 입을 벌렸다.

"아니, 삼촌 집에 있었던 거예요? 내가 여기에서 30분을 넘게 불렀단 말이에요."

선우는 헤드폰을 끼고 있어서 듣지 못했다고 능청스럽게 대답했다. 재가 되어버린 향이 선우 뒤에서 제 몸을 숨겼다.

"제가 3분도 아니고 30분을 두드렸다고요."

민영이 속상한지, 수리공 때문에 무안한지 한껏 소리를 높이며 선우에게 따지듯 물었다. 하지만 선우는 네 아버지를 보았노라고, 지금의 상황으로 보면 네 할아버지이며 내 아버지인 박천수 원장의 사무실로 들어서는 네 아버지 정우를 과거로 돌아가 보았노라고 말할 수는 없었다. 그것도 다른 일이 아니고 할아버지가 죽게 된 사실을 알아보려고 찾아간 과거에서 다른 사람도 아닌 정우를 봤다고는 할 수는 없었다. 다행인지 향이 꺼지던 순간 갑자기 드릴 소리가 들려왔다고는 더욱 말할 수 없었다.

"뭐예요. 왜 말 못 하는 건데요?"

"그런데 누구 허락 받고 남의 집에 무단침입해서 문까지 따? 한두 번도 아니고."

그 말에 무안해진 민영이 걱정이 돼서 그런 거라고 얼버무렸다. 수리공이 기가 막히다는 얼굴로 민영을 쳐다보았다. 민영이 화난 얼굴로 수리공을 쳐다보았다.

"우리 삼촌이란 말이에요."

투덜거리며 아래층으로 내려가는 수리공을 따라 민영이 내려가면서 계속해서 선우는 자신의 삼촌이라고 소리를 질렀다.

'맞아, 나는 삼촌이야, 삼촌. 네 남자가 될 수 없는, 돼서는 안 되는 삼촌이라고. 그렇게 소리 지르며 말하지 않아도 아주 잘 알고 있어.'

선우가 아직도 수리공을 보며 투덜거리는 민영을 바라보았다. 가슴 한쪽이 시려왔다. 머리보다 가슴이 더 아팠다. 왜 하필 그쯤이었던 것인지. 과거와 현재의 설계도가 왜 그리 복잡하게 얽힌 것인지 신의 재주는 다시 생각해도 놀라웠다. 아니, 신의 장난은 복잡했다. 그는 방으로 들어가 모두 타버린 향을 살피고는 급히 자동차 키를 갖고 밖으로 나섰다.

"정말 피곤해서 잔 거예요? 정말 숙직실에서 자면 피곤해서 집에 와서 잔 거냔 말이에요. 같이 가요. 나 차 안 갖고 왔단 말이에요."

민영이 가방을 갖고 오겠다며 다시 집으로 들어간 사이 선우는 차에 시동을 걸었다. 민영이 안으로 들어가다 차가 출발하는 소리를 듣고는 발을 구르며 화를 냈다.

차는 황급히 달려 나갔다. 향을 피우고 과거로 들어가 어린 선우를 만나고 아버지를 집으로 다시 불러들이고 병원으로 향할 때보다 더

빠른 속도였다. 천천히 달려가면 가슴이 답답해 미쳐버릴 것만 같았다. 그러다 갑자기 급정거하며 차를 세웠다. 화면 속에 보이던 정우가 떠올랐다. 순간 휴대폰이 울렸다. 영훈이었다.

"어떻게 된 거야? 왜 변한 게 없어. 시간과 날짜만 바뀌었어. 밤 11시에서 새벽 2시로 12월 30일에서 31일로, 나머진 똑같은데 도대체 과거로 들어가서 뭘 한 거야?"

선우는 무슨 말을 먼저 해야 할지 헷갈렸다. 자신은 그때 아버지를 분명 살렸다고 생각했다. 영훈과 통화를 하며 룸미러로 보이는 이마에 난 흉터를 만졌다. 어린 선우, 자신을 밀어내며 장식장에 부딪치며 생긴 흉터 자국이었다.

"모르겠어. 나는 내 이마에 난 상처 자국을 보면서 내가 분명히 더 깊은 과거로 들어갔다 나왔다는 것만 기억할 뿐이야. 나도 미치겠어. 아버지는 다시 돌아가신 듯해. 병원으로."

선우는 전화를 끊었다. 마음이 아파 견디기 힘들었다. 아버지와 형 정우의 얼굴이 급하게 교차했다. 답답해 숨을 겨우 내쉬고 보니 룸미러엔 눈물이 범벅된 자신의 모습만 가득했다. 차를 다시 출발시키려는데 영훈에게 또 전화가 걸려왔다.

"아까는 그럼 아무것도 못 봤어? 증거는."

선우는 영훈에게조차 형을, 정우를 아버지 사무실에서 보았노라고 말하지 못한 채 전화를 끊었다. 다시 차를 출발 시키려다 휴대폰을 꺼내 들었다.

정우는 유진과 함께 부부동반 송년회에 참석 중이었다. 모두들 즐겁게 즐기고 있는 시간이었다. 정우가 누군가에게 술잔을 건네받던 순간 휴대폰이 울렸다. 선우였다.

"어, 선우야."

선우는 인사도 없이 다짜고짜 물었다.

"1992년 12월 30일 밤 어디 있었어?"

정우는 황당한 웃음을 지으며 대체 왜 그걸 묻느냐고 했다. 선우가 화가 가득한 목소리로 대체 어디 있었는지 말하라고 따지듯 거칠게 물었고 정우는 당황했다. 그 다음 이어진 물음에 정우는 얼굴색이 파랗게 질렸다.

"아버지 병원에 간 게 아니고?"

"나는 네 형수가 아파서 레코드숍에서 밤을 새웠어."

그러지 않으려고 했지만 흔들리는 목소리를 감추기는 어려웠다. 무슨 말인가를 더 하려고 보니 전화는 벌써 끊겨 있었다.

"삼촌이에요? 무슨 일?"

유진이 다가오며 물었다. 정우는 이내 표정을 바꾸고 다시 자리로 돌아가 와인잔을 들었다. 손이 부들부들 떨렸다. 와인이 몸속으로 스며들었다. 어디서 대체 무슨 소리를 들었기에 그러는 것인지 궁금했다. 혹시 유진이 자신의 얼굴을 다시 쳐다볼까 걱정이었지만, 유진은 다른 사람들과 딸 민영에 대한 얘기를 하느라 정신이 없는 모습이었다. 다행이었다. 다시 와인을 입안에 털어 넣었다. 하지만 독한 약을 마신 것처럼 속이 울렁거렸다. 선우의 목소리가 떠올랐다.

일곱. 운명의 날 205

'1992년 12월 30일 밤 어디 있었어?'

'아버지 병원에 간 게 아니고?'

정우는 다시 유리잔에 와인을 가득 채우고 급히 마셨다. 사람들은 모임 분위기에 취한 줄 알고 자꾸만 술잔을 채워주었다. 휴대폰을 들어 선우의 번호를 누르려다 말고 다시 호주머니에 넣었다. 멀리 벽에 걸린 텔레비전을 쳐다보았다. 선우가 진행하는 뉴스가 전파를 타려면 시간이 조금 남아 있었다. 문자메시지를 보냈다.

'한번 보자. 대체 무슨 말을 하는 건지 궁금하구나'

선우에게 답신이 도착했다.

'난 왜 형이 거짓말하는 것 같지?'

정우가 와인바 밖으로 잠시 걸어 나왔다. 그러고는 무작정 선우의 전화번호를 눌렀다. 더 기다리면 안 될 것 같아서였다.

"무슨 소릴 들은 거지?"

아무 말이 없자 정우가 재차 물었다. 선우는 참고 있었다. 격앙된 목소리가 그의 마음을 대변하고 있었다.

"그날 밤 형은 아버지 병원에 갔었어. 아니야?"

"난 안 갔다. 너 미친 거니? 갑자기 왜 20년 전 얘기를 꺼내는 거냔 말이다."

하지만 선우는 물러나지 않았다. 물러설 수 없었다. 이미 다 알고 있으니까. 이미 자신의 눈으로 모두 확인했으니까.

선우는 목소리에 더욱 힘을 주었다.

"말을 해, 형. 말을 하란 말이야. 거기에 왜 갔었느냐 말이야."

하지만 정우는 끝내 유진의 레코드숍에 갔었노라고 거짓말을 했다. 아침에 호출을 받고서야 아버지가 돌아가신 걸 알았다는 거짓말도 덧붙였다. 선우는 무슨 말을 더 하려다 씩씩거리며 그냥 전화를 끊었다.

밖으로 나온 유진이 정우가 어디 있는지 살폈다. 그 모습을 보고 정우는 급히 다른 건물 뒤로 몸을 숨겼다. 시멘트 턱에 몸을 기댔다.

선우의 화가 난 목소리를 들어서일까. 멀리 기억 저편에 있던 기억이 급히 정우를 향해 달려왔다.

1992년, 정우가 시멘트 턱에 주저앉아 기억하고 있던 그 밤을 더 깊은 과거로 들어간 선우가 설치해두었던 카메라가 마침 영상으로 촬영하고 있었다.

천수가 세상을 떠나던 날 밤이었다. 정우는 마음을 단단히 먹고 천수의 방을 찾았다. 머리를 다쳤다는 동생 선우의 소식도 궁금했고 무엇보다 유진과의 결혼 소식을 아버지 천수에게 전하려는 마음이었다. 하지만 천수는 정우가 유진의 집에 있다 들렀는 말에 분을 삭이지 못했다.

"한심한 놈."

"아버지, 저 유진이랑 결혼할 겁니다. 봄에 식 올릴 겁니다. 저희는 못 헤어집니다."

정우의 그 말에 천수는 분노가 치밀어 올라 눈썹을 파르르 떨었다.

"저, 병원은 그만두겠습니다."

그 말에 천수가 놀란 듯이 쳐다보았다.

"아버지, 전 병원을 물려받을 능력도 모자라고 자신도 없어요. 어떻게 해도 계속 아버지 실망만 시켜드릴 거고요. 포기하겠습니다."

그 말에 천수가 보고 있던 논문을 집어던졌다.

"이게 어디서 후계자 행세야? 누가 병원을 네 놈한테 물려준다고 하든. 네깟 놈이 뭔데 감히. 이건 선우한테 물려줄 거다. 애초에 넌 이걸 가질 자격이 없는 놈이야. 아니, 자격이 없는 놈으로 태어났다고. 어디서 감히 포기 운운이야. 애초부터 네 것이 아니야. 이 멍청하고 한심한 놈아."

정우는 눈물 고인 눈으로 천수를 쳐다보았다.

"아버지."

"누가 아버지야?"

정우는 순간 그 말이 뭘 의미하는지 헷갈렸다. 순간 명희가 문을 박차고 들어왔다.

"당신 여기 왜 왔어?"

명희가 애원하듯 매달렸다.

"정우가 당신 만난대서요. 이럴 거 같아서 달려왔어요. 좋게 말로 해요. 왜 이래요."

정우는 순간 아버지와 어머니를 급히 번갈아 쳐다보았다. 순간 천수가 눈에 힘을 주고 명희를 보며 소리쳤다.

"당신 때문이야. 우리 집안에 이런 멍청한 놈이 있었는 줄 알아? 내 핏줄이 저런 멍청한 놈일 리가 없지. 어디서 더러운 피를 데려와서."

그 말에 명희가 어쩔 줄 모르고 당황해했다. 그녀는 쓰러질 듯한 몸을 겨우 지탱하고 서 있었다.

"여보, 그만 해요. 그만, 제발……."

정우는 그 순간에서야 아버지 천수가 그동안 왜 그리도 자신을 차갑게 대한 것인지 알 수 있었다. 어머니보다 더 무너져 내릴 듯한 자신의 몸을 지탱하느라 주먹에 힘이 들어갔다. 아니, 분노로 가득 찬 심장이 터질 듯 요동쳤다.

시멘트 턱에 앉은 정우의 심장이 1992년의 그날처럼 요동쳤다. 멀리서 아내 유진이 자신을 부르는 소리가 들려왔다. 일어나 손짓을 하며 유진에게로 걸어갔다. 그러는 동안 그날 일에 대해 당시 어렸던 선우가 왜, 무슨 이유로 지금에 와서 묻는 것인지 궁금했다. 이유를 알 수가 없었다.

그 모든 일들을 과거 속에서 카메라가 계속해서 촬영 중이라는 것을 알지 못한 채.

마음이 편치 못하기는 선우도 정우와 마찬가지였다. 형이 대체 왜 병원에 아버지의 사망 당일 갔었는지 말하지 못하는 데에는 이유가 있을 테니 말이었다.

"앵커님, 앵커님."

선우는 자신을 부르는 조연출의 목소리에 고개를 돌렸다. 이미 방송을 통해 광고가 흐르고 있었다. 스태프들은 뉴스 준비로 정신없이 바빴다.

그가 앵커석에 앉았다. 그 모습을 부조정실의 스태프들이 바라보았다. 선우가 원고를 보며 뉴스 상황을 살폈지만 생각은 계속 다른 곳에 가 있었다. 순간 민영이 스튜디오로 들어섰다. 선우가 그 모습을 쳐다보았다. 민영은 이제 형의 딸이며 자신의 조카였다. 이 복잡한 실타래를 어떻게 해서라도 풀어놔야만 했다. 하지만 그보다 급한 건 형 정우에 대한 일이 먼저였다. 그렇게 생각해서 그런 것인지 민영은 형 정우와 피가 섞이지 않았는데도 매우 닮아 보였다. 그래서 더 혼란스러웠다.

민영이 다가오며 투덜거렸다.

"삼촌, 아니 박 차장님, 요즘 표정까지 이상한 거 아세요? 침착한 척하지만 뭔가 내면에서 '아, 찜찜해. 아, 초조해. 아, 불안해' 뭐 그런 게 막 슬슬 새어 나오는 거요."

"잘 맞추네."

선우가 농담처럼 받아쳤지만 그건 사실이었다. 민영이 자신의 마음을 훤히 들여다보는 것 같았다.

"맞아, 난 불안해. 그런 지 한참 되었지."

"뭐가 그리 불안해요?"

"내가 헛짓을 한 게 될까봐서."

"헛짓이요? 삼촌도 그런 걸 다 해요? 뭐, 혹시 여자 잘못 건드렸어요?"

"주민영을 박민영으로 만든 거."

민영은 대체 무슨 말이냐는 얼굴로 쳐다봤다. 자신의 이름이 거론됐으니 당연했다.

"주민영을 박민영으로 만들다니 대체 무슨 말이죠?"

"넌 다행히 감은 있는데……."

"뭐는 없는데요?"

"논리가 못 따라줘. 뭐, 어쩔 수 없는 운명이지."

그때 스태프가 민영을 불렀다. 민영은 선우가 한 말에 신경을 쓰지 않고 무작정 뒤로 빠지며 잘하라는 시늉을 했다. 다시 봐도 민영은 선우를 그저 삼촌 혹은 직장 선배 기자로 대할 뿐이었다. 짧은 숨을 내쉬고 아무 일 없었던 듯 선우가 원고를 다시 살폈다. 순간 뭔가 미심쩍은 눈으로 쳐다보는 민영을 선우는 보지 못했다. 차고 깊은 눈빛. 뭔가를 숨기지만 쉽게 말하지 못하는 그 무엇이 숨어 있는 오묘함. 민영은 선우가 감추고 있는 그 뭔가가 궁금했다.

부조정실의 PD가 신호를 보냈다.

선우의 뉴스가 시작됐다.

"안녕하십니까. 12월 31일 올해의 마지막 뉴스 투나잇입니다."

역시 해를 마감하는 첫 메인도 최진철에 관한 보도였다. 최진철이 자신의 기사를 진행하는 뉴스와 방송사를 상대로 명예훼손으로 고소했다는 내용과 더불어 모든 의혹들을 전면 부정하는 기자회견에 대한 내용이었다. 후배 범석의 취재 내용이 이어졌다. 범석으로 화면이 이어지던 순간, 원고 아래 숨겨두었던 휴대폰에서 문자 신호가 잡혔다.

'확인도 못 하면서 왜 큰소리를 쳤지?'

선우는 아랑곳하지 않고 시선을 돌렸다.

불 꺼진 진철의 방에는 독한 위스키 냄새가 가득 배어 있었다. 너저분한 방 안이 진철이 기자회견을 전후로 얼마나 많은 심적 고통을 느끼고 있는지를 대신 말했다.
비서진을 모두 내보낸 채 진철은 혼자 텔레비전을 보았다. 범석의 취재 내용이 이어지는 동안에도 편치 않았던 진철은 다시 화면이 선우로 바뀌자 화가 머리끝까지 치밀어 올랐다. 선우의 얼굴 위로 오래전 세상을 떠난 명세병원 원장 천수의 얼굴이 교차했다.
'재수 없는 나부랭이 새끼들.'
진철은 뉴스가 시작되기 한참 전에 이미 위스키를 다 비운 상태라 깊이 취해 있었다. 선우가 다음 뉴스를 진행하는 동안 다시 휴대폰을 들고 문자를 보냈다.
'그날 병원에 갔을 때 박 원장은 이미 죽어 있었다'
'불이 난 새벽 2시가 아니라 12시 반에. 왜일까?'
뉴스를 진행하던 선우가 진철이 보낸 문자메시지를 확인했다. 가뜩이나 혼란으로 가득 찬 머릿속이 진철의 문자메시지를 보던 순간 바로 터져버릴 것만 같았다. 더는 뉴스를 진행하기 어려웠다. 자리에 앉아 있으면 그대로 심장이 폭발해버릴 것만 같았다. 그런 선우의 표정을 멀리서 민영이 읽어냈다. '또 왜 저러는 것일까? 무슨 일일까?' 그때 선우가 했던 말이 떠올랐다.
'주민영을 박민영으로 만든 거.'
이내 다른 뉴스를 보도하던 선우가 급히 민영에게 손짓했다. 민영이 재빨리 선우에게 달려갔다.

"나머지 진행 부탁한다. 여덟 꼭지 남았어. 할 수 있지?"

"네?"

선우는 이어폰을 빼고 앵커를 교체해달라고 말하고는 누가 말릴 새도 없이 밖으로 무작정 튀어나갔다. 조연출이 따라오며 어딜 가는 거냐고 소리치며 불렀지만 아무 말도 들리지 않았다. 진철이 보낸 문자메시지 내용만 머릿속에 가득했다. 밖으로 달려 나가는 선우를 앵커석에 앉은 민영이 바라보며 이어폰을 꽂았다. 민영이 보기에 선우는 그동안 내내 이상했고, 오늘도 이상했고, 이 순간도 이상했다. 아주 많이.

선우의 차가 급히 도로 위를 달렸다. 차 안의 시계가 12시 12분을 지나고 있었다. 자신이 더 깊은 과거로 들어가 설치해둔 카메라가 제대로 모든 정황들을 촬영하고 있는지 궁금했다. 어서 과거로 들어가야 했다. 답답해 미칠 지경이었다. 급한 마음에 중앙선을 침범하고 마주 오는 차를 피해 목적한 옛 명세병원 자리에 도착했다. 긴 숨을 내쉬었다. 답답한 속은 여전히 풀리지 않았다. 차 안의 시계를 보았다. 12시 25분을 지나고 있었다. 급히 향을 꺼내 불을 붙였다. 연기가 차 안에 피어올랐다.

선우가 더 깊은 과거로 들어선 시각은 12시 29분이었다. 원장실을 향해 달려가던 순간 안에서 "하지 마, 정우야" 하는 명희의 절규에 가까운 소리가 들려왔다. 이어 피를 토하는 듯한 비명과 함께 '쿵' 하고

일곱. 운명의 날 **213**

부딪치며 뭔가 넘어지는 소리가 들려왔다. 선우의 온몸에 소름이 돋아 올랐다. 조심스럽게 원장실로 걸음을 움직였다. 선우가 열린 원장실의 문을 들여다보았다. 천수가 바닥에 쓰려져 있었다. 그 앞에서 정우가 무릎을 꿇고 천수를 살려보려고 응급처치 중이었다. 하지만 천수의 머리에서는 이미 흥건한 피가 흘러내려 바닥을 가득 적셨다. 선우는 온몸이 떨렸다. 이제 모든 것을 알 수 있었다. 뭔가 잘못되었던 일들, 맞는 듯하면서도 엇박자로 울리던 소리들이 왜 그런 것인지, 왜 그럴 수밖에 없었는지 알 수 있었다. 순간 명희가 인기척을 느끼고 선우를 돌아봤다.

"누구… 세요?"

떨리는 목소리로 명희가 선우에게 물었다. 한 걸음 뒤로 물러서며 고개를 젓던 선우를 정우가 쳐다봤다. 정우는 온몸을 떨고 있었다. 순간 명희는 누구냐며 다시 크게 소리쳤고 정우는 선우의 얼굴을 확인도 하지 못하고 무작정 옆을 스쳐 밖으로 뛰쳐나갔다. 선우는 흥건히 고여 있는 아버지의 피를 다시 바라보았다. 끔찍했다. 겨우 걸음을 옮겨 아버지의 목을 만졌다. 이미 숨져 있었다. 명희가 부들부들 떨며 소리쳤다.

"사고였어. 사고야."

선우가 일어서서 뒷걸음질 쳤다. 이게 대체 어떻게 된 거냐고, 내가 누군지 아느냐고 소리치고 싶었다. 선우의 눈에 눈물이 가득 고였다. 아버지를 다시 쳐다보았다. 끔찍했다. 공포영화에서나 보던 흉측한 모습으로 아버지 천수가 죽어 있었다. 선우는 다시 뒷걸음질 쳤다. 그리고 몸을 돌려 무작정 정우가 뛰어나간 밖을 향해 힘껏 달렸다. 저 멀리 정우가 도망치고 있었다. 마침 차를 몰고 병원으로 들어오던 진철이 정우와 충돌할 듯 멈춰 섰다. 급히 차에서 내린 진철과 정우가 시선을 마주 했다.

"저, 정우야!"

진철은 순간 정우의 손에 튄 피를 보고 놀란 얼굴이었다.

"그, 피, 피……."

정우는 진철의 얼굴을 보고 뒷걸음질하다 몸을 돌려 다시 무작정 도망치기 시작했다.

"정우야! 박정우!"

진철이 급히 원장실로 달려갔다. 피를 흘리며 죽어 있는 천수 옆에서 명희가 울면서 떨리는 손으로 전화를 걸고 있었다.

"무슨 일입니까? 이게, 정우 짓입니까?"

명희는 고개를 가로저었다. 고개를 저을 힘이 남아 있다는 게 놀라웠다. 새파랗게 질린 입술이 부르르 떨렸다.

"사고였어요. 저이가 발을 헛디뎠어요. 수술받으면 돼요. 사람들을 부르면."

명희가 떨리는 손으로 다시 전화기의 번호를 누르려던 순간 진철이 다가와 뺏더니 내려놓았다. 진철은 그 순간에도 눈 하나 까딱이지 않았다. 마치 이 순간을 원했던 것처럼. 하지만 그런 표를 낼 수는 없지 않느냐고 묻는 자신의 뻔뻔스러운 모습을 거울을 통해 보고 있었다.

무작정 앞으로 달려 나가는 정우의 모습은 그대로 공포영화 속 주인공이었다. 공포에 질린 얼굴에서 땀이 뚝뚝 흘러내렸다. 헐떡거리며 도망가는 정우를 선우가 바짝 뒤쫓았다.
"거기 서. 거기 서란 말이야!"
하지만 그 소리가 커지면 커질수록 정우는 더욱 속도를 내며 도망쳤다. 선우는 분노가 치밀어 올라 견딜 수가 없었다. 정우를 넘어트리고 얼굴을 주먹으로 실컷 패도 분이 가라앉지 않을 것 같았다. 그는 더욱 속도를 높여 정우를 따라잡아 보려고 달렸다. 정우가 속도감을 잃어가던 순간 선우가 팔을 내밀어 뒷덜미를 잡아챘다. 손에 힘을 주자 정우가 바닥으로 넘어졌다.
"놔, 놓으란 말이야!"
정우가 몸부림쳤다. 하지만 어느 순간 허공으로 몸부림치는 자신이 느껴졌다. 숨을 죽이고 천천히 고개를 들었다. 자신을 따라오던 누군가도, 자신을 잡아채 쓰러지게 만든 누군가도 보이지 않았다.
순간 선우가 세워둔 차 안의 향이 마지막 연기를 내뿜으며 쓰러졌다.

선우는 뻐근한 손을 내려다보았다. 더 깊은 과거로 들어가 상상하지 못했던, 상상할 수 없었던 형 정우의 모습을 보고, 그를 쫓고, 그의 뒷덜미를 잡아채던 순간 그대로의 모습으로 손이 쥐어져 있었다. 부들부들 떨리는 손 역시 그대로였지만 그의 몸은 벌써 2012년의 차 안이었다. 모두 타버린 향을 바라보았다. 가슴이 갈라지는 것처럼 아파왔다. 온몸에 칼이 찔린 것처럼 아파서 견딜 수가 없었다.

"안 돼. 안 돼. 으아… 안 돼. 으아……."
선우는 절규했다. 그 고통을 이기기 버거워 또다시 절규했다.
"안 돼. 안 돼……."

여덟

대혼란

선우는 자신의 손이 서서히 사라지는 것을, 정우의 어깨를 붙잡은 팔이 희미해지는 것을 바라보았다. 심장은 여전히 터질 듯 뛰고 있었다. 이대로, 이 순간에 돌아가야 한다는 게 너무 억울했다. 소리쳐 묻고 싶었다. 이 모든 게 어떻게 된 거냐고 반드시 물어야 했다. 허름하고 음습했던 골목은 번쩍이는 빌딩 거리로 뒤바뀌어 있었다. 이따금 차들이 주위를 환하게 밝히며 스쳐갔다. 심장은 아직도 맹렬하게 뛰었다. 이 근처 어딘가에 형이 늘어진 채 숨어 있을 것 같았다. 그는 주위를 두리번거리며 차에서 나왔다. 분명 이곳은 젊은 형이 살고 있는 세상은 아니었다. 그러나 그만큼의 세월을 보낸 중년의 형은 지금 이 세상에 있다. 그는 차를 발로 걷어찼다. 이렇게 될 거라고는 짐작도 못 했다. 그는 그저 아버지를 구하고 예전처럼, 그래 형이 말했듯 예전으로 돌아가 행복하게 살고 싶었다. 자기 삶을 바쳐서라도 뒤엉킨 것들을 되돌리고 싶었다. 그는 서둘러 차에 올랐다. 차 안에는 향내가 희미하게 남아 있었다. 어쩐지 그 냄새가 구역질이 날 것처럼 역하고 끔찍하게 느껴졌다. 그는 시동을 걸어 전속력으로 차를 달렸다.

정우는 와인잔을 부딪치는 친구들 사이에서 혼자 딴생각에 빠져 있었다. 선우와의 전화 통화는 거의 잊고 있던, 아니 긴 세월 동안 간신히 견뎌온 죄의식을 다시 일깨웠다. 상처받은 자신의 양심이 거의 아물었다고, 물론 죽어도 용서받을 수는 없겠지만, 적어도 어떻게든 안고 살아갈 수 있을 정도까지는 회복했다고 믿었는데 또다시 그 덫에서 헤어 나올 수 없게 된 것이었다. 그날의 기억들이 멍하게 앉아 있는 그의 머릿속을 복수하듯 들쑤셨다.
"우리 한 병만 더 딸까요?"
앞자리에 있던 유진의 친구가 깔깔 웃으며 말했다. 다른 친구들도 반기며 제안을 받아들였다. 소소한 수다가 이어졌다. 부부동반으로 모인 조촐한 모임은 정우를 빼고는 모두 화기애애했다.
"어? 박 과장 동생 아니야?"
그 말에 일제히 입구 쪽을 바라보았다. 선우가 성큼성큼 걸어오고 있었다. 정우는 올 것이 왔다고 생각했다. 선우의 눈빛은 이미 모든 것을 알고 있는 듯했다. '어떻게 알았을까? 저 녀석.' 선우의 걸음이 빨라지며 돌진하듯 정우를 덮쳤다. 옆에 있던 사람들이 비명을 지르며 자리에 나동그라졌다. 테이블 위의 유리잔들과 막 주문한 와인이 긴박한 소리를 내며 박살이 났다. 선우는 정우에게 주먹을 날렸다. 사람들이 미쳐 말릴 틈도 없이 선우의 주먹이 정우의 얼굴을 가격했다. 정우는 본능적으로 자신의 얼굴을 막았지만 선우의 주먹은 거침없이 그 사이를 파고들었다.

"선우 씨, 왜 이래요. 정말!"

유진이 나서서 온몸으로 말렸고, 뒤따라 친구들이 선우의 몸을 잡아끌었다. 선우는 정우의 멱살을 쥔 채로 주먹을 떨고 있었다. 눈가에서 눈물이 줄줄 흘러내렸고, 눈물로 범벅이 된 입가는 상처 입은 동물처럼 크게 벌린 채였다. 사람들이 선우를 잡아 바닥에 밀어냈다. 선우는 고통스럽게 울먹이며 바닥을 뒹굴었다.

"여보, 괜찮아요? 여보!"

유진이 정우의 얼굴을 살피며 물었다.

"여기 사람 좀 불러줘요!"

정우의 의사 동료가 정우에게 다가가 그를 살피며 낮은 목소리로 물었다.

"이게 도대체 무슨 일이야, 박 기자? 아니, 형을 왜……?"

선우는 울분을 삼키며 넌지시 고개를 들었다. 그는 바닥을 짚고 자리에서 일어났다. 그가 정우의 친구를 빤히 봤다.

"넌 누구야? 넌 내 기억에 없어."

선우가 입가에 눈물인지 침인지 뚝뚝 흘리며 말했다. 그는 자리에서 일어나 난장판이 된 이 상황을 물끄러미 바라본 후 갑자기 자리에 푹 쓰러졌다.

민영이 모니터 화면 속에서 말했다.

"올 한 해 우리 문화계를 되돌아보는 시간, 마지막으로 대중가요계를 살펴보겠습니다. 작년에 이어 상반기에는……."

부조정실 안의 긴장된 분위기는 전보다 한결 누그러져 있었다. 선우를 대신해 앵커 자리에 앉은 민영은 뛰어나게는 아니어도 실수 없이 방송을 진행했다. 민영의 멘트에 이어 자료 영상이 흘러나갔다.

"어떻게 된 거야?"

오 국장이 물었다. 스태프들이 일제히 돌아봤다. 누구도 오 국장이 언제부터 여기에 있었는지 알지 못했다.

"국장님, 그게… 박 차장이 생방을 앞두고 갑자기 뛰쳐나가는 바람에요."

상범이 말했다.

"일단 보이는 대로 박민영을 세웠는데 실수 없이 잘하고 있습니다."

오 국장이 근심 어린 표정으로 물었다.

"박 차장한테 연락은 해봤어?"

"네, 전화 안 받습니다. 정말 미친놈처럼 갑자기 뛰어나갔어요. 마지막 방송인데 이게 뭐하는 짓인지……."

오 국장은 한숨을 내쉬며 조정실을 한 바퀴 돌았다. 그는 모니터 화면을 보았다. 민영이 눈을 동그랗게 뜨고 정면을 바라보고 있었다. 그가 물었다.

"클로징은?"

"바꿨습니다."

상범이 간단하게 답했다. 오 국장은 고개를 끄덕이며 뒷짐을 지고 또 한번 부조정실을 한 바퀴 돌았다. 그때 부조정실에 "저기" 하고 말하는 민영의 목소리가 들려왔다.

"박 차장님의 원래 클로징 멘트 살리는 게 좋지 않을까요?"

인터컴으로 민영의 목소리가 들려왔다. 모두들 눈이 동그래져서 그녀의 얼굴을 바라봤다. 화면 속에서 민영은 약간 언 듯한 표정으로 앉아 있었다.

"그래도 일 년이나 진행하셨는데, 전관예우 차원에서……."

민영이 겸연쩍게 웃었다.

"야, 박민영, 회사에서 친족관계 드러내기야? 방송사고 내고 튄 앵커한테 무슨 예우야, 예우가."

상범이 마이크에 대고 호통을 쳤다. 민영은 금세 얼굴이 빨개져서는 이어폰을 낀 귀를 어루만졌다. 그때 오 국장이 말했다.

"클로징 두 번 한다."

모두들 놀라는 표정으로 국장을 바라봤다.

"박민영, 원래 클로징을 뒤에 올릴 거니까 그대로 읽어."

국장은 헛기침을 하고는 뒷짐을 지고 화면을 보았다. 스태프들은 의외라는 표정이었지만 곧바로 준비에 들어갔다.

"스리, 투, 원, 앵커!"

상범의 신호와 함께 민영의 클로징 멘트가 이어졌다.

"2013년 새해부터는 윤석훈 앵커가 새로운 얼굴로 여러분을 찾아뵐 것입니다. 전임 앵커의 마지막 인사말을 대신 드리며 뉴스 투나잇 마치

겠습니다."

오 국장은 고개를 숙인 채 스피커를 타고 흘러나오는 민영의 목소리를 묵묵히 듣고 있었다.

"자신만이 세상을 바꿀 수 있다는 오만이 수많은 영웅들을 패배로 이끌었음은 인류 역사가 증명하고 있습니다. 그리고 오늘, 또 한 명의 거인이 같은 이유로 패퇴의 기로에 섰습니다. 역사가 결코 한 개인의 힘으로 변하는 것이 아니듯, 뉴스 또한 앵커의 자리바꿈으로 달라질 일은 없습니다. 뉴스 투나잇의 논조는 변함없을 것이며 진실과 허위, 확실과 불확실, 의문과 부정을 구별하기 위해 앞으로도 노력할 것입니다. 그동안 감사했습니다. 안녕히 주무십시오."

오 국장은 흘러나오는 시그널 음악을 뒤로하고 부조정실을 빠져나왔다. 그는 선우에게 전화를 걸어보았지만 전원이 꺼져 있다는 대답이 돌아왔다. 그는 뉴스 룸을 지나는 범석을 불러 세웠다.

"네, 국장님."

"서울 시내 응급실 좀 훑어봐. 박선우 이름 있나."

오 국장이 말했다.

범석이 놀란 표정으로 그를 바라보았다.

"차장님, 어디 안 좋으세요?"

오 국장은 별것 아니라는 듯 손을 내저었다.

"아니, 그냥 혹시 모르니까 한번 찾아보라고."

범석은 의아한 채로 힘없이 걸어가는 국장의 뒷모습을 한참 동안 바라보았다.

병원 응급차가 불을 번쩍이며 와인바 앞에 서 있었다. 구급대원들이 분주하게 움직였고, 사람들이 호기심 어린 얼굴로 주위에 몰려들었다. 대원들이 와인바에서 들것을 들고 나왔다. 선우는 의식을 잃은 채 들것에 실려 응급차에 들어섰다. 유진은 응급차 옆에 서서 민영과 통화를 했다. 그녀는 선우가 쓰러졌으니 해율병원 응급실로 오라고 전했다. 민영이 어찌 된 일이냐고 물었다. 그녀는 여전히 긴장이 가시지 않은 목소리로 최대한 차분하게 딸에게 설명했다.

"네 아빠를 주먹으로 막 패더니 픽 쓰러지더라."

응급차가 떠났다. 유진은 여전히 상황을 이해할 수 없다는 듯 와인바에 들어섰다. 가게 안은 대충 정리가 끝났지만 분위기는 어수선했다. 가게 한쪽에는 일행들이 정우를 둘러싼 채 한데 모여 있었다. 유진이 부축을 하며 정우를 일으켰다. 그들은 바를 나서더니 각기 헤어졌다. 유진과 정우는 둘만 남았고, 주차장으로 걸어가고 있었다. 그녀가 말했다.

"민영이가 그러는데 선우 씨가 뉴스를 진행하다 말고 갑자기 튀어나갔대. 그러면 지금 당신 때리려고 뉴스 도중에 나온 게 되는 거잖아?"

정우는 아무 말이 없었다. 그는 부축한 팔을 살짝 뿌리치곤 앞서 걸었다.

"당신 정말 이유를 모르는 거야, 모른 척하는 거야? 나도 모르는 뭔가가 있는 거야?"

유진이 소리쳤다. 정우는 말없이 걸을 뿐이었다. 유진은 아무리 생각을 해봐도 도무지 무엇 때문에 이런 일이 벌어졌는지 짐작이 가지 않았다. 그녀는 자리에서 동동 발을 구르고는 주차장으로 향하는 남편의 뒤를 따라갔다.

선우는 의식이 조금씩 돌아왔다. 가만히 눈을 떴다. 호기심 어린 표정으로 내려다보는 간호사의 얼굴이 어렴풋이 보였다. 간호사는 선우의 의식이 돌아온 것을 확인하고는 다시 맥박을 재고 수액을 조절했다.
"어디로… 가는 겁니까?"
선우가 겨우 힘을 내 물었다.
"기절했던 것 아시죠? 응급실로 가고 있습니다."
간호사가 다정하게 미소를 던지며 말했다. 그녀는 선우를 마주 하고 있는 게 신기한 듯 그를 뚫어져라 바라보았다.
"아직 안정을 취하셔야 하니까, 편히 쉬고 계세요."
"지금 몇 시죠?"
"지금이…….."
그녀는 주머니를 뒤적여 휴대폰을 꺼내서 시간을 확인했다.
"1시 10분이네요."
그녀가 생긋 웃으며 말했다. 선우는 자리에서 벌떡 일어섰다. 그는 차를 세워달라며 소리를 질렀다. 간호사가 그의 팔을 붙들자 선우는 힘껏 뿌리쳤다.
"이러시면 안 돼요, 악!"
그는 링거줄을 뽑아버리고는 구부정하게 일어섰다. 그를 제지하던 간호사는 유리창에 머리를 꽝 박았다. 응급차가 신호에 걸렸고 선우는 문을 열고 차에서 뛰어내렸다.

선우가 차에서 뛰어내렸다는 소식을 가장 먼저 들은 건 유진이었다. 그녀는 조금 전 벌어진 상황에 더해 도대체 지금 무슨 일이 일어나고 있는 건지 이해가 되지 않았다. 그녀는 정우를 바라보았다. 지금 벌어지고 있는 일들만큼이나 침묵으로 일관하는 정우의 행동이 너무나 의심스러웠다. '도대체 무슨 일이지?' 그녀는 자신이 예상하는 것보다 훨씬 더 큰 일이 터진 거라고, 그녀가 중재할 수 있는 범위를 넘어선 일이 벌어진 거라고 짐작했다. 이를테면 정우가 선우의 전 재산을 어떤 이유로 전부 날렸다거나, 뭐 그런 일. 그런 정도의 사건이 아니라면 둘 사이에 어떻게 이리도 끔찍한 일이 일어날 수 있을까? 그들은 이미 병원으로 들어서는 중이었다. 그러나 병원에는 환자가 오지 않았다. 환자는 도망쳤다. 유진은 어찌할 바를 모르고 차에 앉아 있었다. 정우에게 전화가 걸려왔다. 정우는 유진에게 잠깐 차에 있으라며 문을 열고 나갔다. 유진은 정우의 축 처진 뒷모습을 바라보며 앞으로 집안에 불어닥칠 한바탕 폭풍이 그려져 가슴을 졸였다.

"네가 사람이야?"

선우가 수화기 너머에서 소리쳤다. 정우는 아무 말이 없었다.

"네가 어떻게 그럴 수 있어? 네가 그러고도 사람이야? 네가 어떻게!"

정우는 주차장 구석에 몸을 기댔다. 전화기를 들고서 어둠 속으로 사라져버릴 것처럼 벽에 고개를 묻었다.

"누구한테… 들은 거냐? 최진철이냐?"

"그게 중요하지? 너한테는 그게 중요하겠지!"

선우는 울부짖고 있었다. 그의 울음소리가 정우가 서 있는 주차장까지 울릴 정도였다. 정우는 견딜 수가 없었다. 수십 년 동안 간신히 외면해온, 사죄할 방법도, 되돌릴 방법도 없는 자신의 죄가 다른 누구도 아닌 동생에 의해서 처참하게 되살아난 것이다.

"네가 어떻게 멀쩡하게 살 수 있어? 아버지를 죽인 네가 어떻게!"

그 말에 정우는 바닥에 무릎을 꿇었다.

"자수하려고 했다. 정말 자수하고 싶었어. 하지만 어머니가……."

오열하는 정우의 목소리가 긴 경적 소리처럼 주차장에 울렸다.

"내가 자수하면 죽어버리겠다고 어머니가… 나도 사는 게 사는 게 아니었다. 매일매일… 하루하루가……."

선우는 형의 울음소리에 실성한 것처럼 눈앞이 캄캄해졌다. 그런 울음 따위를 들으려고 한 게 아니었다. 사과 따위를 들으려고 하는 것도 아니었다. 그건 어떤 것으로도 회복할 수 없는 되돌릴 수 없는 죄였다. 선우가 말했다. 정우가 듣고 있건 듣고 있지 않건 상관없었다.

"형은 나한테서 아버지를 뺏어갔고, 다정한 엄마를 뺏어갔고, 아무 책임도 지지 않고 어린 날 두고 떠나갔어. 그리고 이제 겨우 죽어서 돌아왔고!"

정우는 전화기를 귀에 댄 채 바닥에 엎드려 울고 있었다. 신에게 기도하는 듯한 자세로. 그는 어떤 비난이라도, 제아무리 심한 욕이라도 자신은 들어 마땅하다고 생각했다. 선우의 말이 이어졌다.

"최진철을 증오하며 내 청춘을 쓸데없이 낭비하게 만들었고! 저주받을 향을 남겨 알고 싶지 않은 비밀을 알게 만들었어. 내 소중한 기억을 박살 냈고! 그리고 내 여자를……."

선우는 울먹이며 말을 잇지 못했다. 그는 이를 악물고 참았다. 그 말만은 해서는 안 됐다. 모든 것이 엉망이 돼도 민영의 미래가 망가지는 것만은 막아야 했다. 정우는 선우가 무슨 얘기를 하는 건지 이해할 수 없었다. 너무 흥분한 탓이라 생각했다. 그는 미안하다는 말만 반복했다. 그러나 어떤 말도 그의 심정을 대변할 수 없었다.

"형은 내 인생을 너무 많이 망가뜨렸어. 절대 용서할 수 없어."

전화는 끊어졌다. 정우는 영혼이 잔인하게 갈라지는 것을 느끼며 바닥에 주저앉았다. 오열을 하며 눈물을 흘렸다. 먼발치에서 유진이 그 모습을 바라보고 있었다.

민영은 병원으로 차를 몰았다. 그녀는 지난 며칠 동안 선우 삼촌과 관련된 일들을 떠올렸다. 크리스마스이브에 술집에서 기절한 일, 삼촌이 아빠를 마구 패고는 기절했다는 이야기. 삼촌은 어딘가 심각하게 아픈 게 분명했다. '정신적으로 문제가 생긴 걸까? 그렇게 갑자기 쓰러지는 거면 뇌 쪽에 문제가 생긴 게 아닐까? 그래서 그 약을 먹는 게 아닐까?' 그런 생각을 할수록 뭔가 더 의심스러운 것들이 떠올랐다. 그녀는 삼촌과 나눴던 대화를 떠올렸다.

'맞아, 불안해.'

'뭐가 불안한데요?'

'내가 헛짓을 한 게 될까봐.'

'헛짓? 무슨 헛짓이요?'

'주민영을 박민영으로 만든 거.'

당시에는 그저 흘려들어 버린 말이지만 지금은 그런 것 하나도 예사롭게 느껴지지 않았다. '주민영을 박민영으로 만든 거? 정말로 삼촌한테 심각한 정신 장애가 생긴 걸까? 그 박민영이 나인가? 지금 삼촌은 내가 아닌 여자를 나로 만들었다는 얘긴가?' 민영은 머리를 흔들었다. 생각할수록 머리만 아팠다. 어떤 답도 나올 수 없다는 건 이미 처음부터 알았다. 문제는 그런데도 생각을 떨칠 수가 없다는 거였다. 그녀는 자신을 바라보는 삼촌의 눈빛과 표정을 떠올렸다. 그녀로서는 이해할 수도, 추리할 수도 없지만 선우 삼촌이 전과 달라진 건 분명했다. 민영은 엄마에게 걸려온 전화를 받았다. 병원으로 오지 않아도 된다는 내용이었다. 엄마는 더 이상 자세한 설명은 하지 않았다.

선우는 빌딩들이 즐비한 옛 명세병원 터에 서 있었다. 그는 완전히 지쳤고 언제 쓰러져 죽어도 이상하지 않을 것 같은 몰골이었다. 그는 가슴에서 향통을 꺼냈다. 남은 향은 세 개뿐이었다. 그는 라이터에 불을 켰다.

'삐걱' 하는 소리와 함께 문이 열렸다. 선우는 원장실에 들어섰다. 벽시계는 1시 30분을 막 지났다. 그는 바닥에 엎드린 채 쓰러져 있는 아버지를 바라보았다. 머리에서 흘러나온 피가 바닥을 가득 덮었다.

그는 무릎을 꿇고 아버지의 시신을 어루만졌다. 그는 아버지의 놀란 얼굴, 당황한 얼굴, 절망에 빠진 얼굴을 가만히 쓰다듬었다. 이런 모습을 보려고 향을 피운 건 아니었다. 이런 모습을 보겠다고 과거로 온 것이 아니었다. 더 이상 눈물도 나오지 않았다. 결국 아버지의 죽음도 막지 못했고, 자신의 삶은 엉망이 됐다. 그리고 엉뚱하게도 아버지를 죽인 살인자를 세상에 살려놓았다. 정말 이러려고 향을 피운 것이 아니었다. 그는 무릎을 꿇고 아버지께 사죄하고픈 마음이었다. 그는 시계를 바라보았다. 계속 이렇게 있을 수만은 없었다. 누군가 나타나기 전에 지금 해야 할 일을 해야 했다.

그는 병원 사무실 책상에 앉아 몰래 숨겨뒀던 CCTV 영상을 노트북으로 보고 있었다. 그날 아버지와 형 사이에 무슨 일이 있었는지 자신의 눈으로 확인할 필요가 있었다. 화면 하단에 '1992년 12월 31일 AM 1:40'이라고 자막이 떴다. 그는 천수가 정우에게 문서 뭉치를 집어 던지는 장면부터 영상을 재생했다.

선우는 의자에 등을 기댄 채 흘러나오는 영상을 보고 있었다. 37년 동안 그가 한 번도 전해 듣지 못했던, 그에게는 어느 누구도 들려준 적이 없었던 가족 간의 이야기들이 아빠, 엄마, 형이 마주 선 그 순간에 압축돼 있었다. 정우가 자기 자식이 아니라며 아버지가 역정을 내자 어머니가 형을 두둔하는 장면에선 그냥 화면을 멈췄다. 더 이상 보고 있기 힘들었다. 알고 싶지 않은 것, 알지 않아도 될 것을 아는 것이 얼마나 고통스러운지는 이제 너무도 잘 알았다. 그는 다시 재생 버튼을 눌렀다. 아버지가 어머니를 의심하고, 어머니의 뺨을 때리는 장면을 고통스럽게 응시했다. 고개를 돌릴 순 없었다. 무슨 일이 있었는지, 일어나게 될지 반드시 알아야 했다. 그는 영상을 보며 어떤 정황에서 형이 아버지를 죽이게 됐는지 알게 됐다. 그건 흥분한 아버지를 말리려던 우발적인 사고였지만 그래도 살인은 살인이었다. 게다가 형은 아버지가 쓰러졌을 때 우두커니 서 있었다. 겁쟁이에 어리석은 인간. 그것도 형의 죄다. 그는 가만히 눈을 감았다. 입술 끝이 제멋대로 부르르 떨렸다. 두통인지 뭔지 모를 강렬한 통증이 머릿속을 파고들었다. 다시 화면에 눈을 돌렸다. 그때였다. 화면 속에 진철이 모습을 드러냈다.

1992년 12월 31일 AM 1:47
"정우 짓입니까?"
진철이 명희에게 물었다. 명희는 두려움에 떨며 고개를 가로저었다.
"아뇨, 사고예요… 저이가 발을 헛디뎠어요."
진철은 바닥에 엎드려 있는 천수를 가만히 바라보았다. 명희는 그제야 남편이 죽은 것이 실감이 되는지 눈물을 흘리며 천수를 쓰다듬었다.
"아직 살아 있을 거예요! 수술받으면 돼요. 수술받으면 살 수 있어요!"
명희가 울부짖으며 말했다. 그녀는 일어나 전화기를 집어 들었다. 바들바들 떨리는 손으로 전화번호를 꾹꾹 눌렀다.
"명희 씨!"
진철이 명희에게서 전화기를 빼어 들었다. 그는 두려움에 얼이 빠져 있는 명희의 손을 꼭 붙들었다. 그러고는 위로하듯 나직한 목소리로 말했다.

"박 원장은 죽었습니다."

그 말과 함께 명희는 바닥에 풀썩 주저앉았다. 남편이 흘린 피가 그녀의 치마를 흥건하게 적셨다.

"정우는 도망갔습니까? 정우가 한 짓 맞죠?"

"아니에요, 사고예요. 사고라니까요……."

명희는 손으로 얼굴을 가리고서 엉엉 울었다. 진철이 다가와 명희의 어깨를 다독였다.

"넋 놓고 있을 때가 아니에요. 이 상황에 아들까지 감옥에서 썩게 만들 생각입니까?"

진철은 정우가 전화를 걸도록 호출기에 번호를 남겼다. 명희는 넋이 나간 듯 벽에 머리를 기댄 채 주저앉아 있었다. 조바심과 흥분으로 숨이 막힐 듯한 진철은 원장실 안을 바삐 서성거렸다. 몇 시간처럼 느껴지는 잠깐의 시간이 흘렀고, 정적을 부수며 전화벨이 울렸.

"정우냐?"

진철이 말했다.

수화기 너머로는 흐느끼는 소리만 들릴 뿐이었다.

"내 말 잘 들어라. 네가 무슨 이유로 그런 실수를 했는지 모르지만, 너희 엄마를 살리고 싶으면 지금부터 내가 말하는 대로 해야 한다."

진철은 그렇게 말하고는 전화기를 들고 가만히 서 있었다. 그는 정우와 통화를 하며 널브러진 천수의 시신과 넋이 나간 명희를 힐끔 보앉다. 그가 갑자기 호통을 쳤다.

"정신 차려, 인마! 네가 무슨 짓을 저질렀는지 알고 그런 소릴 하는 거냐? 살인이야. 그것도 존속살인. 집안을 통째로 말아먹고 싶지 않으면 정신 바짝 차려! 네 엄마랑 동생을 생각하라고, 이 자식아!"

전화기에서는 흐느끼는 소리가 이어졌다. 진철이 다독이듯 말했다.

"도와주려고 그러는 거다. 나머진 모두 나한테 맡기고 넌 내가 하라는 대로 하면 돼. 네 엄마도 동의하고 집에 갔어. 손발 안 맞으면 다 같이 죽는 거야."

진철은 누가 듣기라고 하는 것처럼 목소리를 죽였다. 곁눈질로 문가를 슬쩍 보았다. 조금 뒤 그는 전화기를 가만히 내려놓았고, 다시 어딘가에 전화를 걸었다. 그는 주머니에 손을 찔러 넣고는 아버지의 시신을 가만히 바라보았다. 고개를 가로저으며 담배 한 대를 입에 물었다. 그가 명희를 데리고 나가고 얼마 뒤 모자를 눌러쓴 남자가 등유통을 들고 원장실에 들어섰다. 그는 원장실 여기저기에, 바닥에 쓰러진 천수의 몸에 무감정하게 등유를 뿌렸다. 그러고는 곧바로 누군가와 통화를 했다.

"준비 다 됐는데, 혹시 뭐 빼돌려둘 거 있소?"

그는 고개를 끄덕였다.

"알겠소. 그럼… 지금 태우겠소."

선우는 더 이상 보지 못하고 노트북을 덮었다. 그는 가만히 눈을 감았다. 더 알아야 할 것도 알고 싶은 것도 없었다. 숨을 가다듬었다. 자신이 어떻게 해야 할지 생각하며 흥분을 가라앉히려고 노력했다.

여덟. 대혼란

문 밖에서 남자의 발소리가 들렸다. 그는 자리를 지키고 앉아 있었다. 문틈으로 희뿌연 연기가 스며들었다. 원장실이 불타오르는 광경이 눈에 선하게 떠올랐다. 선우는 눈을 번쩍 떴다. 그는 하얗게 포위해오는 연기 사이로 자신이 해야 할 일과 지켜야 할 사람들의 모습이 선명하게 떠올랐다.

회장실에서는 서울 시내가 한눈에 내려다보였다. 진철은 그곳 소파에 앉아 코냑을 마시고 있었다. 그는 여론이 자신에게 불리하게 흘러가는 것을 알았다. 언론을 통해 결백하다고 큰소리를 쳤지만 승산이 있는지는 그도 알지 못했다. 이기기 힘들지도 모른다는 예감이 그의 심장을 더욱 옥죄었다. 그는 또 한 잔을 따라 한 입에 털어 넣었다. 그때 노크 소리가 들렸다.

"누구야?"

비서였다. 비서는 그가 들어오라고 말하기도 전에 문을 열고 들어섰다. 진철이 역정을 낼 기세로 그를 쏘아보았고, 비서의 표정이 평소와 다르다는 걸 알아차렸다.

"회장님, 박선우 기자가 찾아왔습니다."

그 말을 하는 비서의 모습 뒤로 선우가 나타났다. 비서가 선우를 제지했다.

"내버려둬."

진철이 비서에게 나가 있으라며 손짓을 했다. 선우가 다가와 소파에 앉았고, 둘은 10여 년 만에 한자리에서 서로를 마주 보았다.

"어째 꼴이 그 모양이야? 지금쯤 신이 나서 얼굴이 반질반질해야 정상 아닌가?"

진철이 술을 한 잔 권하며 말했다. 선우가 손짓으로 술을 거부하며 빙긋 웃었다.

"이 정도로 신이 나겠어요? 조금만 참았다가 한꺼번에 즐기려고요."

진철은 쓴웃음을 지었다. 그럼에도 그는 여전히 여유로워 보였다. 가진 게 너무 많아서 잃는 게 조금도 두렵지 않은 것처럼. 또는 결국엔 언제나처럼 자신이 모든 걸 얻으리란 걸 알고 있는 것처럼.

"이 시간에 찾아온 걸 보면 그냥 온 건 아닐 테고. 그래, 확인은 해 봤나?"

그는 미소를 지었다. 승리에 대한 확신이 가득한 미소였다. 선우는 데스크에서 뉴스를 진행할 때처럼 담백한 얼굴로 말했다.

"당신 주장이 아주 거짓은 아니더군요. 살인도 아니고 살인청부도 아니고요. 그걸 의심한 점은 사과드립니다."

선우의 말에 천천히 고개를 끄덕이던 진철은 가만히 그를 노려보았다. 그는 헛웃음을 터트렸다.

"혹시 정우가… 다 불었나?"

"저는 흘려들은 말 같은 거 믿지 않습니다. 팩트를 다루는 사람 아닙니까."

선우가 주머니에서 USB를 꺼내 테이블에 툭 던졌다. 진철은 앞에 놓인 작은 물건을 유심히 보았다. 선우가 진철을 노려보는 채로 말을 이었다.

"직접 죽이지 않았다고 죄가 없는 건 아니죠. 시신훼손, 방화, 증거 인멸을 직접 지시했고 피의자 공갈 협박과 재산 갈취, 죄를 묻자면 어쩌면 살인보다 더 나쁜 거죠."

진철을 노려보는 선우의 눈에 핏발이 서렸다. 선우는 입술을 지그시 다물더니 다시 천천히 덧붙였다.

"앞으로 그 일은 비밀로 묻어두시는 게 좋을 겁니다. 저와 저의 가족을 망치시려다가 회장님, 아니 당신이 가진 전부를 잃을 수도 있으니까."

선우는 좀 전의 담백한 얼굴로 돌아와 말을 이었다.

"말씀드렸지만 이건 팩트입니다, 협박이 아니라. 전 누구처럼 공갈협박 같은 건 안 합니다."

그는 자리에서 일어났다. 그러곤 한 번도 돌아보지도 않고 그곳을 빠져나왔다.

진철은 선우가 사라진 자리를 멍하니 보았다. 술을 마신 탓인지 지금 무슨 일이 일어난 건지 정확히 감이 오지 않았다. 그는 손을 가늘게 떨며 테이블에 놓인 노트북에 USB를 꽂았다. 화면을 보는 그의 눈이 동그랗게 커졌다. 그 자신도 거의 기억이 가물가물한, 그날 이후로는 한 번도 떠올리려 하지 않았던 순간의 모습들이 적나라하게 눈앞에 펼쳐지고 있었다. 화면에는 분명하게 '1992년 12월 31일 AM 1:05'라고 자막이 적혀 있었다. 진철은 그제야 자신이 어떤 입장에 처했는지 깨달았다. '이건 팩트입니다. 협박이 아니라.' 선우의 마지막 말이 귓가에 쟁쟁 울렸다. 진철은 피가 거꾸로 솟는 기분을 느끼며 노트북을 덮었다. 쓰러지듯 소파에 몸을 기대며 발로 노트북을 걷어찼다. 나동그라진 노트북을 바라보며 그는 뭐라고 중얼중얼했다. 이보다 더한 협박은 없다고 뇌까렸다.

"당신, 무슨 생각을 하면서 운전을 하는 거야?"
은주가 말했다. 멍하게 딴생각을 하고 있던 영훈은 정신이 번쩍 들었다. 신호가 파란불로 바뀐 지 오래였고, 뒤에서 경적 소리가 요란하게 울렸다. 그는 액셀을 지그시 밟았다. 아내와 함께 두 딸을 유치원에 데려다주던 중이었다. 영훈은 선우가 향인지 뭔지, 이상한 소리를 하기 시작한 이후로 정신이 온전한 적이 없는 것 같다고 생각했다. 그리고 문득 옆에서 지켜보는 사람도 이런데 선우 자식 머릿속은 어떨까 싶었다. 그는 룸미러로 장난을 치고 있는 두 딸을 바라봤다. 생각을 떨치듯 고개를 털며 영훈은 핸들을 단단히 움켜쥐었다. 요즘처럼 정신 복잡하게 살다가는 무슨 사고라도 치겠다 싶어 덜컥 겁이 났다.
그가 가끔씩 멍해지는 건 새로운 기억들 때문이었다. 그것들은 한 번도 겪어본 적 없는 것들이거나, 생생하게 기억나는 사건이 어딘가 살짝 뒤틀려 꿈인지 조작된 기억인지 알 수 없게 만들기도 했다. 그것은 순간순간 다른 사람이 되라고 강요받는 것과 같았다. 중심을 잡아야 했다. 그는 그런 생각들을 가만히 곱씹어보고, 자신의 기억이 어떻게 바뀌었는지, 그게 진짜 바뀐 기억인지 아니면 그저 자신이 상상한 것인지 구분하는 데 깨어 있는 시간의 대부분을 보냈다.
이미 뇌의 회로들이 이 이상한 상태에 대해 거부감을 보이거나 혼란의 조짐을 보이고 있었다. 머릿속은 어떤 것이 기억이고 어떤 것이 공상이고 어떤 것이 실재이고 어떤 것이 꿈인지 뒤죽박죽이었다. 그는 문득 고등학생 때 선우에게 바람을 맞았던 일이 떠올랐다. 그와 지금 그의 아내인 은주, 그리고 선우와 그의 여자 친구인 소라, 이렇게 넷이 함께 춘천으로 여행을 가기로 했었다. 그런데 선우는 청량리역에 나타나지 않았다. 전화를 걸고 호출을 해도 연락이 닿지 않았다. 자신에게 말을 안 한 것은 그렇다 쳐도 소라에게까지 아무 연락을 안 한 것이 이상했다. 그날 소라는 집으로 돌아갔고, 애초에 선우와 소라의 추진으로 진행됐던 춘천 여행은 은주와의 첫 데이트가 되었다. 알고 보니 선우는 병원에 화재가 난 날 그곳에 찾아갔다가 화상을 입어 의식을 잃고 병원에 입원해 있었다. 연락을 하지 못한 건 당연한 일이었다. 영훈은 그날의 기억이 갑자기 떠오른 이유를 알 수 없었다. 요즘은 하도 이런 일이 잦아서 그저 그런가보다 할 뿐이었다.

 유치원에 도착했다. 아이들은 짹짹거리듯 소리를 지르며 엄마를 따라 선생님에게 인도되었다. 영훈은 아내가 오기를 기다리며 휴대폰을 집어 들었다. 발신 목록에는 선우의 이름이 가득했다. 지난밤 그는 밤새도록 전화를 걸었다. 선우 자식이 어디서 무엇을 하는지가 요즘 초미의 관심사니까. 그는 다시 전화를 걸었다. 여전히 전원이 꺼져 있었다. 손가락으로 핸들을 두드리며 앉아 있는데 음성메시지가 도착했다는 문자가 왔다. 선우였다. '이 새끼가 전화는 안 받고 뭔 또 음성메시지야.' 그는 겁부터 덜컥 났다. 도대체 또 뭔 소리를 하려고……. 그는 재생 버튼을 눌렀다.

'2013년 12월 31일 내 친구 한영훈에게 보내는 마지막 메시지.
　결국 아버지를 살리지 못했다. 이유가 궁금하겠지? 미안하지만 그건 영원히 비밀로 묻어야겠어.'

　영훈은 급히 차를 몰았다. 학부모와 수다를 떨던 은주는 황당해하며 차가 떠나는 걸 바라보았다. 은주가 종종걸음으로 뒤따라갔지만 차는 이미 수백 미터 앞을 달렸다.

'인정한다. 네가 전부 옳았어. 난 이제 완전히 항복.'

　영훈은 선우의 집 앞에 도착했다. 거기에는 선우의 차가 주차돼 있었다. 그는 차에서 내려 초인종을 눌렀다. 집 안에선 아무 응답이 없었다. 그는 어떻게든 담을 넘어보려 했지만 선우가 살고 있는 집의 담은, 너무 높았다.

'네 말대로 향은 선물이 아니라 저주였고……'

　그는 차를 담 옆으로 가져와 주차했다. 그러고는 차 지붕에 올라가 담을 손으로 짚었다. 두 팔로 담을 붙잡고 발버둥을 치며 도약했다. 그는 겨우 한 발을 담에 올리고는 낑낑대며 담 위로 올라섰다. 내려가는 것도 일이었다. 앞으로 떨어지나 뒤로 떨어지나 반신불구는 될 것 같았다. 그는 아슬아슬하게 담 위를 걸으며 잎이 무성한 나무 근처로

여덟. 대혼란 **239**

다가갔다.

'선악과는 애초에 먹지 말아야 했고.'

그는 원시인처럼 나무 기둥을 타고 땅으로 내려왔다. 나뭇가지들에 걸려 옷가지가 엉망으로 찢어졌다. 바닥에 발이 닿자 그는 안도의 한숨을 내쉬었다.

'비밀은 비밀이어야 하는 이유가 있는 것이고.'

영훈은 문을 벌컥 열었다. 집 안은 텅 비어 고요했다. 그는 선우의 이름을 불렀다.

'죽은 자를 살리는 건 감히 인간이 해선 안 되는 일이고.'

그는 계단을 올라가 선우의 방을 확인했다. 침대에는 선우의 옷가지만 널브러져 있었다.

'그걸 꼭 부딪치고 깨지고 내 눈으로 확인해야만 깨달으니 난 얼마나 어리석은지. 근데 어쩌겠냐. 그게 나인걸.'

그는 욕실문을 활짝 열었다. 텅 비어 있었다. 문을 닫고 나가려던 그에게 변기 옆에서 거뭇한 형체가 눈에 들어왔다. 안으로 달려 들어갔다. 욕실 구석에 선우가 죽은 것처럼 쓰려져 있었다.

'향을 얻은 순간부터 네가 줄곧 뭘 바랐는지 알기에 메시지를 남긴다. 영훈아, 나는……'

그는 선우를 업고 침실로 향했다. 침대에 누이고는 가볍게 뺨을 두드렸다. 죽지는 않았다. 뇌종양 증세가 악화돼 쓰러진 것 같았다. 어쩌면 그 향이 그의 죽음을 훌쩍 앞당기고 있는지도 몰랐다.
"야, 박선우, 박선우!"
선우가 신음소리를 냈다.
"정신 차려봐. 괜찮은 거야?"
선우는 고개를 끄덕였다. 씩 웃어 보이기까지 했다.
"이 새끼가… 살겠다던 놈이 남은 살리고 넌 왜 죽어가냐고."
영훈이 숨을 몰아쉬며 말했다.
"향 어디 있어? 내가 과거에 가서라도 너를 고쳐야겠다."
선우가 희미하게 웃었다. 영훈이 그의 주머니를 뒤졌다. 주머니에 없자 방 안을 이리저리 뒤졌다.
"없어."
선우가 말했다.
"무슨 소리야?"
"버렸어."

"뭐?"

영훈이 놀란 표정으로 바라보았다.

"버렸다고. 더 이상 필요 없어서."

"이 미친놈아, 버릴 거면 너라도 살리고 버려야지!"

"어디 있는지 맞춰봐. 힌트. 지도 검색에도 안 나오는 곳이야."

선우가 미소를 띠우며 농담처럼 물었다. 그는 기침하듯 콜록거리며 웃었다. 영훈은 그런 선우를 바라보며 곰곰이 생각했다.

"너… 설마?"

"역시 똑똑해."

선우가 고개를 끄덕이며 말했다.

"이런 미친 새끼……."

선우는 키득키득 웃었다. 정신 나간 사람처럼. 그러고는 다시 눈의 초점을 잃고 침묵했다. 선우는 향을 과거에 버리고 온 것이었다. 영훈은 침대에 주저앉았다. 선우를 살릴 방법이 완전히 사라졌다고 생각하니 온몸의 힘이 풀렸다. 그는 고개를 숙인 채 절망했다.

"아까워하지 마. 우리가 언제부터 판타지를 믿었냐."

선우가 말했다. 초인종 소리가 들렸다. 영훈은 소리가 들리는 쪽으로 고개를 돌렸다. 초인종이 다시 울렸고 영훈이 방을 나섰.

그가 계단을 내려왔을 때 민영이 현관에서 구두를 벗고 있었다. 그는 자리에 가만히 서서 민영을 바라보았다. 지금이라도 모든 걸 확 털어놔 버리고 싶다는 생각이 목젖까지 차올랐다.

"민영 씨 왔어요?"

"어머, 안녕하세요?"

민영이 안으로 들어서며 말했다.

"웬일이에요, 아침부터?"

"한 선생님은 어쩐 일이세요, 이 아침에?"

"아… 선우랑 한잔 하고 이제 막 나가려던 참이에요."

민영이 한숨을 쉬며 허공을 쳐다보았다. '술이라니' 하는 표정이었다. 그녀가 2층으로 올라간 뒤에도 영훈은 한동안 우두커니 서 있었다. 이게 다 그 거지 같은 향 때문이라고, 그런데 이제 엉망이 된 이 상황을 되돌릴 일말의 희망조차 사라졌다고 생각하며 그는 절망했다. 이제 남은 건 살면서 적응하거나, 계속 고통받거나, 죽거나 셋 중 하나였다. 그는 병원에 전화를 걸었다. 그가 말했다.

"어, 나 한영훈인데, 윤 교수님 수술 스케줄 좀 체크해줘. 어, 응급 환자야. 밤이라도 상관없어."

민영은 조심스럽게 문을 열었다. 선우는 침대에 누워 잠들어 있었다. 그녀는 침대 가에 서서 선우의 창백한 얼굴을 내려다보았다. 뭐라고 설명할 수 없는 감정이 가슴에 스몄다. 그녀는 주위를 둘러봤다. 옷장과 책상, 탁자 서랍이 도둑이라도 들었던 것처럼 활짝 열려 있었다. 민영은 서랍을 하나씩 닫으며 어질러진 방 안을 정리했다.

"주민영?"

민영은 들려오는 목소리에 뒤를 돌아보았다. 선우가 고개를 돌려 그녀를 바라보고 있었다.

"일어나셨어요?"

그가 침대 쪽으로 손짓을 했다. 민영은 침대에 걸터앉았다.

"뉴스는?"

선우가 물음에 민영이 희미하게 웃으며 답했다.

"잘 끝냈어요."

선우가 이마를 손으로 짚으며 헛웃음을 뱉었다.

"믿을 수가 없다. 내가 어쩌다가 너한테 데스크를 다 넘기고……"

"저도 뭐 좀 물어도 돼요?"

민영이 선우의 얼굴을 빤히 바라보며 말했다. 선우는 그런 그녀의 얼굴을 바라보며 천천히 고개를 끄덕였다.

"왜 뉴스 펑크 냈어요?"

"음… 그건 비밀이야."

"왜 아빠를 때렸어요?"

"그것도 비밀."

민영은 선우의 눈을, 그 안에서 뭔가 답을 얻으려는 것처럼 유심히 바라보았다. 민영이 다시 물었다.

"왜 자꾸 저를 주민영이라고 불러요?"

순간 선우의 얼굴이 굳어졌다. 그녀는 표정 하나하나를 놓치지 않으려는 듯 그에게 시선을 고정했다.

"왜 주민영이라고 그래요? 난 박민영인데."

"넌 주민영이야."

선우가 말했다. 그는 손을 뻗어 민영의 볼을 가볍게 어루만졌다.

"난 주민영만 기억해."

민영은 괜스레 머리가 복잡했다. 삼촌이 아무리 이상해졌다고 해도 자꾸만 다른 여자 이름을 대면서 그게 자기라고 엉뚱한 소리를 하는 건 이해가 되지 않았다.

"그게… 도대체 무슨 뜻이에요?"

"퀴즈야."

선우가 희미하게 웃으며 베개에 머리를 기댔다. 그는 멍하니 천장을 바라보았다.

"절대… 못 맞출걸."

그는 그윽한 눈빛으로 민영을 바라보았다. 순간 둘의 눈빛이 교차했다. 선우는 이별이 얼마 남지 않았다는 걸 느끼고 있었다. 자신이 곧 죽게 된다는 걸 그녀에게 알릴 수도, 작별인사를 할 수도 없다는 사실이 마음을 더욱 아프게 했다. 그의 눈에 눈물이 차올랐다. 그는 자신이 저지른 이 모든 일을 무겁게 책임져야 한다는 걸 알고 있었다.

눈물이 가득한 선우의 얼굴을 바라보는 민영의 가슴에도 슬픔 같은 것이 차올랐다. 지난 며칠 동안 그녀의 가슴속에서 희미하게 울리던 파장이 요동치며 그녀에게 무언가 외쳐댔다. 그녀는 그 감정이 어떤 것인지 알 수 없었지만 그것이 오래전부터 그녀의 안에 있었던, 분명히 언젠가 겪어본 감정이라고 느꼈다. 특히 선우를 볼 때, 삼촌과 마주 앉아 있을 때 그 감정은 어떤 향기처럼 부드럽게 피어오르곤 했다. 민영은 그것이 단순히 삼촌에 대한 애정이라고만 생각하고 있었다. 그런데 지금 가슴에 느껴지는 감정은 그런 것을 넘어선 무엇이었다. 민영이 물었다.

"왜… 울어요?"

선우가 민영을 바라보며 나직이 말했다.

"비밀이야."

민영은 선우와 자기 사이에 뭔가 알지 못하는 게 있다고, 그런 게 있을 수 없음에도 불구하고 반드시 풀어야만 하는 퀴즈가 존재한다고 직감했다.

아홉

카운트다운

"대체 그놈이 누구야?"

선우가 주고 간 USB 메모리를 진철이 쏘아보며 소리쳤다. 누군가 20년 전 명세병원을 영상으로 촬영했다? 그런데 그 영상을 20년이 지나도록 아무 말이 없다가 난데없이 지금에 와서 다른 사람도 아니고 박 원장의 아들 선우에게 건넸다? 대체 선우에게 영상을 넘긴 놈이 누구란 말인가. 아무리 생각해도 답이 없었다. 그러고 보니 천수의 장례식장에서 명희가 했던 말이 떠올랐다.

"본 사람이 있어요. 경황이 없어서 잊었는데, 그날 어떤 남자가 봤어요. 어쩌죠?"

그날 진철은 장례식장에서 명희를 밖으로 불러냈다. 명희가 본 남자가 혹 병원 사람이냐고 진철이 재촉하듯 물었다.

"병원 사람은 아니에요. 내가 그 사람을 본 건 극장에서예요."
"극장이요?"

극장? 명희는 어떻게 그놈을 두 번이나 만났으며 극장에서 봤다는 말은 또 무슨 의미였는지. 또 그놈은 왜 20년간이나 아무 말이 없던 것인지 최진철은 검찰청으로 가는 내내 아무리 생각해도 답이 없었다.

'그래, 놈은 극장에서 명희를 만났고 안경점에 들러 안경을 고쳐주고 택시까지 태워 보냈다고 했어. 놈은 분명 명희를 알고 있는 놈이야. 천수가 죽기 전부터 명희를 아주 잘 알고 있던 놈인 것 같은데 대체 누구란 말이야?'

순간 운전을 하던 비서가 차를 세우고 진철을 돌아보았다. 차는 검찰청 주차장에 도착되어 있었다. 차가 멈추고 몇 초도 지나지 않았는데 수많은 기자들이 우르르 몰려들었다. 진철은 더욱 냉철해진 눈빛으로 차문을 열고 밖으로 나섰다. 수많은 플래시가 여기저기서 동시에 번쩍거렸다. 진철이 움직이는 걸음 하나에 플래시가 수십 번씩 터지며 그의 마음을 심란하게 했다. 하지만 겉으로 보이는 진철의 표정에는 큰 변화가 없었다. 기자들이 지금 심정이 어떠냐고 묻는 것은 질문 따위도 되지 못했다. 박 소장의 출두 거부에 대해 어떻게 생각하느냐, 사전에 시지가 있었던 거냐고 묻는 한 기자의 물음에 잠깐 멈출 듯하다 곧장 걸음을 옮겼다. 하지만 입구에 서서 돌아서더니 차가웠던 얼굴을 폈다. 그 표정은 '나는 잘못한 것이 없다'는 말 대신이었다.

방송사들은 앞 다투어 진철에 대한 기사를 메인으로 다뤘다.

'오늘부터 명세병원 산하 연구소들에 대한 검찰의 전격 압수수색과 함께 비리 의혹과 관련된 병원 관계자들의 줄소환이 이어질 전망입니다. 특히 의혹의 핵심으로 지목되고 있는 최진철…….'

"최진철 회장이 그동안 숨겨왔던 사건이 실체로 들어날지 무혐의를 받게 될지 온 국민의 이목이 집중되고 있습니다."

정우가 진료실에서 검찰청에 출두한 진철의 모습을 텔레비전을 통해서 지켜보고 있었다. 정우는 진철을 텔레비전을 통해서 보던 순간 옛 기억이 떠올라 가슴이 답답해져 왔다. 그러다 이내 가슴이 시렸고 가슴이 쓰렸다. 아팠다.

그날, 아버지 천수가 세상을 떠나던 날, 아니 떠나게 했던 날 자신을 쫓아오던 누군가가 아직도 자신을 찾은 적은 없었다. 그게 어쩌면 내내 더 겁이 났다. 살아오는 동안 협박이라도 했더라면, 뭔가를 요구했더라면 이런 찝찝함은 남아 있을 리 없었다. 하지만 사망한 아버지를 목격했고 도망치던 자신을 따라와 뒷덜미를 잡고 바닥에 주저앉혔던 그 누군가는 단 한 번도 실체를 드러내지 않았다. 정우는 고개를 저었다. 하지만 기억은 좀체 사라지지 않았다. 순간 민영에게서 문자 메시지가 도착했다.

'시간 되면 아빠 병원에 들를게요'

딸 민영의 문자를 보니 어린 시절의 기억이 더 생생하게 떠오르며 정우를 괴롭혔다. 어린 시절 정우의 딸이 되기 이전까지 민영은 '시아' 라는 이름으로 불렸다. 유진과 죽은 전 남편 사이에서 태어난 아이였다. 아내 유진이 결혼을 반대하던 아버지를 다시 보게 된 것은 안타깝게도 장례식장에서였다. 천수의 장례식 날 유진은 시아를 데리고 나타났다.

"엄마, 아저씨 저기 있어."

시아로 불리던 어린 시절의 민영이 천수의 영정 앞을 지키고 있던 정우를 보고 소리쳤다. 유진이 조의금을 내고 방명록을 쓰는 동안 시아는 내내 초췌한 얼굴의 정우와 넋이 나간 얼굴로 앉아 있는 명희를 번갈아 쳐다보았다.

'바로 상을 치러도 되나? 조사를 해야 될 텐데.' 사람들은 그런 비슷한 말들을 들릴 듯 말 듯하게 구시렁거렸다. 하지만 진철이 모습을 드러내자 장례식장은 순간 조용해졌다.

"경찰이 날 의심하고 있다. 괜한 헛소리 하지 마라."

헌화를 마치고 절을 한 뒤에 진철이 정우의 등을 토닥이며 슬며시 건넨 말이었다.

진철은 명희에게 인사를 건넸고 누군가를 봤다는 명희의 말에 두 사람은 밖으로 나섰다.

'어머니는 놈의 얼굴을 알고 있어. 그런데 왜 놈은 한 번도 나타나지 않은 걸까?'

정우는 과거의 기억을 덮으려고 고개를 저었다. 켜놓은 컴퓨터에 저장해둔 파일을 클릭했다. 미리 준비해둔 사직서였다. '박정우'라는 이름 아래 '일신상의 이유로 2012년 12월 31일자로 외과과장직을 사직한다'고 적혀 있었다. 사직서를 인쇄하기 위해 프린터를 눌렀다.

'아빠 왜 답이 없어요?'

정우는 그제야 민영에게 문자메시지를 보냈다.
'그래, 그러렴'

민영이 정우의 문자메시지를 본 것은 선우의 집 앞에서였다. 차에 오르려는 민영을 배웅한 건 영훈이었다.
"걱정할 거 없어요. 자꾸 의심을 하는데……."
영훈이 순간 '의심'이라는 말을 덧붙이지 않았더라면 그동안 민영은 자신이 뭔가를 의심한다고 여기지 못했을 수도 있었다. 듣고 보니 자신이 선우에게 갖고 있는 갖가지 생각들은 의심이라는 단어가 가장 정확했다.
"좋네요, 의심. 맞아요. 그럼 그 의심 좀 풀어주시죠."
영훈이 민영의 말에 웃었다.
"아, 혹시 그 여자 성이 주 씨예요?"
영훈의 당혹스러운 눈빛을 민영은 순간 파악하지 못했다. 하지만 언뜻 대답을 하지 못하는 영훈을 보며 의심은 커졌다.
"며칠 쉬면 괜찮을 겁니다. 깨면 낚시나 다녀오려고 그래요. 그냥 내버려둬요. 연락하면 더 피곤하니까."
영훈이 뭐 그리 걱정이냐며 의사인 자신을 믿지 못하냐는 말에는 긍정했지만 애써 웃는 얼굴이 지나치게 넘쳐 보여 민영의 속마음은 편치 못했다.
차에 오르며 민영이 "한 선생님은 바람 못 피우겠어요. 거짓말을 못해서요" 하고 말하자 속을 들켜버린 듯 어색하게 영훈이 웃었다. 그 어색한 웃음을 민영이 빠르게 읽었다. 영훈은 뭔가 알고 있었다. 그 뭔가 알고 있는 걸 어떤 이유로든 숨기고 있었다. 그게 뭘까?
앞으로 달려 나가는 차 안에서 운전대를 잡은 민영이 백미러로 보이는 영훈을 쳐다보았다. 확실했다. 지금까지 알고 지내던 영훈과는 다른 표정. 분명 뭔가를 뒤에 숨긴 표가 났다.

민영의 차가 멀리 사라지고 구급차가 도착했다. 구급차에서 레지던트가 내리면서 영훈에게 알은 체를 했다.
"어서요. 서둘러요."
선우의 집으로 들어간 영훈은 다른 사람들과 함께 선우를 구급차에 실었다. 의식을 잃은 선우의 얼굴을 영훈이 바라보았다. 핏기 없는 얼굴의 선우는 창백했다. 영훈의 볼 위로 눈물이 하염없이 흘러내렸다. 어린 시절 선우가 병원에 입원했던 날의 기억이 스쳐갔다. 영훈이 아내가 된 은주와 함께 춘천을 다녀왔던 1992년 그날이었다.
날은 화창하고 아름다웠다. 종일 여자 친구가 된 은주와 노느라 하루가 짧기만 했다. 그러면서도 호출기를 집에 두고 가는 바람에 막상 함께 가지 못하게 된 선우가 궁금했다. 그날 병원에서 선우를 보게 될 거라고는 생각지도 못했다. 춘천을 다녀와 선우의 집에 들러서야 영훈은 선우가 병원에 입원했다는 소식을 들었다. 함께 춘천에 갔더라면 그런 일이 생기지 않았을 텐데 후회가 됐다.
병원을 향해 뛰어가는 내내 선우의 집에서 일하던 가정부가 한 말이 떠올랐다.

'선우 아버지가 돌아가셨어.'

'새벽에 병원에 불이 나서 돌아가셨어'

'선우도 많이 다쳐서 입원했는데 너 몰랐어, 지금까지?'

병원으로 뛰어나가는 내내 얼마나 눈물이 흘렸는지 몰랐다.

지금 영훈은 어린 시절 선우의 아버지가 화재로 세상을 떠나고 선우가 사고를 당해 입원했던 날과 비교할 수 없을 만큼 눈물을 쏟아내고 있었다.

'선우야, 믿는다. 여기까지 왔는데. 이 험한 산을 넘었는데. 날 믿어 주라. 내가 널 믿듯이.'

속도를 높이던 구급차가 다른 차들을 추월해 도로 위를 달렸다.

그때 민영의 차도 신호를 받고 교차로에 서 있었다. 자신의 차를 교차해 급히 달려 나가는 구급차를 민영은 발견하지 못했다. 신호에 걸리는 순간 영훈의 전화번호를 다시 눌러 뭔가를 물으려다 그만두고 정우에게 문자를 보냈다.

'저 곧 도착해요. 아빠'

민영이 곧 도착한다는 문자메시지를 받은 정우는 프린트해놓은 사직서를 뒤집어놓았다. 조금 지나자 노크 소리가 들리고 민영이 안으로 들어왔다.

"아니, 딸을 보고 왜 이렇게 놀라세요? 계속 문자 드렸는데."

"놀라기는."

"아, 아빠 얼굴 때문에 그런 거죠? 와, 말도 안 돼. 어떻게 삼촌이 아빠 얼굴을 그렇게 만들어요? 무슨 동생이 그래?"

정우는 웃으며 뒤집어놓았던 사직서를 서랍에 넣어버렸다.

"여태 뭐했어?"

"아빠 얼굴 이렇게 만든 삼촌 집에 갔다 왔죠. 내가 대신 혼내주려고 했는데."

순간 정우는 심장이 '쿵' 떨어지는 소리를 들었고 그 소리를 감추느라 버거웠다. 민영은 정우가 당황하는 표정을 읽었다.

"에이, 걱정 마세요. 엄마한테는 주식 때문에 싸운 걸로 할게요. 아빠 때문에 삼촌이 왕창 손해 본 걸로. 엄마가 따지러 간대서 겨우 말렸으니 이 정도는 돼야 말리죠."

정우는 웃으면서 그게 좋겠다고 맞장구를 치고 얼굴을 폈다. 그런데 그 미소가 왠지 민영에게는 안쓰러워 보였다.

"민영아, 너 남자 친구는?"

"다음에요. 아빠와 가까이 있거든요."

민영은 서준에 대해 말하지 않았지만 배웅을 하러 밖으로 나온 정우에게 결국 들켜버렸다.

"차, 조심하고."

"네, 아빠. 힘내세요. 파이팅!"

민영이 손을 흔들고 돌아섰다. 진료실 책상 서랍에 넣어둔 사직서가 떠올랐다. 자신의 굳은 얼굴을 혹시 민영이 볼까봐 정우는 애써 발걸음에 힘을 주었다. 하지만 터져 나오는 한숨을 막기는 어려웠다. 순간 "민영 씨!" 하고 딸의 이름을 부르는 누군가의 목소리가 들려왔다. 고개를 돌려보니 당황하는 민영의 모습 뒤로 다가오는 사람이 있었다.

"어머, 서준 씨. 오늘 출근 안 한다면서요."

"아, 부모님 올라오셔서 병원 구경시켜드리는 중이었어요."

"부, 부모님이요?"

차에서 서준의 부모님이 내리며 다가왔다. 당황한 민영이 서준을 쳐다보다가 고개를 돌려 정우를 쳐다보았다. 서준의 변죽은 여전했다.

"잘됐다. 이렇게 자연스럽게 인사할 기회가 오다니. 엄마, 아버지 아시죠? 박민영 기자."

서준의 어머니는 반갑게 다가와 무작정 민영의 두 손을 잡으며 이미 며느리가 된 사람처럼 행동했다. 민영은 당황한 듯 깊이 고개를 숙이며 인사를 건넸다. 서준의 아버지가 건넨 실물이 더 예쁘다는 말에 민영의 얼굴이 붉어졌다. 그 모습을 계속 정우가 미소를 머금은 얼굴로 쳐다보았다. 또 그런 정우를 힐끔힐끔 민영이 쳐다보았다. 민영을 살피던 서준이 눈치를 채고 정우에게로 고개를 돌렸다.

"어, 저기 계신 줄은 몰랐네. 아버지, 엄마 외과 과장님. 민영 씨 아버지세요."

"아, 그래?"

서준이 급히 정우를 향해 달려와 깊이 고개를 숙이며 상황을 설명하려 들었다. 정우가 손을 내밀며 먼저 인사를 청했다.

"반갑네. 우리 민영이 남자 친구인가 자네가?"

서준은 무안해하지도 않고 씩씩하게 답하고 자신의 부모를 소개했다. 그 모든 상황에 민영은 당혹스러워했다.

선우가 눈을 뜬 건 주삿바늘이 살을 찌르는 아픔 때문이었다. 레지던트가 주사를 놓고 있었다. 주사를 다 놓고는 뇌압이 너무 올라가 내리는 중이라고 말했다. 선우가 방을 빙 둘러 쳐다봤다. '명진대학'이라는 로고가 눈에 들어왔다.

"여긴……."

"한 교수님이 저희 병원으로 모셨어요. 지금은 회의 중이시고요."

선우가 레지던트를 쳐다봤다. 간호사가 옆에 놓였던 수술동의서를 내밀었다. 레지던트는 한 교수가 본인에게 직접 서명을 받아야 한다고 말했다고 전했다. 선우가 수술동의서를 받아 살펴보았다. 실소가 새어 나왔다. 선우는 레지던트와 간호사에게 자리를 비워달라고 부탁했다.

레지던트와 간호사가 밖으로 나가고 선우는 침대에 기대 앉아 수술동의서를 물끄러미 바라보았다. 자신이 수술을 하지 않으면, 자신이 수술을 받으면, 수많은 생각이 꼬리를 물었지만, 이내 결정을 내려야 했다. 고개를 끄덕이고 수술동의서를 무릎 위에 올려놓았다. 그리고 서명을 했다. 동의서를 내려놓으며 보니 침대 옆에 놓인 휴대폰이 눈에 들어왔다. 정우의 번호를 찾아 통화 버튼을 눌렀다.

"여보세요."

"나야."

선우의 목소리는 기운이 없어서인지 조금 떨렸다.

"목소리가 왜 그러냐. 어디 아픈 거야?"

휴대폰 속에서 들려오는 선우의 목소리는 전과 달리 힘이 없었다.

정우는 선우가 걱정됐다. 하지만 더는 묻기 어려웠다. 아무 말이 없어 정우가 먼저 겨우 말을 꺼내려는데 선우가 먼저 나섰다.
"한 번은 통화를 해야 할 것 같아서."
그러라는 단순한 답조차 그 순간은 어려웠다. 그걸 알아차린 것인지 선우는 대화할 생각은 없으니 그저 들어달라고 했다.
"형을, 그래 형을 나는, 그래 나는 용서하기 힘들어."
선우의 목소리는 어느새 커져 있었다. 정우는 아무 대답도 하지 못했다.
"대신 당부 하나 할게. 많은 걸 희생하고 얻은 사랑이잖아. 그 사랑에 책임져."
정우는 눈가에 고이는 눈물을 그냥 내버려두었다. 자꾸 약물에 의존하지 말고 우울증 같은 건 무조건 이겨내라며 선우가 울먹이는 걸 숨기려는 걸 눈치챘다. 이내 눈물이 펑펑 쏟아질 것 같았다. 그래, 그날도 그랬다. 정우가 지금보다 더 눈물이 가득 찬 걸 숨겼던 바로 그날 20년 전 어린 선우는 병원에 누워 있었다.
정우는 화재를 당해 아버지의 장례식장에 오지 못하고 병원에 입원한 선우를 상복차림 그대로 찾아갔었다.
여기저기 화상으로 붕대를 감고 링거를 맞고 있던 선우는 정우가 들어가자마자 울음을 터트리며 "형!" 하고 목메는 소리로 불렀다. 그건 정우에게 견디기 어려운 부름이었다. 그건 형에 대한 믿음을 함께 포함한 울림이었다. 아버지를 떠나보내고 이제는 하나뿐인 형을 처음으로 부르는 어린 동생의 애절함이었다. 속상했다. 가슴이 아파 죽을 것 같았는데 선우가 더 목멘 소리로 울먹거렸다.
"내가 조금만 일찍 갔어도 아빠가 살 수 있었는데……."
그러고는 정우의 다리에 얼굴을 묻고 쉬지 않고 펑펑 울었다. 선우의 머리를 쓰다듬어 주려고 팔을 뻗었는데. 차마 그럴 수 없었다. 그럴 자격이 없다는 걸 잘 알고 있었다. 선우는 계속 울부짖었다. 어린 고등학생인 선우를 차마 쳐다볼 수가 없었다. 용기가 없었다. 아니, 자격이 없었다. 그건 불가능했다. 손을 다시 내밀었지만 부들부들 떨렸다.
휴대폰을 붙잡은 정우의 손이 1992년 기억 속의 그날처럼 부들부들 떨렸다. 선우는 용서하지 못한다면서도 그를 걱정했다.
"형은 의사잖아. 가족들을 행복하게 해줘. 형이 그것도 못 하면 내 인생이 너무 의미가 없어. 어머니 돌아가시기 전까지 자주 찾아가고, 좋은 남편, 좋은 아버지로 살아. 그게 형이 죽을 때까지 해줘야 할 일이야."
눈물이 가득 고였다. 정우는 온몸이 너무 떨려 동생 선우의 이름을 차마 부를 수 없었다. 휴대폰을 내려놓고 펑펑 울었다. 기억 속 어린 선우가 병실에서 울던 모습처럼 그도 주저앉아 펑펑 울었다.

주저앉아 울고 있는 것은 정우만이 아니었다.
영훈이 자주 들르는 병원 근처의 성당이었다. 선우가 그리 된 후로 얼마나 자주 왔던지 가까운 간호사들은 그가 없으면 무조건 그리로 달려오곤 했다.
영훈은 기도실에 앉아 있었다. 성당에 오기 전 연구실에서 선우에 대한 회의가 열렸고 영훈은 자책하며 밖으로 달려 나와 성당으로 무작정 달려온 터였다.

　MRI와 CT 영상을 보던 윤 교수팀이 영훈을 보고 고개를 저었다.

　"어떻게 한 달 동안 이렇게 진행이 빨리 왔지?"

　영훈은 말이 없었다.

　"한 달 전 CT 그리고 이게 아침에 우리 병원에서 찍은 건데 이렇게 빨리 진행된다는 게 상식적으로 말이 되느냐 말이야."

　윤 교수는 레지던트들을 쳐다보며 다그치듯 물었다. 마치 기계로 돌린 것처럼 선우의 상태가 나빠졌다는 거였다. 상식을 넘어선 증상이었다. 듣도 보도 못한 케이스. 그게 바로 선우의 증세였다. 윤 교수가 혀를 차며 영훈을 나무라듯 쳐다보았다. 진작 데려오지 못한 데 대한, 그것도 의사가 친구인데 왜 이 지경이 되도록 내버려뒀냐는 물음에 영훈은 고개를 떨어뜨렸다. 그저 간단히 치료할 방법이, 고칠 수 있는 방도가 있었노라고 말할 수는 없었다. 그걸 기다리다 이렇게 되었노라고는 더욱 말할 수 없었다. 누가 그런 말을 믿을 것이며 누가 이해하겠는가. 차라리 기적을 믿어보라고 할 게 뻔했다. 혀를 차며 자신을 쳐다보던 유 교수와 의사들의 모습이 떠올랐다.

　"대체 뭘 기대한 거야? 난 의사인데. 선우야, 미안하다."

　영훈이 휴대폰을 들어 선우의 번호를 눌렀다. 신호가 한참 가는데도 받지 않았다. 무슨 일이 있는 걸까 궁금했다.

　영훈이 휴대폰을 끄고 자리에서 일어서 밖으로 나가려는데 간호사가 안으로 뛰어 들어오며 영훈을 불렀다.

"교수님, 교수님!"

무슨 일이 벌어진 게 틀림없었다.

"선우야."

간호사는 달려 나가는 영훈을 쫓아오며 선우가 병실 바닥에 쓰러져 있었노라고, 의식을 잃었노라고, 스웰링(부종)이 너무 심하고 허니에이션(뇌이탈) 징후가 보여 바로 수술을 들어가야만 한다고 소리쳤다.

영훈은 차에 올라 미친 듯이 거리를 달렸다.

"안 돼, 선우야. 안 돼, 절대로."

눈물이 펑펑 흘러내렸다.

차가 막혔다. 왜 그리 차가 막히는지 뛰어내려 모두 발로 걷어차 버리고 싶었다. 영훈은 침착하려고 애를 썼다. 많은 차들을 헤집고 달려간 영훈의 차가 병원 주차장에 급정거했다. 차문을 채 닫지도 못하고 간호사가 뒤따라 내리는지 신경도 쓰지 않고 무작정 입구로 달렸다. 어린 시절, 선우가 아버지를 잃고 화재로 병원에 입원했던 날, 그날도 어린 영훈은 무작정 병원으로 달려갔었다.

그날 선우는 아무 힘이 없어 보였다. 하루 종일 춘천에서 놀다 온 걸 미안해할 틈도 없이 선우는 눈물을 쏟으며 "아빠가 돌아가셨어" 하고는 펑펑 울었다. 영훈은 그날 처음으로 친구를 위해서 눈물을 함께 흘릴 수 있다는 걸 알았다.

"내가 널 얼마나 기다렸는지 알아?"

영훈은 그날, 그 말에 더 미안했다.

"아빠는 나 때문에 돌아가신 거야. 내가 막을 수 있었는데 미처 못

막았어."

"뭐?"

"어젯밤에 아빠가 돌아가실 걸 미리 알려준 사람이 있었어."

"그게 무슨 말이야?"

"내 방에 찾아왔었어. 아빠가 화재로 돌아가실 거라고. 미리 다 알려줬는데도 난 그걸 못 막았어."

"누가 그걸 알려줬다는 거야?"

그날 선우의 말은 모두 진심이었다.

"내가. 20년 후의 내가, 미래에서 와서."

도무지 무슨 말인지 알아듣지 못하는 영훈에게 선우는 차근차근 설명했다. 한참을 믿지 않았지만, 안 믿을 수가 없다는 그 말에 영훈도 고개를 끄덕였다. 모든 말들이 퍼즐처럼 들어맞았다. 듣고 있는 영훈이 그랬다면 직접 보고 확인한 선우는 어쩌면 당연했다.

"그런데 문제가 있어. 아버지 말고 또 누가 죽는다고 했어."

"누가 또 죽어?"

선우는 그 사람을 만나면 다 얘기해준다고 했지만 아직 시간이 안 됐다고 했다. 그러고는 눈물을 글썽이며 진짜로 누가 또 죽으면 어떻게 하냐며 울먹였다. 설마 하는 표정을 영훈이 보였지만, 선우의 말이 맞았다.

"아빠가 돌아가실 줄은 전혀 몰랐어. 이유가 갑자기 생길지 어떻게 알아?"

그날 선우는 영훈에게 그를 대신 만나달라고 부탁했다.

"그래, 그는 분명 나를 닮았어. 아, 생각해보니 이마에 흉터가 있었어. 맞아."

선우는 다친 이마를 만졌다.

"그래, 날 닮은 사람을 학교 운동장에서 찾으면 돼. 이마, 지금 내가 다친 곳과 같은 곳에 흉터가 있는 남자. 그래 그 사람 이마에 흉터가 있었어. 그러고 보니 아, 그 사람은 어쩌면 정말 미래에서 온 내가 맞을지도 몰라. 그래, 부탁한다. 영훈아, 네가 그 사람을 만나줘. 그게 나일지도 모르니까."

그날, 영훈은 병실 밖으로 나와 문에 걸린 환자의 이름 '박선우'를 쳐다보았다. 마음이 울컥했다.

병실 문에 걸린 환자의 이름 '박선우'가 영훈의 눈에 들어왔다. 어린 시절 봤던 기억과 교차되었다. 울컥했다. 순간 안에서 간호사들이 이동침대를 밀고 나왔다. 선우가 다행히 정신이 있는지 영훈을 보고 손을 흔들었다.

"휴……."

긴 한숨이 새어 나왔다. 벌어진 입 사이로 달려오느라 맺힌 땀방울이 빗물처럼 흘러 들어갔다. 선우에게 영훈이 다가섰다.

얼마나 급히 달려온 것인지 영훈의 몸에서 뚝뚝 떨어지는 땀방울을 보니 선우는 마음이 편치 않았다. 아니, 행복했다. 그게 그래도 좀 더 옳은 답이었다.

"서명했다. 보호자 부를까봐 겁나서. 곱게만 죽여줘."

영훈이 선우의 손을 잡았다.

"미친 놈, 죽긴 왜 죽어. 무조건 살린다, 내가."
 선우가 피식 웃었다. 선우를 태운 이동침대가 복도를 지나 엘리베이터 안으로 들어갔다. 문이 닫히자 영훈의 모습은 보이지 않았다. 아니, 모든 것들이 시야에 들어오지 못했다. 선우는 점점 의식을 잃어갔다.
 영훈은 선우의 이동침대가 엘리베이터에 들어가는 모습을 보고 수술복으로 갈아입기 위해 다시 서둘렀다.
 '걱정 하지 마, 내가 널 반드시 살려낼 테니까.'

 보신각 앞 사거리는 타종을 기다리는 사람들로 발 디딜 틈 없이 붐볐다. 타종 행사가 준비 중이었고, 요란한 음악 소리와 사람들의 함성 소리가 혼을 빼놓을 듯 거리에 울려 퍼졌다. 카메라맨과 두 명의 보조 스태프가 민영이 진행을 할 수 있도록 공간을 확보했다. 그들은 구름처럼 몰린 인파의 언저리에 있었을 뿐인데도 공간을 확보하는 게 쉽지 않았다. 스태프들은 사람들의 행렬이 파도처럼 굽이칠 때면 휘청, 하며 앞, 뒤, 옆으로 밀려났다. 이런 곳에서 꼿꼿하게 선 채로 방송한다는 건 묘기에 가까운 일이었다.
 "선배! 안으로 밀고 들어가죠. 차라리 안으로 들어가면 나을 것 같아요."
 민영이 카메라맨에게 외쳤다. 카메라맨은 밀쳐대는 사람들의 머리에 가려 민영이 어디 있는지 한참을 찾았다. 둘은 그새 1미터 가까이 떨어져 있었다.
 "뚫기 힘들 거 같은데."

카메라맨이 고개를 저으며 말했다.

"우선 한번 해봐요. 시간 있잖아요."

세 명의 스태프가 민영을 둘러싼 채로 파도를 거스르듯 안으로 들어갔다. 민영은 사람들에게 이리저리 치이고 밀리고 나서야 자신의 판단이 틀렸다는 걸 인정했다. 그들은 더 들어가지도 밖으로 나가지도 못하는 상황에 처해 그 자리에 옴짝달싹 못하게 됐다. 민영은 거의 체념한 채로 아까부터 울려대던 휴대폰을 꺼냈다.

"여보세요?"

"민영 씨, 바빠요?"

서준이었다. 스피커가 정면으로 그녀를 향하고 있었기 때문에 민영은 말소리가 잘 들리지 않았다.

"지금 취재 중이에요."

그녀가 웅성거리는 소리에 지지 않으려는 것처럼 큰 소리로 말했다.

"민영 씨, 간단하게 말하고 끊을게요."

서준도 덩달아 목소리를 높였다.

"우리 부모님이 민영 씨 너무너무 마음에 든대요."

민영은 무슨 말인지 정확히는 들리지 않았지만 나쁜 얘기는 아닌 것 같다고 생각했다. 아니, 서준의 목소리가 밝은 걸 보니 좋은 소식인 것 같았다. 그가 덧붙이며 말했다.

"부모님이 빨리 날 잡으라고 하시는데요?"

"네?"

"봄에 하는 게 어떠냐고, 벚꽃 필 때요."

민영은 멍한 느낌이었다. 혼잡하고 소란스런 상황 때문에 정신이 없었지만 그 말을 듣는 순간 공중에 붕 뜨는 듯한 기분이 들었다. 그녀가 말했다.

"지금 프러포즈한 거예요?"

서준이 웃으며 이런저런 말을 했다. 민영은 때마침 축포와 함께 울려 퍼진 음악 소리 때문에 말소리가 들리지 않았다. 조금 뒤 음악 소리가 잠잠해졌고 계속 말을 잇던 서준의 목소리가 선명하게 전해졌다.

"내년 봄에 우리 결혼하면 어때요?"

다시 음악 소리가 시끄럽게 울렸다. 그 소리에 맞춰 사람들의 함성이 터져 나왔고 민영은 누군가 목이 터져라 외쳐대는 소리 때문에 완전히 넋을 잃을 지경이었다.

"서준 씨, 지금 음악 소리 때문에 도저히 안 되겠어요. 우리 나중에 다시 얘기해요."

민영이 거의 소리치듯, 그러나 다정한 말투로 말했다.

"그래요, 민영 씨. 이따 끝나고 전화해요."

사거리를 가득 채운 인파가 무대 위 가수의 동작을 따라 자리에서 방방 뛰었다. 민영은 머리를 흔들어대는 사람들 사이에 멍하니 서 있었다. 그녀는 태어나 처음 받아본 프러포즈가 낯설기도 하고 묘하게 설레기도 했다.

"박 기자! 뭐해? 이쪽으로!" 카메라맨이 인파를 헤치며 말했다.

"네, 선배님!"

그녀는 카메라맨의 뒤를 따라 다시 바깥쪽으로 걸어갔다. 가방에서 삐죽 나온 휴대폰이 반짝이며 울렸다. 벨소리도 희미한 불빛도 온통 흥분된 분위기 속에 까맣게 묻혔다. 휴대폰에는 영훈의 이름이 떠 있었다.

 영훈은 병원 로비에서 전화를 걸었다. 이제 곧 선우는 수술대에 오를 것이고, 민영에게만큼은 그것을 알려야 할 것 같았다. 그 사람이 주민영이건 박민영이건 간에. 그런데 전화를 받지 않았다. 몇 번인가 더 걸었지만 마찬가지였다. 문자를 보내려는데 간호사가 다가와 윤 교수님이 오셨다고 알려주었다. 그는 잠시 망설이고는 전화기를 주머니에 넣고 수술실로 향했다.
 조명이 환하게 켜졌다. 스태프들이 수술대 주위를 빙 둘러선 가운데 선우는 마취된 채 죽은 듯이 누워 있었다. 윤 교수가 수술복을 걸치며 안으로 들어섰다. 그는 자신은 준비가 됐다는 듯 자리에 멈춰 서서 말했다.
 "많이 어려운 건이라, 새해를 수술실에서 맞게 될지도 모르겠어요. 모두에게 미리 양해를 구합니다."
 그는 고갯짓으로 꾸벅 하고는 자리에 앉았다. 현미경에 눈을 가까이 댔다. 영훈은 윤 교수의 오른편에 뻣뻣하게 굳은 채로 서 있었다. 교수가 잠시 눈을 들어 영훈을 보았다. 영훈은 그제야 자신이 서 있는 걸 깨닫고는 자리에 앉았다. 윤 교수가 영훈을 바라보며 말했다.
 "할 수 있는 건 다 해보고, 나머진 하늘에 맡기자고."
 윤 교수는 다시 현미경을 들여다봤다. 영훈은 윤 교수의 오른편 자리에 앉아 수술을 도왔다. 윤 교수는 실낱같은 희망이지만 생존 확률을 조금이라도 높이기 위해 서두르지 않고 섬세하게 절차를 조절했다. 본격적으로 종양에 접근한 것도 수술이 시작된 지 한 시간이 지나서였다. 그는 주어진 시간과 자신의 기술 안에서 할 수 있는 최대한의 지혜를 짜내는 듯했다. 영훈은 수술 과정을 지켜보며 자신이 직접 집도했다면 선우는 벌써 저세상 사람이 됐을 거라고 생각했다. '할 수 있는 건 다 해보고 나머진 하늘에 맡기자고.' 그는 이마에 흘러내리는 식은땀을 닦으며 윤 교수가 수술에 집중할 수 있도록 도왔다. 이 순간 그가 가장 의지하는 존재는 하늘도 누구도 아닌 윤 교수였다.

"참… 할 말이 없네."

수술실에 흐르던 침묵을 깨고 윤 교수가 입을 열었다. 영훈이 그를 빤히 보았다.

"이 상태로 어떻게 뉴스 진행을 했지? 종양이 이 정도로 커졌으면 말을 제대로 할 수도 없었을 텐데."

윤 교수는 레지던트들의 얼굴을 한 번씩 훑으며 말했다. 영훈은 현미경으로 선우의 머릿속 저 안쪽에 커다랗게 부풀어 오른 종양을 노려봤다. 윤 교수의 말이 옳았다.

"아무튼, 참 이상한 케이스군."

윤 교수는 스태프들에게 지시를 하고 다시 수술을 진행했다. 영훈은 종양의 모양과 상태를 유심히 보았다. 종양이 이렇게 빨리 커져버린 것이 그 향, 과거 여행 때문이 아닐까 생각했다. 종양이 오래전부터 이런 크기였다면 선우는 이미 쓰러져 비명횡사했어야 했고, 그게 아닌 이상 최근에 갑작스럽게 부풀어 오른 것일 텐데 그 원인이라면 아무래도 향과 과거 여행밖에는 떠오르지 않았다. 아니면 극도의 스트레스 때문일지라도 그 원인의 맨 끝단에는 바로 그 향이 있었다.

윤 교수는 조심스럽게 종양을 절개해나갔다. 윤 교수의 얼굴은 땀에 흠뻑 젖어 있었다. 그는 온 신경을 집중했다. 영훈이 무심결에 큰 소리로 한숨을 내쉬었다. 그가 수술을 집도한 이래 본 적이 없는 크기와 위치였다. 시간이 속절없이 흘러갔다.

"지금 얼마나 됐지?"

윤 교수의 물음에 스태프 중 한 명이 말했다.

"2시간 30분 조금 넘었습니다."

"아주 좋지 않은데. 아주 안 좋아……."

윤 교수가 힘없는 목소리로 말했다. 두 눈에도 수술을 시작했을 때의 자신감은 보이지 않았다. 그는 다시 현미경에 눈을 대고 절개를 시작했다. 현미경으로 보고 있던 영훈은 윤 교수의 미세도구가 뇌의 안쪽 부분을 파고들다 혈관을 긋는 것을 보았다. 눈앞에 피가 빨갛게 넘쳤다.

"바이폴라!"

영훈이 외쳤다. 그는 기구를 받아들고는 출혈 부위의 피를 빨아들였다. 혈압이 떨어지며 기계에서 날카로운 경고음이 울렸다. 피는 빨아들이는 대로 계속 솟아올랐다.

"혈액, 혈액!"

영훈이 간호사를 보며 소리쳤다. 기계는 선우의 상태를 걱정하는 것처럼 긴박한 경고음을 울려댔다. 간호사가 재빨리 혈액 주머니를 달았고, 영훈은 피를 빨아들이며 모니터의 수치를 확인했다. 혈압이 조금 안정을 찾는 듯했다.

"잡혔습니다."

영훈이 숨을 길게 내쉬며 말했다. 윤 교수는 그를 물끄러미 보며 고개를 저었다.

"덮자. 세상 어떤 의사를 데려와도 이건 불가능해."

"교수님!"

"이만큼도 최선을 다 한 거야. 죄책감 갖지 마, 한 선생."

윤 교수는 수술실을 나서며 영훈의 등을 두드렸다. 마무리하라는 윤 교수의 지시에 따라 레지던트인 오현수가 수술 의자에 앉았다.

"비켜, 비켜봐!"

영훈이 그를 밀쳤다.

"이렇게 덮을 순 없잖아. 해봐야지, 아직 끝난 게 아닌데. 이렇게 덮을 순 없어."

영훈은 현미경에 눈을 가져갔다. 떨리는 손을 진정시키며 정신을 집중했다. 그의 손에 들린 미세도구가 조심스럽게 종양에 접근했다. 보일 듯 말 듯. 그를 비웃고 놀리듯 숨어서 한 발짝도 나오려 하지 않는 듯, 커다란 혹 덩어리는 깊은 어둠 속에 숨어 있었다. 그 순간 문득 20년 전 선우를 대신해 어둑한 학교 운동장에 갔던 기억이 났다. 어둠이 내린 운동장에서 그저 막막하게 누군가를 기다렸던 기억. 싸늘했던 그날의 날씨와 기다려도 오지 않는 의문의 남자. 운동장에 걸린 시계는 어느덧 밤 11시를 가리키고 있었다. 이런 절박한 순간에 그런 기억이 떠오른 이유는 알 수 없었다. 그는 다시 정신을 손끝에 집중하고 현미경을 들여다봤다. 도구를 종양 가까이 가져가는데 또다시 피가 솟아올랐다. 그는 흠칫 놀라며 모니터를 봤다.

"혈압 다시 떨어집니다!"

기계는 또다시 경고음을 울려댔다. 영훈의 머릿속에도 빨간불이 번쩍거렸다. 영훈은 출혈을 잡기 위해 안간힘을 썼다. 선우의 머리에서 튀어 오른 피가 영훈의 얼굴을 적셨다. 영훈이 애를 쓰면 쓸수록 피는 더욱더 뿜어져 나왔다. 모니터 속 그래프는 직선을 그린 지 오래였다. 영훈은 전기 충격기를 선우의 심장에 가져갔다. '쿵' 하는 소리와 함께 선우의 몸이 공중으로 튀어 올랐다. '한 번 더, 한 번만 더!' 선우의 가슴이 허공에 수십 번 떠오르곤 가라앉았다. 소용없었다. 더 이상 어떤 노력도 무의미하다는 걸 영훈도 알았다. 그렇지만 이대로 멈출 수 없었다. 그는 단 한순간도 선우가 정말로 죽게 될 거라고 생각한 적이 없었다. 레지던트들과 간호사가 영훈을 말렸다. 영훈은 그제야 위로하는 눈으로 자신을 바라보고 있는 스태프들이 눈에 들어왔다. 그는 조용히 고개를 떨구었다.

하얀 천이, 선우의 얼굴을 덮었다.

광장에는 아까보다 두 배 이상 많은 인파가 몰려 있었다. 타종 행사가 막 시작되면서 사람들의 함성이 한꺼번에 공중으로 솟았다. 민영은 방송사 팀들이 모여 있는 보신각 뒤쪽 출입구에 있었다. 그녀는 카운트다운 전에 두 차례 생방송을 마치고 잠시 휴식을 취하던 중이었다.

휴대폰을 보니 영훈에게서 여러 차례 전화가 와 있었다.
"여보세요?"
통화는 연결됐지만 아무 소리도 들리지 않았다. 얼핏 흐느끼는 소리가 들리는 것 같기도 했다. 주변이 너무 시끄러워 그도 확실치 않았다. 조금 뒤 모기 같은 목소리로 '네' 하는 영훈의 목소리가 들렸다.
"한 선생님, 죄송해요. 너무 시끄러워서 전화 온 걸 못 들었어요."
영훈은 병원 벤치에 앉아 있었다. 민영에게 어떻게 말을 전해야 할지 도저히 떠오르지 않았다. 지금이라도 당신과 선우는 사랑했던 사이였다고 말하고 싶었지만 차마 그 말을 할 수는 없었다. 살아남은 사람의 인생을 위해서라도. 선우도 그걸 원하지는 않았을 것이다. 민영이 물었다.
"무슨 일 있어요?"
영훈은 여전히 아무 말도 할 수 없었다.
"여보세요? 잘 안 들리세요?"
"선우가……"
영훈이 울먹이며 말을 흐렸다. 스스로도 믿고 싶지 않은 그 말이 입에서 뱉어지지 않았다.
"삼촌이 왜요? 무슨 일이에요?"
민영은 뭔가 불길한 예감에 전화기를 귀에 밀착했다.
"선우가… 죽었어요."
민영은 한쪽 귀를 더 세게 막았다. 보신각종이 울리며 사람들이 함성을 내질렀다. 온통 축제 분위기였다. 함성 소리가 파고처럼 밀려와 보신각종을 때리는 인사들과 각 방송사의 스태프들을 덮쳤다. 종소리는 함성의 파고를 타고 널리널리 울려 퍼졌다.
"죄송해요. 시끄러워서 잘 못 들었어요. 뭐라고 말씀하셨어요?"
영훈은 크게 심호흡을 하고 다시 말했다.
"선우가……."
영훈은 순간 멈칫했다. 갑자기 머릿속에 어떤 기억들이 마구마구 쏟아졌다. 그 어느 때보다 기억들이 복잡하게 뒤엉켰다. 그것들은 퍼즐처럼 서로 떼었다 붙이며 조각을 맞추었다. 그는 그 기억의 조합들이 이리저리 뭉쳐 하나의 덩어리가 될 때까지 기다렸다. 한순간 머리가 쭈뼛하게 서며 그는 전화기를 든 채 그대로 굳어버렸다.
"여보세요? 여보세요?"
민영이 초조해하며 말했다.
"삼촌이 왜요? 여보세요?"

영훈은 병원 건물로 달려갔다. 머릿속에 새로 조합된 기억들을 하나씩 상기했다. 기억 속에서 20년 전 오늘의 그가 병실에 있는 선우와 통화를 하고 있었다.
'야, 아무리 기다려도 안 와. 두 시간을 기다렸는데.'
'없어?'
'없다니까. 안 올 거 같아. 삐삐에 번호나 메시지 남긴 거 없어?'
'삐삐는… 집에 있는데?'
영훈은 그 길로 선우의 집으로 달려가 그곳에서 삐삐를 찾아냈지만

20년 후의 선우라는 남자로부터 연락이 온 건 없었다. 다시 병원으로 전화를 걸었을 때 선우는 알 듯 모를 듯한 소리를 했다.

'아버지를 구했어야 하는데 그게 틀어져서 뭔가 다 잘못된 거 같아. 그래서 안 나타나는 것 같아.'

'그게 무슨 소리야?'

'그 남자가 아버지 말고 내가 목숨을 구해줘야 할 사람이 한 명 더 있다고 했거든.'

'그래서?'

'아무래도… 그 사람이 나인 거 같아.'

'뭐?'

'그 죽는다는 사람이 아무래도 나 같다고.'

'무슨 소리야? 너는 지금 나랑 통화하고 있잖아.'

'20년 후의 나 말이야. 그 사람 나이가 서른여덟이랬어. 내가 서른여덟에 죽는 거야. 그래서 그걸 미리 알려주러 여기 온 거고, 죽는 걸 알면 내가 겁먹을까봐 미리 얘길 안 해준 거고. 그럴듯하지 않아?'

영훈은 수술실로 뛰어가며 그날 느꼈던 아리송한 기분을 곱씹었다. 지금은 그 말이 무슨 뜻인지 누구보다 잘 알고 있었다. 지금 그의 기억 속에서 어린 영훈은 약봉지를 들여다보고 있었다. 삐삐를 찾다가 장롱 아래에서 발견한 것이었다. 겉봉에는 '한서병원'이라는 이름과 전화번호가 적혀 있었다.

'약봉지를 하나 주웠는데, 그 사람이 떨어뜨린 것 같아. 없는 병원의 전화번호가 적혀 있어. 전화국에 물었는데 그런 번호는 없대.'

'그런 번호가 있을 리가 없지. 나중에 내가 다니게 될 병원인데.'
영훈은 발걸음을 재촉하며 중얼거렸다. 기억 속 어린 영훈이 외쳤다.
'너 혹시 병으로 죽는 거 아니야?'
'병? 무슨 병?'
'의사 좀 불러봐, 빨리!'

영훈은 수술실에 도착했다. 수술실은 이미 텅 비어 있었다. 그는 선우의 시신을 실은 간이침대를 찾아 복도를 헤맸다. 작은 방 하나하나 모르는 곳이 없는데도 자꾸만 길이 헷갈렸다. 마침 저 멀리에서 레지던트 수현과 간호사가 흰 천이 덮인 침대를 끌고 가고 있었다.
"잠깐! 잠깐!"
영훈이 손을 휘두르며 외쳤다. 헐레벌떡 달려가 침대 앞에 섰다. 모두들 그를 의아해하는 눈으로 바라봤다. 영훈은 숨을 고르며 시신을 덮은 천을 손에 쥐었다.

'알약 종류가 세 가지라고? 뭐라고 쓰여 있어?'
당직의가 물었다.
'하나는 흰 색에 알파벳 O…R…….'
영훈이 알파벳을 하나하나 천천히 불렀다.
'오르필이네. 간질약이야. 항암제로도 쓰이고. 또 하나는?'
'T…E…M…….'
'그건 테모달이야. 그럼 교모세포종 환자인가본데?'

'교모… 세포종이 뭐예요?'
'뇌종양.'

 영훈은 손을 가늘게 떨다가 천을 확 벗겼다. "어머!" 간호사는 영훈의 행동에 깜짝 놀라 소리를 질렀다. 그는 침대 위에 누운 시신의 얼굴을 오래도록 바라보았다. 영훈의 얼굴에 희미하게, 뜻 모를 웃음이 번졌다. 간호사가 바닥에 떨어진 천을 주워 시신을 덮었다. 간호사는 레지던트 수현과 함께 침대를 밀고 저 멀리 사라졌다. 영훈은 복도에 우두커니 서 있었다. 병원 어딘가의 텔레비전에서 보신각 타종 소리가 들려왔고 카운트다운에 이어 사람들의 함성이 병원에 울려 퍼졌다.
 "여러분, 안녕하십니까? 계사년 새해가 밝았습니다."
 영훈은 친숙하고 그리운 목소리에 고개를 돌렸다. 병원 로비, 벽에 걸린 대형 텔레비전에서 뉴스를 진행하는 선우의 모습이 보였다. 영훈은 주먹을 불끈 쥐고 뭔가에 홀린 사람처럼 로비로 걸어갔다.
 "이래도 내가 돌팔이냐? 어쨌거나 내가 살려냈잖아!"
 그는 자리에서 펄쩍펄쩍 뛰었다.
 "보신각 타종 소식과 함께 2013년 1월 1일. 새해 첫 뉴스 투나잇, 지금부터 시작합니다."
 건강하고 말쑥한 모습의 선우가 활기찬 목소리로 말했다.

《나인 2》로 이어집니다.

KI신서 4969

나인 1

1판 1쇄 발행 2013년 4월 25일
1판 3쇄 발행 2013년 5월 28일

극본 송재정 **소설** 차윤
드라마 기획 tvN
펴낸이 김영곤 **펴낸곳** (주)북이십일 21세기북스
부사장 임병주
미디어콘텐츠 기획실장 윤군석
책임편집 배상현 **미디어믹스팀** 박정효
디자인 표지 윤정아 **본문** 김진희 정란
마케팅영업본부장 이희영 **영업** 이경희 정경원 정병철
광고제휴 김현섭 강서영 우중민 **프로모션** 민안기 최혜령 이은혜
출판등록 2000년 5월 6일 제10-1965호
주소 (우413-120) 경기도 파주시 회동길 201(문발동)
대표전화 031-955-2100 **팩스** 031-955-2151 **이메일** book21@book21.co.kr
홈페이지 www.book21.com **트위터** @21cbook **블로그** b.book21.com

ⓒ 송재정, 2013

책 값은 뒤표지에 있습니다.
ISBN 978-89-509-4910-5 03810

이 책 내용의 일부 또는 전부를 재사용하려면 반드시 (주)북이십일의 동의를 얻어야 합니다.
잘못 만들어진 책은 구입하신 서점에서 교환해 드립니다.